연세 한국어

활용연습 4

연세대학교 한국어학당 편

연세대학교 대학출판문화원

일러두기

- '연세 한국어 활용연습 4'는 중급용 한국어 교재인 '연세 한국어 4'를 보다 효율적으로 학습해 나갈 수 있도록 하기 위해 개발되었다.

- '연세 한국어 활용연습 4'는 총 10과로 이루어져 있으며, 각 과는 5개의 항으로 구성되어 있다.

- 각 과의 1항부터 4항까지는 어휘, 문법 연습으로 구성되어 교재에 나온 어휘와 문법을 연습할 수 있도록 되어 있다. 5항은 한 과의 전체 내용을 총 정리하고 복습하는 내용으로 되어 있으며 학습한 문형과 어휘를 활용한 듣기 연습, 읽기 연습, 말하기·쓰기 연습 등으로 구성되어 있다.

- 제5과와 제10과 다음에는 의성어, 의태어, 한자성어, 속담, 관용어를 뜻풀이, 예문, 연습 문제와 함께 제시하였다.

- 5과가 끝날 때마다 복습문제를 넣어 배운 내용에 대한 정리를 할 수 있도록 하였다.

- 학생들의 이해를 돕고자 각 연습 문제의 1번에는 답을 써 주어 보기와 같은 역할을 할 수 있도록 하였다.

- 책의 뒷부분에는 교재에 실린 듣기 연습의 지문과 각 연습문제의 모범 답안을 실어 학생들이 스스로 답을 확인하고 공부하는 데 도움이 되도록 하였다.

- 듣기지문이 녹음된 CD를 첨부하였다.

차례

나의 생활

1과 1항

어휘

1. 다음 [보기]에서 알맞은 말을 골라 빈 칸에 쓰십시오.

> [보기] 겁이 나다   적응이 되다   다행이다   옮기다   이용하다

영수야, 오래간만이다. 잘 지내고 있지? 회사도 잘 다니고? 지금도 출근할 때 지하철을 ❶ <u>이용하</u> 니? 나는 다니던 회사를 그만두고 직장을 ❷ _____ 었어/았어/였어. 새 직장에서 내가 맡은 일은 지금까지 내가 해 본 적이 없는 일이라서 처음에는 ❸ _____ 었는데/았는데/였는데 지금은 ❹ _____ 어서/아서/여서 재미있게 다니고 있다. 정말 ❺ _____ 지? 너는 어떻게 지내고 있니? 이 이메일을 받고 답장해라.

2. 다음 [보기]에서 알맞은 말을 골라 빈 칸에 쓰십시오.

> [보기] 도심   주택가   도시 근교   편의 시설   쾌적하다

❶ 우리 하숙집은 집들이 많이 모여 있는 (**주택가**)에 위치해 있어요.

❷ 스트레스가 많이 쌓일 때는 한적한 ( )으로/로 나가면 좀 풀려요.

❸ ( )에는 30층 이상의 고층 건물이 많아서 아주 번화하다.

❹ 우리 학교는 주변에 산과 나무가 많아서 ( )는/은/ㄴ 환경에서 공부할 수 있어요.

❺ 요즘 오피스텔 중에는 건물 안에 헬스클럽, 슈퍼마켓 등의 ( )이/가 있는 곳도 있다.

-다가 보니

3. 관계 있는 문장을 연결해서 한 문장으로 만드십시오.

- ❶ 재미있게 이야기합니다. • • 김치가 없으면 밥을 못 먹겠어요.
- ❷ 한국에서 오래 삽니다. • • 가끔 오해를 살 때도 있어요.
- ❸ 주말마다 술을 마십니다. • • 건강이 많이 나빠졌어요.
- ❹ 회사에서 서툰 한국말로 • • 시간이 많이 지난 줄도 몰랐군요.
  의사소통을 합니다.
- ❺ 성실하게 맡은 일을 열심히 합니다. • • 동료들이 제 능력을 알아주던데요.
- ❻ 밥을 하기가 귀찮아서 인스턴트 • • 주량이 늘었어요.
  식품을 즐겨 먹습니다.

❶ <u>　재미있게 이야기하　</u> 다가 보니 <u>　시간이 많이 지난 줄도 몰랐군요.　</u>

❷ <u>　　　　　　　　　　</u> 다가 보니 <u>　　　　　　　　　　　　　</u>

❸ <u>　　　　　　　　　　</u> 다가 보니 <u>　　　　　　　　　　　　　</u>

❹ <u>　　　　　　　　　　</u> 다가 보니 <u>　　　　　　　　　　　　　</u>

❺ <u>　　　　　　　　　　</u> 다가 보니 <u>　　　　　　　　　　　　　</u>

❻ <u>　　　　　　　　　　</u> 다가 보니 <u>　　　　　　　　　　　　　</u>

4. '-다가 보니'를 사용해 대화를 완성하십시오.

❶ 가 : 직장 생활을 한 지 3년 정4도 된 것 같은데 그동안 저축은 많이 하셨어요?
　　나 : <u>　여기 저기 돈을 쓰　</u> 다가 보니 <u>　돈 모으기가 어렵네요.　</u>

❷ 가 : 예전보다 요리 솜씨가 많이 좋아지셨네요.
　　나 : <u>　　　　　　　　　</u> 다가 보니 요리 실력이 늘었어요.

❸ 가 : 지금 살고 있는 집이 도심에 있어서 싫다면서 집을 안 옮기시네요.
　　나 : <u>　　　　　　　</u> 다가 보니 <u>　　　　　　　　　</u>

❹ 가 : 지금 사귀는 남자 친구가 처음 만났을 때는 무뚝뚝하다고 하지 않았어요?
　　나 : 네, 그런데 <u>　　　　　　　</u> 다가 보니 <u>　　　　　　　</u>

❺ 가 : 듣기 실력이 많이 향상됐군요. 무슨 비결이라도 있어요?

　　나 : _____

❻ 가 : 어떻게 그렇게 여러 나라 문화를 잘 알아요?

　　나 : _____

−긴 한데

5. 다음을 보고 두 문장을 골라 문장을 만드십시오.

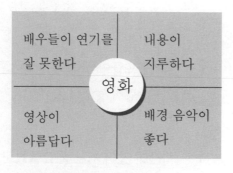

❶ 어제 본 영화는 배경 음악이 좋긴 한데
　 ~~긴 한데/긴 하는데~~　**내용이 지루하다.**

❷ 어제 본 영화는 _____ 긴 한데/
　 긴 하는데 _____ .

❸ 생활이 _____ 긴 한데/긴 하는데
　 _____

❹ 생활이 _____ 긴 한데/긴 하는데
　 _____

❺ 연세 호텔이 _____ 긴 한데/긴 하는데
　 _____

❻ 연세 호텔이 _____ 긴 한데/긴 하는데
　 _____

6. '-긴 한데'를 사용해 대화를 완성하십시오.

❶ 자동차 대리점	가 : 지난달에 출시된 신차인데 멋있지요? 나 : ❶ <u>멋있긴 한데</u> ~~긴 한데/긴 하는데~~ 실내 공간이 좁은 것 같아요.
❷ 부동산	가 : 이 집이 어때요? 전망이 좋지요? 나 : ❷ <u> </u> 긴 한데/긴 하는데 주변이 너무 시끄럽네요.
❸ 생선 가게	가 : 이 생선이 얼마나 싱싱한지 몰라요. 나 : ❸ <u> </u> 긴 한데/긴 하는데 <u> </u>
❹ 휴대폰 가게	가 : 이 휴대폰의 디자인이 마음에 안 드세요? 나 : ❹ <u> </u> 긴 한데/긴 하는데 <u> </u>
❺ 가구점	가 : 이 침대가 튼튼해 보이지요? 고급 재료로 만들어진 거예요. 나 : ❺ <u> </u>
❻ 옷 가게	가 : 이 옷이 마음에 안 드세요? 손님한테 잘 어울리는데요. 나 : ❻ <u> </u>

어휘

1. 다음 [보기]에서 알맞은 말을 골라 빈 칸에 쓰십시오.

> [보기]　인생　　　　　영향　　　　　다름없다　　　　　궁금하다　　　　　부럽다

❶ 그 선배는 나를 동생처럼 대해 줘서 친언니나 (**다름없어요**)~~어요/아요/여요~~.

❷ 방학 때 제주도로 여행을 간다는 내 친구가 너무 (　　　　　)었다/았다/였다.

❸ 어렸을 때 선생님께서 해 주신 말씀이 나의 가치관에 큰 (　　　　　)을/를 끼쳤다.

❹ 시험에 떨어져서 실망하는 경우가 많은데 시험이 (　　　　　)의 전부는 아니다.

❺ 어제 우리나라 축구팀이 경기를 했는데 누가 이겼는지 (　　　　　)어요/아요/여요.

2. 다음 [보기]에서 알맞은 말을 골라 빈 칸에 쓰십시오.

> [보기]　초조하다　뿌듯하다　만족스럽다　당황스럽다　짜증스럽다　부담스럽다

❶ 가 : 여행을 가서 묵은 호텔은 어땠어요?

　　나 : 음식도 맛없고 시설도 깨끗하지 않아서 　**만족스럽**　 지 않았어요.

❷ 가 : 부모님이 항상 믿고 지원해 주시니까 좋으시겠어요.

　　나 : 그렇기는 한데 가끔은 부모님의 기대가 　　　　　　　기도 해요.

❸ 가 : 우리 아들이 첫 월급 탄 기념으로 용돈을 줬어요.

　　나 : 아드님을 잘 키우셔서 정말 　　　　　　　으시겠어요/시겠어요.

❹ 가 : 어머님이 수술하셨다면서요?

　　나 : 네, 수술이 끝날 때까지 기다리는 동안 얼마나 　　　　　　　었는지/
　　　　았는지/였는지 몰라요.

❺ 가 : 저 옷 가게에 예쁜 옷이 많네.

　　나 : 예쁜 옷이 많긴 한데 점원이 너무 불친절해. 내가 옷을 여러 번 입어
　　　　보니까 아주 　　　　　　　는다는/ㄴ다는/다는 표정이었어.

❻ 가 : 이제는 한국말 실력이 많이 늘었지?

　　나 : 아니, 아직도 한국 사람들이 갑자기 질문을 하면 무슨 말인지 몰라서
　　　　　　　　　　을/ㄹ 때가 많아.

–었더라면

3. 다음 상황에 맞게 문장을 완성하십시오.

❶ 집에서 늦게 나와서 버스를 놓쳤다.

→ __집에서 늦게 나오지 않았더라면__ 였더라면/~~았더라면~~/~~였더라면~~ 버스를
놓치지 않았을 거예요.

❷ 돈을 아껴 쓰지 않아서 용돈이 다 떨어졌다.

→ _____ 었더라면/았더라면/였더라면 용돈이
떨어지지 않았을 거예요.

❸ 과속을 해서 교통사고가 났다.

→ _____ 었더라면/았더라면/였더라면 _____

❹ 늦게 일어나서 수업 시간에 지각했다.

→ _____ 었더라면/았더라면/였더라면 _____

❺ 공부를 열심히 하지 않아서 시험을 못 봤다.

→ _____ 었더라면/았더라면/였더라면 _____

❻ 과음을 자주 해서 병이 났다.

→ _____ 었더라면/았더라면/였더라면 _____

4. '–었더라면' 을 사용해 대화를 완성하십시오.

❶ 가 : 이번에도 영어 성적 때문에 입사 시험에 떨어졌다면서요?
나 : __대학교에 다닐 때 영어 공부를 열심히 했더라면__ 였더라면/~~았더라면~~/
~~였더라면~~ 벌써 취직을 했을 거예요.

❷ 가 : 대학교에 다닐 때 동아리 활동을 안 하셨어요?
나 : 네, _____ 었더라면/았더라면/였더라면
대학 생활을 즐겁게 보냈을 거예요.

❸ 가 : 야유회는 즐거우셨어요?

　　 나 : 왜 안 오셨어요? ＿＿＿＿＿＿＿ 었더라면/았더라면/였더라면 ＿＿＿＿＿＿＿

❹ 가 : 심야영화까지 모두 매진이네요.

　　 나 : 그렇군요, ＿＿＿＿＿＿＿ 었더라면/았더라면/였더라면 ＿＿＿＿＿＿＿

❺ 가 : 감기에 걸린 지 오래된 것 같은데 아직 다 안 나았어요?

　　 나 : ＿＿＿＿＿＿＿＿＿＿＿＿＿＿＿＿＿＿＿＿

❻ 가 : 에어컨을 서비스 센터에 맡기시지 그랬어요.

　　 나 : ＿＿＿＿＿＿＿＿＿＿＿＿＿＿＿＿＿＿＿＿

-이나 다름없다

5. 다음을 보고 문장을 완성하십시오.

❶
| 마이클 씨 |
| 국적 : 미국 |
| 좋아하는 음식 : 김치, 된장찌개 |
| 주량 : 소주 2병 |

마이클 씨는 미국사람이지만 김치와 된장찌개와 소주를 좋아해서 **한국 사람이나** ~~이나/나~~ 다름없어요.

❷
| 술 |
| 알코올 도수 : 1도 |
| 성분 : 포도 |

술이 너무 달고 알코올 도수가 낮아서 ＿＿＿＿＿＿＿＿ 이나/나 다름없어요.

❸
| 호텔 |
| 편의 시설 : 식당과 커피숍이 |
| 　　　　　 없음 |
| 방 : 고급스럽지 않음 |

그 호텔은 편의 시설도 없고 방도 고급스럽지 않아서 ＿＿＿＿＿＿＿＿ 이나/나 다름없어요.

❹

내 핸드폰

구입 시기 : 1주일 전

사용 횟수 : 2번

내 핸드폰은 한 달 전에 샀지만 2번밖에 사용하지 않아서 .... 이나/나 다름없어요.

❺

축구 선수

재주 : 노래와 춤

콘서트 횟수 : 2회

CD 판매량 : 30만 장

그 축구 선수는 노래 실력이 아주 뛰어나고 노래 CD도 냈으니 .... 이나/나 다름없어요.

❻

스파게티

소스를 만든 사람 : 어머니

면을 삶은 사람 : 어머니

재료를 볶은 사람 : 나

내가 마지막에 재료를 볶기는 했지만 그 스파게티는 .... 이나/나 다름없어요. .

6. '-이나 다름없다' 를 사용해 다음 대화를 완성하십시오.

❶ 가 : 김 교수님이 영수 씨를 어려서부터 키워 주셨어요.

　　나 : 영수 씨는 김 교수님께 ....**친아들이나**............ ~~이나/나~~ 다름없군요.

❷ 가 : 제임스 씨는 학교 근처에 있는 친구 집에서 거의 숙식을 해결해요.

　　나 : 제임스 씨 친구 집은 .... 이나/나 다름없군요.

❸ 가 : 영수 씨가 부탁을 거절했나요?

　　나 : 못하겠다고 말하지는 않았지만 지금까지 연락이 없는 걸 보면

　　　　................................... 이나/나 다름없어요.

❹ 가 : 친구들과 만나서 게임을 했는데 도박이라니요?

　　나 : 아무리 친구들과 했다고 해도 큰돈이 오고 간 것이면

　　　　................................... 이나/나 다름없어요.

❺ 가 : 드라마에서 주인공이 들고 다니던 휴대폰이 요즘 최고 인기제품이래.

　　나 : 그렇겠지, ...

❻ 가 : 미선 씨, 민철 씨가 숙제를 도와 달라고 했지요?

　　나 : 네, 그래서 제가 내용을 다 불러 주고 민철 씨는 공책에 쓰기만 했어요.

　　가 : ....

어휘

1. 다음 [보기]에서 알맞은 말을 골라서 빈 칸에 쓰십시오.

> [보기] 정신을 차리다 산더미 쌓이다 살펴 보다

랜만에 집에 일찍 와 보니 해야 할 일이 ❶ **산더미** 처럼 ❷ .... 어/아/여
있었다. 요즘은 회사에서 할 일이 많아서 정말 ❸ .... 을/ㄹ 수가 없다.
그래서 평소에도 실수 하는 일이 많아졌다. 전깃불을 끄지 않고 나갈 때도
있고 가져가야 할 서류를 집에 두고 출근할 때도 많다. 앞으로는 주위를 잘
❹ .... 는/은/ㄴ 습관을 길러야겠다.

2. 다음 [보기]에서 알맞은 말을 골라서 빈 칸에 쓰십시오.

> [보기] 효율적 시간에 쫓기다 시간을 관리하다 목표를 정하다 포기하다

❶ 하루하루의 계획을 세워서 생활하면 (시간을 잘 관리할)을/ㄹ 수 있다.

❷ 회사에 다니면서 중국어 수업을 듣는 게 너무 힘들어서 결국 (   )
고 말았다.

❸ 올해 한국어 능력 시험 5급에 꼭 합격하겠다는 (   )었다/았다/였다.

❹ 요즘 사람들은 할 일이 너무 많아서 항상 (   )는/은/ㄴ 것 같다.

❺ 예전에는 제품을 손으로 포장하다 보니 일의 속도가 느렸는데, 요즘에는
기계로 하니까 훨씬 (   )이다/다.

–도록[1]

3. 다음 표를 보고 대화를 완성하십시오.

걱 정	조 언
날마다 야식을 먹다가 보니 몸무게가 늘었다.	❶ ____살이 찌지 않____ 도록 야식을 줄여 보세요.
부모님께 전화를 안 해서 걱정을 많이 하시는 것 같다.	❷ _____ 도록 자주 전화를 드리세요.
컴퓨터 게임을 많이 하다가 보니 아침에 늦게 일어나는 일이 많다.	❸ _____ 도록 게임하는 시간을 줄이세요.
요즘 친구와 영어로 이야기하다가 보니 한국말 실력이 늘지 않는다.	❹ _____ 도록 친구들과 한국말로 이야기하는 연습을 하세요.
급하게 밥을 먹어서 체할 때가 많다.	❺ _____ 도록 밥을 천천히 드세요.
요즘 계획 없이 살아서 시간을 낭비하는 것 같다.	❻ _____ 도록 계획을 세워서 생활해 보세요.

4. '–도록'을 사용해 다음 대화를 완성하십시오.

❶ 가 : 남은 음식을 어떻게 할까요?
　　나 : _____**상하지 않**_____ 도록 냉장고에 넣어 두세요.

❷ 가 : 아침 저녁으로 일교차가 심해서 옷을 어떻게 입어야 할지 모르겠어요.
　　나 : 환절기에는 _____ 도록 옷을 따뜻하게 입는 게 좋겠지요.

❸ 가 : 얼마 전에 한국에 온 고향 친구가 한국 생활을 힘들어해요.
　　나 : _____ 도록 많이 도와주세요.

❹ 가 : 영수 씨가 제 말을 오해한 것 같은데 어떻게 하지요?
　　나 : _____ 도록 다시 한 번 잘 말해 보세요.

❺ 가 : 시험에 나올 단어를 외워야 하는데 자꾸 잊어 버려요.
　　나 : _____

❻ 가 : 쇼핑을 할 때 필요 없는 물건도 생각 없이 사게 돼요.
　　나 : _____

–는다고 해서

5. 다음 문장을 완성하십시오.

민수의 생각	반론
"나는 성공하면 행복하게 살 수 있다고 생각합니다."	❶ **성공한다고** ~~는다고/ㄴ다/다고~~ 해서 다 행복하게 살 수 있는 건 아니예요.
"돈만 있으면 하고 싶은 걸 다 할 수 있어요."	❷ _____ 는다고/ㄴ다/다고 해서 하고 싶은 걸 다 할 수 있는 건 아니예요.
"두 사람이 조금씩만 양보하면 문제가 해결될 거예요."	❸ _____ 는다고/ㄴ다/다고 해서 해결될 문제는 아닌 것 같아요.
"외국어만 잘 하면 원하는 회사에 취직할 수 있어요."	❹ _____ 는다고/ㄴ다/다고 해서 원하는 회사에 취직할 수 있는 건 아니예요.
"나는 내가 맡은 일만 열심히 하면 더 빨리 승진 할 수 있을 거라고 생각해요."	❺ _____ 는다고/ㄴ다/다고 해서 빨리 승진할 수 있는 건 아니예요.
"나는 실력이 있으니까 반드시 성공할 수 있을 거예요."	❻ _____ 는다고/ㄴ다/다고 해서 반드시 성공하는 건 아니예요.

6. '–는다고 해서' 를 사용해 다음 대화를 완성하십시오.

❶ 가 : 운동만 열심히 하면 살을 뺄 수 있을까요?
　나 : 운동만 열심히 한다고 ~~는다고/ㄴ다고/다고~~ 해서 살을 뺄 수 있는 건 아니예요.
　　　음식량도 줄여 야지요.

❷ 가 : 자격증을 많이 따면 좋은 회사에 취직할 수 있을까요?
　나 : _____ 는다고/ㄴ다/다고 해서 좋은 회사에 취직할 수 있는 건 아니예요.

❸ 가 : 교통비를 아끼면 생활비를 좀 줄일 수 있지 않을까요?
　나 : _____ 는다고/ㄴ다/다고 해서 생활비를 줄일 수 있는 건 아니예요.

❹ 가 : 담뱃값을 올리면 흡연율이 낮아질 거라고 봐요.
　나 : _____ 는다고/ㄴ다/다고 해서 _____

❺ 가 : 정부가 노력하면 환경 문제가 해결될 텐데요.
　나 : _____

❻ 가 : 요즘같이 경기가 나쁠 때는 주식에 투자하면 큰돈을 벌 수 있을 것 같아요.
　나 : _____

어휘

1. 다음 [보기]에서 알맞은 말을 골라 빈 칸에 쓰십시오.

> [보기]　　양로원　　　　　봉사활동　　　　　용기가 나다　　　　　시간을 내다

멋진 주말을 보내고 싶다고요?

노래방? 술집? 다 좋지만 ❶ <u>　시간을 내서　</u> ~~어서/아서/여서~~ 다른 사람들을 도와주는 건 어떨까요?

다른 사람을 도와주고 싶지만 ❷ <u>　　　　　　　</u> 지 않는다고요?

저희 동아리에 가입하세요.

주말마다 ❸ <u>　　　　　　　</u> 에서 노인 분들의 말동무가 되어 드리는 건 어떨까요?

작은 일이지만 ❹ <u>　　　　　　　</u> 을/를 통해서 정말 많은 행복을 느끼게 될 겁니다. 지금 바로 연락하세요!

2. 다음 [보기]에서 알맞은 말을 골라 빈 칸에 쓰십시오.

> [보기]　　명예　　　　　미모　　　　　출세　　　　　지혜　　　　　체력

❶ 우리 언니는 빼어난 (　　미모　　)와/~~과~~ 재능을 함께 가졌다.

❷ 열심히 노력해서 사회에서 유명한 사람이 되었으니까 (　　　　) 했다고 할 수 있다.

❸ 김영수 박사는 이번 논문 발표로 생물학계의 일인자라는 (　　　　) 을/를 얻었다.

❹ 퇴근 후에 하루도 빠짐없이 운동하니까 (　　　　) 이/가 많이 좋아졌어요.

❺ 웃어른들을 보면서 학교에서 배울 수 없는 생활의 (　　　　) 을/를 많이 얻는다.

-는다 -는다 하는 게

3. 다음 문장을 완성하십시오.

계 획	못 하고 있는 일
영어 학원 등록하기	❶ 영어 학원에 등록한다 ~~는다/ㄴ다~~ 한다 ~~는다/ㄴ다~~ 하는 게 시간이 없어서 아직도 못 하고 있다.
담배 끊기	❷ ＿＿＿＿ 는다/ㄴ다 ＿＿＿＿ 는다/ㄴ다 하는 게 아직도 못 끊고 있다.
운전 배우기	❸ ＿＿＿＿ 는다/ㄴ다 ＿＿＿＿ 는다/ㄴ다 하는 게 아직도 못 배우고 있다.
아침마다 운동하기	❹ ＿＿＿＿ 는다/ㄴ다 ＿＿＿＿ 는다/ㄴ다 하는 게 아직도 못 하고 있다.
인터넷 강의 듣기	❺ ＿＿＿＿ 는다/ㄴ다 ＿＿＿＿ 는다/ㄴ다 하는 게 아직도 못 듣고 있다.
주말에 어머니의 집안일 도와 드리기	❻ ＿＿＿＿ 는다/ㄴ다 ＿＿＿＿ 는다/ㄴ다 하는 게 바빠서 아직도 못 도와 드리고 있다.

4. '-는다 -는다 하는 게'를 사용해 대화를 완성하십시오.

❶ 가 : 고장 난 청소기를 서비스 센터에 맡기셨어요?
   나 : ＿＿＿＿ 서비스 센터에 맡긴다 ＿＿＿＿ ~~는다/ㄴ다~~ 맡긴다 ~~는다/ㄴ다~~ 하는 게
   시간이 없어서 아직도 못 맡겼어요.

❷ 가 : 회원 가입을 하면 10% 할인해 준다고 하던데 왜 회원 가입을 안 했어요?
   나 : ＿＿＿＿＿＿ 는다/ㄴ다 ＿＿＿＿＿＿ 는다/ㄴ다 하는 게
   바빠서 아직도 못 했어요.

❸ 가 : 이번에 여행갈 곳에 대한 정보를 알아 봤어요?
   나 : ＿＿＿＿＿＿＿＿ 는다/ㄴ다 ＿＿＿＿＿＿
   는다/ㄴ다 하는 게 자꾸 잊어 버려요.

❹ 가 : 게시판에 구인 광고를 냈어요?
   나 : ＿＿＿＿＿＿＿＿

❺ 가 : 이번에는 한국어 능력 시험을 보셨어요?
   나 : ＿＿＿＿＿＿＿＿

-어 가면서

5. 다음 문장을 만드십시오.

쉬지 않고 열심히 일만 하는 사람	❶ <u>가끔 쉬어</u> ~~어/아/여~~ 가면서 일하도록 하세요.
아무것도 먹지 않고 다이어트를 하는 사람	❷ _____ 어/아/여 가면서 다이어트를 하세요.
상대방 말을 듣지 않고 자기 말만 하는 사람	❸ _____ 어/아/여 가면서 대화를 하세요.
다른 사람과 의논하지 않는 사람	❹ _____ 어/아/여 가면서 방법을 찾아 보세요.
맛은 보지 않고 요리 책만 보면서 찌개를 끓이는 사람	❺ _____ 어/아/여 가면서 찌개를 끓이세요.
수업 시간에 쓰지 않고 듣기만 하는 사람	❻ _____ 어/아/여 가면서 수업을 들으세요.

6. '-어 가면서'를 사용해 다음 대화를 완성하십시오.

❶ 가 : 하루 종일 사무실 책상 앞에서 컴퓨터 작업을 하니까 머리가 아파요.
　　나 : <u>가끔 나가서 상쾌한 공기도 마셔</u> ~~어/아/여~~ 가면서 일하세요.

❷ 가 : 약도만 보고 친구 집을 찾으려고 하니까 힘드네요.
　　나 : _____ 어/아/여 가면서 길을 찾으세요.

❸ 가 : 책을 읽을 때 가끔 단어를 이해하지 못할 때가 있어요.
　　나 : _____ 어/아/여 가면서 읽으세요.

❹ 가 : 핸드폰을 새로 구입했는데 기능이 너무 많아서 알 수가 없어요.
　　나 : _____ 어/아/여 가면서 직접 해 보면 도움이 될 거예요.

❺ 가 : 일만 정신없이 하다 보니 친구도 못 만나고 취미 활동도 못 해요.
　　나 : _____

❻ 가 : 부산까지 5시간 동안 운전을 해야 해요. 좀 지루할 것 같은데요.
　　나 : _____

어휘 연습

1. 다음을 알맞게 연결하십시오.

❶ 소박한 사람 •   •무슨 일에든지 잘 감동하는 사람

❷ 겸손한 사람 •   •큰 욕심을 내지 않고 꾸밈이 없는 사람

❸ 지성적인 사람 •   •생각하고 이해하고 판단하는 능력이 뛰어난 사람

❹ 감성이 풍부한 사람 •   •상대를 존중하고 자신의 것을 자랑하지 않는 사람

2. 빈칸에 알맞은 어휘를 쓰십시오.

[보기]
행간   수명   시련   지성   감성

❶ 의료 기술의 발달로 평균 ....이/가 연장되었다.

❷ 시인은 항상 ....의 안테나를 세우고 세상을 봐야 한다.

❸ 나는 ....과/와 미모를 모두 갖춘 여성을 소개받고 싶다.

❹ 우리의 앞길에 어떤 ....과/와 어려움이 닥쳐도 이겨낼 수 있다.

❺ 글을 읽을 때에는 ....을/를 읽어야 그 글을 완전히 이해할 수 있다.

3. 두 어휘의 관계가 보기와 다른 것을 고르십시오.

1) (   )

[보기]
정기적 – 비정기적

❶ 인간적 – 비인간적   ❷ 의식적 – 비의식적
❸ 상식적 – 비상식적   ❹ 현실적 – 비현실적

2) (   )

[보기]
관심 – 무관심

❶ 계획 – 무계획   ❷ 국적 – 무국적
❸ 질서 – 무질서   ❹ 분명 – 무분명

3) (   )

[보기]
친절 – 불친절

❶ 규칙 – 불규칙   ❷ 만족 – 불만족
❸ 능력 – 불능력   ❹ 안정 – 불안정

더 생각해 봅시다

4. 여러분은 다음을 위해 무엇을 하고 있습니까? 혹은 무엇을 하면 좋다고 생각합니까? 표를 채우고 이야기해 봅시다.

신체적 쇄신	정신적 쇄신

5. 이야기를 듣고 질문에 답하십시오.

1) 이 사람의 생각과 **다른** 것은 무엇입니까? (　　)

　❶ 학교가 마음에 든다.

　❷ 유학 생활이 시간적 여유가 많아서 좋다.

　❸ 부모님의 기대로 마음이 편하지 않다.

　❹ 처음에 왔을 때 한국어로 말하는 것이 두려웠다.

2) 들은 내용과 같으면 ○ 표, 다르면 × 표 하십시오.

　❶ 그동안 내 생활은 계획적이지 않았던 것 같다.　　　　　　　　(　　　　)

　❷ 한국 생활이 처음에 왔을 때와 같이 여전히 힘들다.　　　　　(　　　　)

　❸ 유학 생활을 성공적으로 끝마치기 위해서 시간을 좀 더
　　효율적으로 사용해야겠다.　　　　　　　　　　　　　　　(　　　　)

3) 이 사람이 요즘 자신에게 질문하는 것은 무엇입니까? 3가지 쓰십시오.

　❶ ....

　❷ ....

　❸ ....

6. 다음을 읽고 질문에 답하십시오.

우리가 살아가면서 겪는 일상생활의 다양한 경험 중에 가장 행복한 순간은 언제일까? 미국의 과학 잡지 '사이언스'에 발표된 한 논문에서는 사람들이 시간을 보내는 유형과 각각의 경험에 대해 어떤 느낌을 갖는지를 조사했다. 조사 결과 친한 사람 만나기, 사교 활동, 휴식, 기도와 명상 등에 대해 사람들은 ㉠ ……………………… 인 감정을 나타냈다. 반면 직장생활이 가장 부정적인 느낌이 강한 것으로 나타났고 아이 돌보기, 출퇴근, 전화 통화 등이 뒤를 이었다.

함께 한 사람 중에는 친구 및 친척이 가장 좋은 느낌으로 인식된 반면, 직장 상사와 동료는 '생각만 해도 기분 나쁜' 사람들이라는 불명예를 안았다. 그 외에 친한 사람들과의 만남과 이메일을 보내거나 인터넷을 하는 등의 컴퓨터를 다루는 일은 능숙한 일로 여겨졌고, 직장 생활과 낮잠을 자는 일은 각각 초조하고 피곤하다는 느낌을 동반했다.

조사 결과 출퇴근을 괴로워하고 친구들을 좋아하는 것처럼 대부분의 활동은 평소 우리가 느끼는 감정들과 크게 어긋나지 않았다. 그러나 의외의 결과도 눈에 띈다. 직장 생활 다음으로 부정적으로 꼽힌 아이 돌보기가 대표적인 예다. 피곤한 느낌을 주는 사람 1, 2위가 남편이나 부인과 자녀인 것도 의문이다. 이 논문에 참여한 슈와츠 교수는 '삶의 기쁨'을 갖다 주는 가족이 부정적인 감정을 낳는 것에 대해서 "대부분의 사람들이 '아이는 무조건 좋다'고 생각하는 경향이 있지만 아이가 귀찮게 하거나 밤새도록 우는 것을 달래야 할 때는 분명히 부정적 감정을 느낀다."고 설명했다.

논문에 따르면 일상에 대한 느낌에 가장 큰 영향을 끼치는 것은 잠을 제대로 자지 못하거나 스트레스 때문에 생기는 가벼운 우울증 등의 개인적인 요인들이었다. 동료의 성격이 꼼꼼하지 못하거나 시간에 쫓기는 일을 해야 하는 등 눈앞에 있는 상황이 좋지 않을 때에도 삶에 대한 감정이 부정적으로 변했다.

슈와츠 교수는 좋은 느낌을 가질 수 있는 일에 많은 시간을 들일 수 있다면 자신이 행복하다고 느낄 것이고, 우리가 행복한 삶을 누릴 수 있도록 적절한 시간 관리를 통해 해야 할 일을 효율적으로 분배해야 한다고 했다.

1) 위 글의 제목으로 적당한 것은 무엇입니까? (　　)
　　❶ 직장 생활의 문제점　　　　　　❷ 일상에 대한 느낌
　　❸ 현대 여성들의 부담　　　　　　❹ 시간 관리의 필요성

2) ㉠ _____ 에 들어갈 말로 적당한 것은 무엇입니까?

3) 부정적인 느낌을 갖는 경험에 들지 않는 것은 무엇입니까? (   )
　　❶ 전화 통화　　　　　　　　　　　❷ 직장 생활
　　❸ 아이 돌보기　　　　　　　　　　❹ 컴퓨터를 다루는 일

4) 위 글의 내용과 같으면 O표, 다르면 X표 하십시오.

　　❶ 남편이나 부인, 자녀가 가장 피곤한 느낌을 준다는 결과가 나왔다.　　　　(　　)
　　❷ 눈앞에 있는 좋지 않은 상황들이 일상에 대한 느낌에 가장 큰 영향을 끼친다. (　　)
　　❸ 적절한 시간 관리를 통해 해야 할 일을 효율적으로 분배한다면 행복한 삶을
　　　　누릴 수 있을 것이다.　　　　　　　　　　　　　　　　　　　　　　(　　)

말하기·쓰기 연습

7. 배운 문법을 사용해 친구에게 질문하고 대답하십시오.

질 문	친구 1	친구 2
❶ 한국에 처음 왔을 때 적응이 잘 됐어요? 뭔가 달라진 것이 있습니까? (-긴 한데, -다가 보니)		
❷ 인생에서 후회가 되는 일이 있었다면 뭐예요? 그리고 인생에 영향을 끼친 사람이 누구예요? (-었더라면, -나 다름없다)		
❸ 계획을 세울 필요가 있다고 생각하세요? 아니면 필요없다고 생각하세요? 왜 그렇게 생각하세요? (-도록, -는다고 해서)		
❹ 봉사 활동에 참여하고 있습니까? 참여한다면 어 떤 봉사 활동을 하고 싶습니까? (-는다 -는다 하는 게, -어 가다)		

8. 다음 글을 읽고 봉사 활동이 우리 생활에 어떤 영향을 미치는지 써 보십시오. 그리고 친구와 같이 이야기해 보십시오.

여러분은 봉사 활동을 해 보신 적이 있습니까? 우리가 할 수 있는 봉사 활동으로는 무엇이 있을까요? 우리 주변에는 의지할 곳 없는 노인들을 위해 양로원을 방문하거나 몸이 불편한 사람들을 위해 그들의 손과 발이 되어 주는 사람들이 많습니다. 봉사 활동을 하는 사람들은 무엇을 위해서 그렇게 자신의 귀중한 시간을 들이는 것일까요? 여러분은 어떤 봉사 활동을 하고 싶습니까? 봉사 활동을 하면 생활이 어떻게 달라질까요?

YONSEI KOREAN WORKBOOK 4

의태어

1. 활짝
문이나 날개, 꽃이 시원스럽게 완전히 열린 모양
● 개나리와 진달래가 활짝 핀 걸 보니 이제 완전한 봄이군요.

2. 뻘뻘
땀을 매우 많이 흘리는 모양
● 한낮의 무더운 날씨에 사람들이 땀을 뻘뻘 흘리면서 일을 하고 있다.

3. 줄줄
땀이나 물 등이 계속 이어서 부드럽게 흐르는 소리나 모양
● 영화가 너무 슬퍼서 영화를 보는 동안 계속 눈물이 줄줄 흘러 내렸다.

4. 텅
큰 것이 속이 비어 아무 것도 없는 모양
● 명절에는 서울 거리에 가게들도 문을 닫고 차도 거의 없어서 거리가 텅 빈 것 같다.

5. 살금살금
남이 알아차리지 못하도록 눈치를 살펴 가면서 살며시 행동하는 모양
● 아이들이 잠자리를 잡으려고 살금살금 다가간다.

6. 꾸벅꾸벅
머리나 몸을 자꾸 앞으로 많이 숙였다가 드는 모양
● 봄이라서 그런지 사무실에는 꾸벅꾸벅 조는 사람들이 많다.

7. 반짝반짝
작은 빛이 잇따라 잠깐 빛났다가 사라졌다가 하는 모양
● 밤하늘의 별들이 반짝반짝 빛나는 모습이 정말 아름답다.

8. 꽉
힘주어 누르거나 잡거나 묶는 모양
● 흔들리는 버스 안에서는 넘어지지 않게 손잡이를 꽉 잡으십시오.

9. 방실방실
입을 예쁘게 살짝 벌리고 소리 없이 밝게 자꾸 웃는 모습
● 내 동생은 귀엽고 사랑스럽게 방실방실 웃는다.

10. 주룩주룩
굵은 물줄기나 빗물 따위가 빠르게 자꾸 흐르면서 내는 소리나 모양
● 늦가을, 밤늦도록 멈추지 않고 주룩주룩 내리는 비를 보면서 왠지 모를 외로움을 느낀다.

의태어 연습

1. 울던 아이가 엄마를 보더니 다시 (   ) 웃어요.

2. 수업이 끝나고 학생들이 다 나간 후 (   ) 빈 교실에 혼자 앉아 있었다.

3. 그 아이의 눈은 유난히 (   ) 빛나요.

4. 너무 더워서 가만히 있어도 땀이 (   ) 흘러요.

5. 장마철이라서 하루 종일 비가 (   ) 내린다.

6. 표정이 너무 굳어 있어요. (   ) 웃으세요. 이제 사진 찍습니다!

7. 이 옷은 몸에 너무 (   ) 끼는데요. 좀 큰 사이즈로 주세요.

8. 스포츠 센터에 가면 사람들이 땀을 (   ) 흘리면서 열심히 운동해요.

9. 영수 씨가 어제 잠을 못 잤는지 오늘 수업 시간에 계속 (   ) 졸아요.

10. 어제 밤 12시에 하숙집에 들어갔는데 다른 사람들이 깰까 봐 (   ) 들어갔다.

YONSEI KOREAN WORKBOOK 4

제2과 사람의 성격

2과 1항

어휘

1. 다음 [보기]에서 알맞은 말을 골라 빈 칸에 쓰십시오.

> [보기] 활달하다   적극적   수줍음을 타다   낯을 가리다   첫인상

　안녕하세요? 고민이 있어서 글을 올립니다. 저는 제 성격을 고치고 싶은데 고치기가 어렵습니다. 저는 ❶ **낯을 가려서** ~~어서/아서/여서~~ 처음 만나는 사람 앞에서는 말이 잘 안 나옵니다. 그래서 소개팅을 나가면 여자들이 저의 ❷＿＿＿＿＿ 은/는 좋다고 하는데 이런 ❸＿＿＿＿＿ 는/은/ㄴ 성격 때문에 여자들이 저를 멀리하는 것 같습니다. 여자가 마음에 들면 남자인 제가 ❹＿＿＿＿＿ 으로/로 행동해야 되는데 그렇게 하지 못합니다. 저는 누구에게나 편하게 말도 잘 거는 ❺＿＿＿＿＿ 는/은/ㄴ 사람이 부럽습니다.

2. 다음 [보기]에서 알맞은 말을 골라 빈 칸에 쓰십시오.

> [보기] 명랑하다 느긋하다 솔직하다 외향적이다 덜렁거리다 변덕스럽다

❶ "내 사촌 동생은 친구들과 얘기할 때도 잘 웃고 아무리 기분 나쁜 일이
　생겨도 크게 신경 쓰지 않는 편이에요."　　　　　　　　　(**명랑하다**)
❷ "내 직장 동료는 좋으면 좋다, 싫으면 싫다고 말하는 등 감정을 숨기지 않는
　편이에요."　　　　　　　　　　　　　　　　　　　　　(　　　　)
❸ "내 동생은 이것을 하고 싶어 하다가 저것을 하고 싶어 하는 등 마음이 금방
　바뀌어요."　　　　　　　　　　　　　　　　　　　　　(　　　　)
❹ "내 후배는 물건도 잘 잃어버리기도 하고 걸어가다가 잘 넘어지기도
　합니다."　　　　　　　　　　　　　　　　　　　　　　(　　　　)
❺ "내 친구는 남들한테 말도 잘 걸고 항상 같이 뭘 하자고 먼저 말할 때가
　많아요."　　　　　　　　　　　　　　　　　　　　　　(　　　　)
❻ "우리 오빠는 무슨 일을 하든지 항상 서두르지 않고 시험 결과 같은 것을
　기다릴 때도 초조 해하지 않아요."　　　　　　　　　　　(　　　　)

-는지

3. 관계있는 문장을 연결해서 한 문장으로 만드십시오.

❶ 웨이 씨가 준비를 열심히 했습니다.　　　·　　·안 시원해요.

❷ 영수 씨가 제 친구에게 관심이 있습니다.·　　·자꾸 물어봐요.

❸ 정희 씨에게 무슨 문제가 생겼습니다.　·　　·발표를 잘 했어요.

❹ 공연이 볼 만합니다.　　　　　　　　　·　　·표정이 어두워요.

❺ 에어컨이 고장났습니다.　　　　　　　·　　·용서를 빌고 있어요.

❻ 민철 씨가 잘못을 했습니다.　　　　　·　　·관객들의 평이 좋아요.

❶ ___웨이 씨가 준비를 열심히 했는지___ ~~는지/은지/ㄴ지~~ 발표를 잘 했어요.

❷ _____ 는지/은지/ㄴ지 _____

❸ _____ 는지/은지/ㄴ지 _____

❹ _____ 는지/은지/ㄴ지 _____

❺ _____ 는지/은지/ㄴ지 _____

❻ _____ 는지/은지/ㄴ지 _____

4. 다음은 웨이의 일기입니다. 다음 문장을 완성하십시오.

　오늘은 올가 씨와 약속이 있는 날이다. 약속 장소인 강남역까지 가기 위해 버스를 탔다. 그런데 명동 근처에서 ❶ ___사고가 났는지___ ~~였는지/았는지/였는자~~ 길이 많이 막혔다. 그러나 다행히 제시간에 도착할 수 있었다. 그런데 올가 씨는 ❷ _____ 는지/은지/ㄴ지 30분이나 기다려도 오지 않았다. 한 10분 더 기다리니까 올가 씨가 뛰어왔다. 그런데 ❸ _____ 는지/은지/ㄴ지 표정이 안 좋아 보였다. 오다가 지갑을 잃어버려서 그걸 찾느라고 늦었다고 했다. 그런데 결국 못 찾은 모양이었다. 우리는 우선 분실 신고를 하고 저녁을 먹으러 갔다. 큰길가에 식당이 있었는데 ❹ _____ 는지/은지/ㄴ지 사람들이 아주 많았다. 그래서 우리는 그 식당에 들어가서 음식을 시켰는데 맛이 별로였다. 저녁을 먹고 우리는 영화를 보러 극장에 갔다. 그런데 ❺ _____ 는지/은지/ㄴ지 매표소 앞에 사람이 하나도 없었다. 우리는 다음에 영화를 보기로 하고 같이 쇼핑하러 갔다. 근처 백화점에 들어갔는데 ❻ _____ 는지/은지/ㄴ지 사람이 평소보다 많았다.

-다가 보면

5. 다음을 보고 문장을 만드십시오.

경 험	부딪치는 문제
외국어 학습	포기하고 싶은 마음이 든다.
유학 생활	외롭다.
여행	잘못된 정보로 고생한다.
도시 생활	자연이 그리워진다.
사업	일이 내 뜻대로 되지 않는다.
직장 생활	동료와의 의견 충돌이 생긴다.

❶ _____**외국어를 배우**_____ 다가 보면 포기하고 싶은 마음이 들 때가 있어요.

❷ _____ 다가 보면 외로울 때가 있어요.

❸ _____ 다가 보면 _____

❹ _____ 다가 보면 _____

❺ _____ 다가 보면 _____

❻ _____ 다가 보면 _____

6. '-다가 보면'을 사용해 다음 대화를 완성하십시오.

❶ 가 : 발음이 안 좋은데 어떻게 해야 하지요?
　 나 : ____**자꾸 연습하**____ 다가 보면 ____**발음이 좋아질 거예요.**____

❷ 가 : 김 선생님 부부는 말투나 행동이 거의 비슷해요.
　 나 : _____ 다가 보면 서로 닮아가는 것 같아요.

❸ 가 : 제 성격이 지나치게 내성적이라서 친구들과 만나도 잘 어울리지 못해요.
　 나 : _____ 다가 보면 _____

❹ 가 : 수영을 시작한 지 한 달이나 됐는데 왜 살이 안 빠지죠?
　 나 : _____ 다가 보면 _____

❺ 가 : 어떻게 하면 우리 반 친구들과 빨리 친해질까요?
　 나 : _____

❻ 가 : 직장 동료 때문에 기분이 상한 적이 많아요.
　 나 : _____

2과 2항

어휘

1. 다음 [보기]에서 알맞은 말을 골라 빈 칸에 쓰십시오.

> [보기] 취직　　　호기심　　　상상력　　　풍부하다　　　살리다　　　적성

<사람을 구합니다>

　아직도 ❶ __취직__ 을/를 못해서 고민이십니까? 우리 회사로 오십시오. 광고를 만드는 회사입니다. 신문방송학 쪽이나 어문 계열을 전공하신 분은 그 전공을 ❷ _____ 을/ㄹ 수 있는 좋은 기회입니다. 모든 일에 ❸ _____ 을/를 보이고 ❹ _____ 이/가 뛰어나며 감정이 ❺ _____ 은/ㄴ 분을 찾습니다. 이 일이 ❻ _____ 에 맞다고 판단되시면 어서 문을 두드리십시오.

2. 공통으로 들어가는 단어를 보기에서 고르십시오.

> [보기]　　　-사　　　　-가　　　　-수　　　　-원　　　　-자

❶ __원__ : 은행 ☐　　　회사 ☐　　　공무 ☐　　　승무 ☐

❷ _____ : 판 ☐　　　변호 ☐　　　간호 ☐　　　마술 ☐

❸ _____ : 과학 ☐　　　근로 ☐　　　기술 ☐　　　교육 ☐

❹ _____ : 예술 ☐　　　사업 ☐　　　음악 ☐　　　건축 ☐

❺ _____ : 소방 ☐　　　무용 ☐　　　목 ☐　　　가 ☐

-더니[1]

3. 관계있는 문장을 연결해서 한 문장으로 만드십시오.

❶ 어렸을 때부터 상상력이 풍부합니다. •	• 빚을 많이 졌어요.
❷ 날마다 뉴스를 듣습니다. •	• 살이 5Kg이나 쪘어요.
❸ 공부에는 관심이 없습니다. •	• 집을 한 채 샀어요.
❹ 육식만 합니다. •	• 대학교 시험에 떨어졌어요.
❺ 돈을 아끼지 않고 막 씁니다. •	• 영화감독이 됐어요.
❻ 낭비하지 않고 열심히 저축합니다. •	• 듣기 실력이 아주 좋아졌어요.

❶ __어렸을 때부터 상상력이 풍부하__ 더니 영화감독이 됐어요.

❷ _____ 더니 _____

❸ _____ 더니 _____

❹ _____ 더니 _____

❺ _____ 더니 _____

❻ _____ 더니 _____

4. '-더니'를 사용해 대화를 완성하십시오.

❶ 가 : 영수 씨하고 지금도 연락하세요?

　나 : 아니요, _____ **미국에 가** _____ 더니 연락이 없어요.

❷ 가 : 어, 조금 전에 미선 씨를 본 것 같은데 미선 씨는 어디에 갔어요?

　나 : _____ 더니 나갔어요.

❸ 가 : 문제가 심각해지지 전에 진호 씨에게 충고라도 좀 하지 그랬어요?

　나 : 여러 번 충고를 했는데도 _____ 더니 결국 이렇게 되고 말았어요.

❹ 가 : 마리아 씨가 이번에 수석 졸업을 했다면서요? 정말 대단해요.

　나 : _____ 더니 _____

❺ 가 : 이 선생님이 병원에 입원하셨다면서요?

　나 : _____

❻ 가 : 민철 씨가 방송국 기자 시험을 봤는데 떨어졌대요.

　나 : _____

5. 다음을 보고 대화를 완성하십시오.

❶ 행복의 조건

> •정신적인 스트레스가 없어야
> 한다.
> •신체적으로 건강해야 한다.
> •돈이 많아야 한다.

가 : 정신적인 스트레스가 없어야
　　 행복하다고 할 수 있을 것 같아요.
나 : ~~정신적인 스트레스가 없으면~~
　　 ~~으면/면~~ 뭘 해요?
　　 신체적으로도 건강해야지요.

❷ 배우자의 조건

> •가정환경이 좋아야 한다.
> •취미가 같아야 한다.
> •성격이 좋아야 한다.

가 : 저는 가정환경이 좋은 사람하고
　　 결혼해야 된다고 봐요.
나 : _____
　　 으면/면 뭘 해요? 성격이 좋아야지요.

❸ 직장의 조건

> •월급이 많아야 한다.
> •근무 환경이 좋아야 한다.
> •일이 적성에 맞아야 한다.

가 : 회사를 선택할 때 월급이 제일
　　 중요하다고 봐요.
나 : _____ 으면/면
　　 뭘 해요?
　　 _____

❹ 취업의 조건

> •영어를 잘 해야 한다.
> •명문 대학교를 졸업해야 한다.
> •일 처리 능력이 뛰어나야 한다.

가 : 요즘에 영어를 못하면 취직하기
　　 어려운 것 같아요.
나 : _____ 으면/면
　　 뭘 해요?
　　 _____

❺ 가수의 조건

> •외모가 멋있다.
> •노래 실력이 좋아야 한다.
> •춤을 잘 춰야 한다.

가 : 콘서트에서 노래를 불렀던 가수는
　　 외모가 정말 멋있지 않아요?
나 : _____ 으면/면
　　 뭘 해요?
　　 _____

❻ 부모가 바라는 자식의 모습

> • 공부를 잘 했으면 좋겠다.
> • 인간성이 좋았으면 좋겠다.
> • 뛰어난 재능을 발휘했으면 좋겠다.

가 : 자식이 공부를 잘 하면 그것보다 기쁜 일은 없을 것 같아요.

나 : .... 으면/면 뭘 해요?

....

6. '-으면 뭘 해요?'를 사용해 다음 대화를 완성하십시오.

❶ 가 : 하숙집이 가까워서 좋겠어요.

나 : _____**가까우면**_____ ~~으면/면~~ 뭘 해요? 주위가 시끄러워서 밤에 잘 수가 없는데요.

❷ 가 : 필기시험에 합격하셨다면서요? 축하드려요.

나 : .... 으면/면 뭘 해요? 면접시험을 잘 봐야지요.

❸ 가 : 이번 달부터 월급이 10% 인상된다는 소식을 들으셨죠?

나 : .... 으면/면 뭘 해요? ....

❹ 가 : 이사철이 지나고 나니 아파트 값이 좀 내렸던데요.

나 : .... 으면/면 뭘 해요? ....

❺ 가 : 시험공부 계획을 잘 세우셨네요.

나 : ....

❻ 가 : 아이의 성격이 적극적이고 활달한 것 같아요.

나 : ....

어휘

1. 다음 [보기]에서 알맞은 말을 골라서 빈 칸에 쓰십시오.

> [보기]　　자라다　　외동딸　　장남　　부족하다　　싸우다　　달리

❶ 나는 어렸을 때 다른 아이들과 (　달리　) 혼자 있는 것을 좋아했다.

❷ 부모들은 누구나 아이가 건강하게 (　　　　　)기를 바란다.

❸ 요즘은 할 일이 너무 많아서 잠 잘 시간이 (　　　　　)는다/ㄴ다/다.

❹ 나는 형제자매 없이 (　　　　　)으로/로 자라서 어린 시절에 조금 외로웠다.

❺ 두 사람이 어제 (　　　　　)는지/은지/ㄴ지 오늘은 통 말을 안 한다.

❻ 한국에서는 전통적으로 (　　　　　)이/가 부모님을 모시고 살아야 했는데
요즘은 꼭 그렇지는 않다.

2. 다음 [보기]에서 알맞은 말을 골라서 빈 칸에 쓰십시오.

> [보기]　　습하다　　건조하다　　시원하다　　쌀쌀하다　　화창하다

❶ 그동안 하고 싶었던 말을 솔직히 하고 나니 마음이 정말 (시원해졌다)
~~어졌다/아졌다/여졌다~~.

❷ 요즘 같은 가을철에는 피부가 (　　　　　)어져서/아져서/여져서 크림을
자주 발라야 한다.

❸ 비가 자주 내리는 장마철에는 기온이 높고 (　　　　　)기 때문에
불쾌지수도 높아진다.

❹ 11월이 되면 아침저녁으로 (　　　　　)어서/아서/여서 따뜻한 옷을
가지고 다녀야 한다.

❺ 5월은 날씨가 맑고 (　　　　　)기 때문에 계절의 여왕이라고 불린다.

YONSEI KOREAN WORKBOOK 4

-을 게 아니라

3. 다음 표를 보고 대화를 완성하십시오.

❶ 체력을 기르고 싶어서 건강식품을 많이 먹는다.	운동을 한다.
❷ 한국말을 잘 하고 싶어서 단어만 많이 외운다.	한국 친구를 사귄다.
❸ 주말에 집에서 텔레비전을 본다.	취미 활동을 한다.
❹ 직장 동료의 말에 스트레스를 받으면 그냥 참는다.	솔직하게 얘기한다.
❺ 좋아하는 사람에게 마음을 전하고 싶어서 날마다 꽃을 사 준다.	좋아한다고 고백한다.
❻ 한국 젊은이들의 문화를 알고 싶어서 관련 서적을 많이 읽는다.	직접 문화 체험 활동을 한다.

❶ 체력을 기르고 싶으면 <u>**건강식품만 먹을**</u> 을/ㄹ 게 아니라 운동을 해 보세요.

❷ 한국말을 잘 하고 싶으면 _____ 을/ㄹ 게 아니라 한국 친구를 사귀어 보세요.

❸ 주말에 집에서 _____ 을/ㄹ 게 아니라 취미 활동을 해 보세요.

❹ 직장 동료의 말에 스트레스를 받으면 _____ 을/ㄹ 게 아니라 솔직하게 얘기해 보세요.

❺ 좋아하는 사람에게 마음을 전하고 싶으면 _____ 을/ㄹ 게 아니라 _____

❻ 한국 젊은이들의 문화를 알고 싶으면 _____ 을/ㄹ 게 아니라 _____

4. '-을/ㄹ 게 아니라'를 사용해 다음 대화를 완성하십시오.

❶ 가 : 옆집에서 들리는 음악 소리가 너무 시끄러운데 그냥 참고 있어요.
　 나 : <u>**그렇게 참고만 있을**</u> 을/ㄹ 게 아니라 가서 이야기해 보세요.

❷ 가 : 친구가 내 말을 오해한 것 같아서 걱정이에요.
　 나 : _____ 을/ㄹ 게 아니라 솔직히 얘기해 보세요.

❸ 가 : 저는 모르는 단어를 사전에서 찾는데 그래도 이해가 안 될 때가 많아요.
　 나 : _____ 을/ㄹ 게 아니라 선생님께 물어 보세요.

❹ 가 : 며칠 전부터 머리가 아파서 계속 약을 먹고 있는데 낫지를 않아요.
　 나 : _____ 을/ㄹ 게 아니라 병원에 가서 진찰을 받아 보세요.

❺ 가 : 영수 씨는 문제가 생길 때마다 도와 달라고 부탁을 하는데 어떻게
　　　하면 좋을까요?

　　나 : _____

❻ 가 : 세탁기를 수리해 달라고 요청했는데 일주일이 지나도 연락이 없어요.
　　　계속 기다려야 하는 건지 모르겠어요.

　　나 : _____

–었다 하면

5. 다음 문장을 완성하십시오.

---

❶ 사람들이 모인다. → 정치에 대한 이야기를 한다.

❷ 사장님은 회의에서 말을 시작한다. → 끝이 없다.

❸ 친구들을 만난다. → 노래방에 간다.

❹ 친한 친구와 전화를 한다. → 한 시간 이상 전화를 한다.

❺ 인터넷 게임을 한다. → 밤을 샌다.

❻ 화가 난다. → 이틀 이상 말을 안 한다.

---

❶ 선거 기간이라서 요즘 사람들이 ___모였다___ ~~았다/었다/였다~~ 하면 정치에
　대한 이야기만 한다.

❷ 사장님은 회의에서 _____ 았다/었다/였다 하면 끝이
　없다.

❸ 주희는 노래를 좋아해서 _____ 았다/었다/였다 하면 노래방에
　간다.

❹ 우리 엄마는 _____ 았다/었다/였다 하면 _____

❺ 진수는 게임을 좋아해서 _____ 았다/었다/였다 하면 _____

❻ 영수는 _____ 았다/었다/였다 하면 _____

6. 다음은 기자의 인터뷰입니다. '-었다 하면'을 사용해 대화를 완성하십시오.

❶ 올림픽 수영 금메달 선수

기자 : 어렸을 때부터 수영을 좋아했습니까?

선수 : 네, 수영을 <u>**했다**</u> ~~왔다/었다/였다~~ 하면 서너 시간은 했어요.

❷ 햄버거 많이 먹기 대회 우승자

기자 : 축하합니다. 평소에도 이렇게 햄버거를 많이 드십니까?

우승자 : 네, _____ 었다/았다/였다 하면 스무 개 정도는
먹었어요.

❸ 독서왕

기자 : 축하합니다. 일주일에 몇 권 쯤 책을 읽습니까?

학생 : 보통 _____ 었다/았다/였다 하면 일주일에 한 20권
정도 읽어요.

❹ 근육왕

기자 : 평소에 얼마나 운동을 하십니까?

근육왕 : 글쎄요, _____ 었다/았다/였다 하면 한 서너 시간은
하는 편이에요.

❺ 게임왕

기자 : 어렸을 때부터 게임에 소질이 있었습니까?

게임왕 : 네, _____

❻ 자전거 대회 우승자

기자 : 오늘 13시간 동안 자전거를 타셨는데요, 힘들지 않으세요?

우승자 : 힘들긴요, 평소에도 _____

어휘

1. 다음 [보기]에서 알맞은 말을 골라 빈 칸에 쓰십시오.

> [보기] 쓰러지다   혈압   명상   귀 기울이다   타고나다

❶ 나는 (**혈압**)이/가 조금 높은 편이어서 평소에 무리한 운동이나 일을 하지 않아야 하고 음식도 조심해서 먹어야 한다.

❷ 스트레스가 많은 현대인들에게는 편안한 분위기에서 조용한 음악을 들으며 정신을 집중하는 (   )이/가 도움이 된다.

❸ 자신의 성격을 고치려면 친구들의 충고에 (   )어야/아야/여야 한다.

❹ 어제 아버지가 갑자기 (   )어서/아서/여서 병원에 입원하셨다.

❺ 그 사람은 노력도 많이 했지만 (   )는/은/ㄴ 말재주가 있어서 아나운서로 성공할 수 있었다.

2. 다음 [보기]에서 알맞은 말을 골라 빈 칸에 쓰십시오.

> [보기] 두통   위염   장염   치매   당뇨병   소화불량

❶ 설사를 자주 하고 음식을 먹으면 바로 화장실에 간다.　　　　(**장염**)

❷ 인슐린이 부족해서 음식 관리를 해야 한다.　　　　　　　　(　　)

❸ 커피와 매운 음식 등 자극적인 음식을 많이 먹어서 속이
쓰리다.　　　　　　　　　　　　　　　　　　　　　　(　　)

❹ 가족이나 친구를 알아보지 못하고 자주 기억을 잃어버린다.　(　　)

❺ 음식을 먹으면 소화가 안 되고 속이 편하지 않다.　　　　　(　　)

❻ 스트레스를 받으면 머리가 자주 아프다.　　　　　　　　　(　　)

-을 뻔하다

3. 다음 문장을 완성하십시오.

❶ 어제 저녁 빗길에 트럭이 과속으로 달리다가 중앙선을 넘어서 <u>사고가 날</u>을/ㄹ 뻔했습니다. 하지만 맞은편 차가 브레이크를 밟아서 다행히 사고가 나지 않았습니다.

❷ 어제 북한산에서 등산객이 피운 담배 불씨가 나무에 붙어 ＿＿＿＿＿＿ 을/ㄹ 뻔했습니다. 하지만 안전 요원이 발견하여 다행히 산불이 나지 않았습니다.

❸ 가스 개발 문제로 두 나라간에 ＿＿＿＿＿＿ 을/ㄹ 뻔했습니다. 하지만 UN이 적극적으로 문제를 잘 해결해서 두 나라 간의 전쟁이 일어나지 않았습니다.

❹ 어제 농구 경기 중 두 선수가 부딪쳐 넘어지면서 두 선수 모두 심하게 ＿＿＿＿＿＿ 을/ㄹ 뻔했습니다. 하지만 응급조치를 해서 다행히 크게 다치지는 않았습니다.

❺ 어제 발생한 강력한 지진으로 학교 건물이 흔들려서 ＿＿＿＿＿＿ 을/ㄹ 뻔했습니다. 하지만 교사들이 학생들을 안전하게 대피시켜 다행히 사상자가 발생하지 않았습니다.

❻ 미국의 국제 투자 은행 부도로 한국 투자자들이 ＿＿＿＿＿＿ 을/ㄹ 뻔했습니다. 하지만 정부의 자금 지원으로 투자자들은 큰 손해를 입지 않았습니다.

4. '- 을 뻔하다'를 사용해 다음 대화를 완성하십시오.

❶ 가 : 오늘 영수 씨 생일인 거 알지요?
　나 : 네, 그런데 사실은 친구가 미리 얘기를 안 해 줬더라면 <u>잊어버릴</u> 을/ㄹ 뻔 했어요.

❷ 가 : 신문 기사 발표 준비는 다 했어요?
　나 : 네, 겨우 다 하긴 했는데 어제 갑자기 컴퓨터가 고장 나서 ＿＿＿＿＿＿ 을/ㄹ 뻔 했어요.

❸ 가 : 중요한 서류를 잃어버렸다던데 찾으셨어요?
　나 : 겨우 찾기는 했는데 ＿＿＿＿＿＿ 을/ㄹ 뻔 했어요.

❹ 가 : 오늘 마라톤대회 때문에 오전 10시부터 교통을 통제한다는 것을 알았어요?
　나 : 네, 저도 오늘 신문을 안 봤으면 ＿＿＿＿＿＿ 을/ㄹ 뻔 했어요.

❺ 가 : 오늘은 평소보다 회사에 조금 늦게 오셨네요. 무슨 일이 있었어요?
　나 : ＿＿＿＿＿＿

❻ 가 : 명절에는 기차표를 구하기가 어렵다던데 어떻게 구하셨어요?
　나 : ＿＿＿＿＿＿

–는다기에

5. 다음 문장을 완성하십시오.

> • 황 작가가 새 책을 출간했습니다.
> • 새로 나온 영화를 개봉합니다.
> • 시청 앞에서 세계 음식 축제가 열립니다.
> • 백화점 바겐세일이 시작됩니다.
> • 코엑스에서 취업 설명회가 있습니다.
> • 이번 주말에 비가 오겠습니다.

❶ 내가 좋아하는 황 작가가 새 책을 출간했다기에 ~~는다기에/ㄴ다기에/다기에~~
　 서점에 가려고 해요.

❷ ＿＿＿＿＿＿＿＿＿＿＿＿＿＿＿ 는다기에/ㄴ다기에/다기에 영화를 보러
　 가려고 합니다.

❸ ＿＿＿＿＿＿＿＿＿＿＿＿＿＿＿ 는다기에/ㄴ다기에/다기에 주말에
　 가보려고 해요.

❹ ＿＿＿＿＿＿＿＿＿＿＿＿＿＿＿ 는다기에/ㄴ다기에/다기에 백화점에 갈
　 거예요.

❺ ＿＿＿＿＿＿＿＿＿＿＿＿＿＿＿ 는다기에/ㄴ다기에/다기에 코엑스에
　 친구와 가 보려고 합니다.

❻ ＿＿＿＿＿＿＿＿＿＿＿＿＿＿＿ 는다기에/ㄴ다기에/다기에 등산하기로 한
　 약속을 취소 했어요.

6. '–는다기에'를 사용해 다음 대화를 완성하십시오.

❶ 가 : 지난 주말에 무엇을 하셨어요?
　 나 : 청계천이 볼 만하다기에 ~~는다기에/ㄴ다기에/다기에~~ 가 봤어요. 정말
　　　　 좋던데요.

❷ 가 : 요즘 건강 관리를 어떻게 하고 있어요?
　 나 : ＿＿＿＿＿＿＿＿＿＿ 는다기에/ㄴ다기에/다기에 요가를 배우고 있어요.

❸ 가 : 연락도 없이 어쩐 일이세요?
　 나 : ＿＿＿＿＿＿＿＿＿＿ 는다기에/ㄴ다기에/다기에 저도 도울 일이
　　　　 있을까 해서 왔어요.

❹ 가 : 왜 중국어 학원에 등록하려고 하세요?
　 나 : ＿＿＿＿＿＿＿＿ 는다기에/ㄴ다기에/다기에 ＿＿＿＿＿＿＿＿＿＿

❺ 가 : 혈압이 높아서 고민이라더니 요즘은 좀 어때요? 건강해 보이는데요.
　 나 : ＿＿＿＿＿＿＿＿＿＿＿＿＿＿＿＿＿＿＿＿＿＿＿＿＿＿＿＿＿

❻ 가 : 오늘은 왜 버스를 타고 오셨어요? 자동차가 고장이 났어요?
　 나 : 아니요, ＿＿＿＿＿＿＿＿＿＿＿＿＿＿＿＿＿＿＿＿＿＿＿＿

어휘 연습

1. 빈칸에 알맞은 어휘를 쓰십시오.

[보기]	시각	열정	의욕	재치	표현

❶ 잘했다는 칭찬을 들으니까 열심히 해야겠다는 .... 이/가 더 생겼다.

❷ 태어나 자라 온 환경이 다르면 어떤 문제를 보는 .... 도 다를 수 있다.

❸ 외국인들은 한국인이 모여 응원하는 모습에서 뜨거운 .... 을/를 느낀다고 한다.

❹ 평소에는 말이 없던 그 사람이 모임에 가서는 분위기에 맞춰 재미있고 .... 있는 말을 많이 했다.

❺ 우리는 다양한 방법으로 자신의 생각을 보여 줄 수 있는데 글뿐만 아니라 그림이나 노래도 .... 방법이 될 수 있다.

2. 다음 어휘를 사용하여 옛날 방식으로 밥을 짓는 과정을 완성하십시오.

[보기]	씻다	눌어붙다	물을 긷다	물을 붓다	푸다

옛날 사람들은 밥을 어떻게 지었을까? 밥을 짓기 위해서는 우선 쌀을 .... 어야/아야/여야 한다. 요즘처럼 편리한 수도시설이 없었으니 우물에 가서 쌀 씻을 .... 어/아/여 와야 했다. 그렇게 밥 할 쌀이 준비되면 밥솥에다가 씻은 쌀을 넣고 .... 어서/아서/여서 알맞은 물의 양을 맞춘다. 불에 올려놓고 솥에서 김이 나면 뜸을 좀 들여야 맛있는 밥이 된다. 다 된 밥은 그릇에 .... 는/ㄴ다. 그때 솥 바닥에 밥알들이 .... 는데/은데/ㄴ데 그것이 누룽지이다. 거기에다 물을 부어 끓이면 구수한 숭늉이 된다.

3. 밑줄 친 표현과 관계있는 어휘를 찾아 쓰십시오.

| [보기] | 민첩하다 | 불안하다 | 서두르다 | 해치우다 |

❶ 아내는 10시 드라마가 시작되기 전에 집에 도착해야 한다면서 빨리 걸었다.

(   )

❷ 동생은 학교에서 돌아오자마자 숙제를 빨리 끝내 버리고 나가서 저녁 늦게까지 놀다가 집에 돌아왔다. (   )

❸ 지진에 대한 뉴스를 자주 듣다 보니 이곳에서도 지진이 일어날까 봐 걱정이 되어 마음이 편하지 않다. (   )

❹ 일을 할 때는 꼼꼼하고 정확한 것도 중요하지만 상황에 따라 빠르게 판단하고 움직이는 것도 중요하다. (   )

더 생각해 봅시다

4. 다음 뜻에 맞는 한국어 속담을 골라서 쓰고 여러분 나라에도 이런 속담이 있는지 이야기해 봅시다.

> 우물을 파도 한 우물을 파라.
>
> 벼는 익을수록 고개를 숙인다.
>
> 찔러도 피 한 방울 나지 않겠다.

뜻	한국어 속담	여러분 나라의 속담
나쁜 습관은 고치기 어렵다.	세 살 버릇 여든까지 간다.	
냉정하고 인정이 없다.		
실력과 능력이 있는 사람일수록 겸손하다.		
한 가지 일을 끝까지 해야 성공할 수 있다.		

5. 다음을 듣고 질문에 답하십시오.

1) 이야기의 제목으로 알맞은 것을 고르십시오.   (   )

❶ 부모의 성격이 아이의 성격에 미치는 영향
❷ 칭찬이 아이의 성격에 미치는 영향
❸ 일상생활이 아이의 성격에 미치는 영향
❹ DNA가 아이의 성격에 미치는 영향

2) 들은 내용과 같으면 O표, 다르면 X표 하십시오.

❶ 아이의 성격은 부모의 노력으로 바꿀 수 있다.   (   )
❷ 칭찬을 많이 하면 자신감은 생기나 학습 능력은 떨어진다.   (   )
❸ DNA는 아이의 성격에 전혀 영향을 주지 않는다.   (   )
❹ 부모가 서로 칭찬하는 모습이 아이의 성격에 영향을 미친다.   (   )

6. 다음을 읽고 질문에 답하십시오.

A형은 무슨 일을 할 때 미리 결과를 걱정하고 하고 싶은 말이 있어도 참고 지내는 소심한 성격이어서 스트레스가 많습니다. 그런데 가끔 A형 중에도 외향적인 사람이 있긴 하지만 O형과는 달리, 다른 사람과 떨어져서 혼자 있을 때는 원래의 내성적인 모습으로 돌아옵니다. 자기를 표현하는 능력이 없긴 하지만 집중력이 뛰어나고 꼼꼼한 편입니다.

AB형은 생각이 많은 편이지만 자신의 생각을 말이나 행동으로 표현하는 것을 귀찮아 합니다. 주위의 사물에 호기심이 많고 항상 "왜?"라는 생각을 많이 합니다. 또 감정을 잘 나타내지 않아서 가끔 냉정하다는 말을 듣기도 합니다.

O형은 주위 사람들과 다 잘 어울리고 성격이 좋다는 얘기를 많이 듣습니다. 리더십이 뛰어나서 사람들이 많이 따르고 인기도 많은 편입니다. 하지만 생각이 조금 느리고 창의력이 부족한 편입니다.

B형은 자신의 기분을 말이나 행동으로 바로 표현하는 편이라서 스트레스가 적습니다. 다른 사람이 자기에 대해 조언할 때 기분 나빠하며 "그냥 하고 싶은 대로 놔 둬."라고 화를 냅니다. 외향적이고 다른 사람에 대해 신경을 쓰지 않기 때문에 하고 싶은 일을 적극적으로 할 수 있습니다.

남녀 관계에도 혈액형이 영향을 미칠까요? 보통 A형은 B형에게 관심을 가지고, O형은 AB형에게 관심을 가진다고 합니다. 하지만 혈액형 분석을 보면 A형은 O형, B형은 AB형과 잘 어울린다고 합니다. 그러므로 남녀 관계와 혈액형은 별로 관계가 없는 것 같습니다.

1) 위 글의 제목으로 알맞은 것을 고르십시오. (　　)
   ❶ 혈액형의 종류
   ❷ 혈액형과 스트레스의 관계
   ❸ 혈액형으로 알아 본 사람의 성격
   ❹ 성격이 남녀 관계에 미치는 영향

2) 글의 내용과 같으면 O표, 다르면 X표 하십시오.
   ❶ A형은 자기 표현이 적고 소심한 편이다. 　　　　　　　　　(　　)
   ❷ AB형은 생각이 없고 호기심이 적은 편이다. 　　　　　　(　　)
   ❸ O형은 성격이 좋고 인기가 많은 편이다. 　　　　　　　(　　)
   ❹ B형은 자신의 감정을 잘 표현하지 못해서 스트레스가 많은 편이다. (　　)

7. 배운 문법을 사용해 친구에게 질문하고 대답하십시오.

질 문	친구 1	친구 2
❶ 한국 생활을 하면서 어떤 고민이나 문제가 있는지 친구에게 물어 보고 조언을 해 보십시오. (-다가 보면, -을 게 아니라)		
❷ 평소 습관에 대해 말해 보십시오. 또 그 습관 때문에 실수한 경우가 있었습니까? (-었다 하면, -을 뻔 하다)		
❸ 친구나 아는 사람들에 대해 이야기해 보십시오. 처음 만났을 때를 기억해 보고 지금의 모습이 어떻게 달라졌는지 이야기해 보십시오. (-더니, -는지)		
❹ 한국어 공부에 도움이 되는 특별한 방법을 알고 있습니까? 어떻게 공부하고 있습니까? (-는다기에)		

8. 다음 글을 읽고 여러분의 생각을 써 보십시오. 그리고 친구와 같이 이야기해 보십시오.

성격은 타고 나는 것일까요? 아니면 변할 수 있는 것일까요?

과 학 자 : 성격은 80%이상 타고 나는 것입니다. 부모의 DNA 중 한 요소가 큰 영향을 미친다고 할 수 있습니다. 다만 여러 가지 요소가 함께 있기 때문에 태어난 후의 환경과 7세 이전의 친구 관계, 교육 등이 많은 영향을 주게 됩니다. 따라서 유아 때의 교육이 중요하다고 할 수 있습니다.

정신 분석가 : 유전자에 의해 성격이 결정된다고 생각하지 않습니다. 사람은 자신의 생각을 바꾸는 것만으로 얼마든지 성격을 바꿀 수 있습니다. 어렸을 때의 불행한 경험으로 성격이 어두운 사람들도 과거의 좋지 않은 기억에서 벗어나려고 노력하다 보면 밝고 긍정적인 성격으로 변하게 됩니다.

의성어

1. 훅
입으로 무엇을 세게 부는 소리
●종이를 입으로 훅 부니까 종이가 날아가 버렸다.

2. 앵
모기나 벌 등이 날아다니며 내는 소리
●모기가 앵 소리를 내며 날아다녀서 잘 수가 없었다.

3. 꼬르륵
배가 고플 때 뱃속에서 나는 소리
●오늘 저녁을 안 먹어서 뱃속에서 꼬르륵 소리가 난다.

4. 덜컹덜컹
차 따위가 흔들리면서 내는 소리
●차가 시골길을 가면서 덜컹덜컹 소리를 냈다.

5. 펑
무엇이 크게 터지는 소리
●폭탄이 날아오너니 펑 터셨다.

6. 딸랑딸랑
작은 종 또는 쇠로 된 방울이 울리는 소리
●문에 종을 매달았더니 문이 열릴 때마다 딸랑딸랑 소리가 난다.

7. 윙
바람이 세게 부는 소리
●윙 하고 부는 겨울바람에 나뭇잎이 많이 흔들렸다.

8. 풍덩
뭔가 무거운 것이 물에 빠지는 소리
●무거운 돌이 강물 속으로 풍덩 빠졌다.

9. 보글보글
찌개나 국 등이 끓는 소리
●김치찌개가 보글보글 끓는 것이 맛있어 보인다.

10. 쿨쿨
깊이 잠들었을 때 내는 소리
●그 사람이 너무 피곤하게 쿨쿨 자고 있어서 깨우지 않았다.

YONSEI KOREAN WORKBOOK 4

의성어 연습

1. 된장찌개가 불 위에서 .... 끓고 있습니다.

2. 내가 대문 안으로 들어서니까 강아지가 .... 방울 소리를 내며 뛰어왔다.

3. 지난 밤 11시 쯤 가스 공장에서 .... 소리와 함께 불이 났습니다.

4. 시간이 없어서 아침을 못 먹은 날은 셋째 시간만 되면 뱃속에서 .... 소리가 나요.

5. 버스 안에는 아기를 달래고 있는 아주머니, 책을 읽고 있는 학생, ... 자고 있는 아저씨, 그리고 나 이렇게 네 명 뿐이었다.

6. 외나무다리를 건너가던 아저씨가 미끄러져서 물속으로 .... 하고 빠지고 말았다.

7. 나는 촛불 앞에서 소원을 빌고 나서 촛불을 한번에 .... 불어서 다 껐다.

8. 벌이 .... 소리를 내며 날아다닌다.

9. 창 밖에서 바람 소리가 .... 하고 났습니다.

10. 내 자동차는 너무 낡아서 조금 험한 길을 갈 때면 .... 소리가 나요.

동물 농장

닭 장 속 에 는　암 탉 이 '꼬꼬댁'　문 간 옆 에 는　거 위 가 '꽥꽥'
깊 은 산 속 엔　뻐 꾸 기 '뻐꾹'　높 은 하 늘 엔　종 달 새 '호르르'

배 나 무 밑 엔　염 소 가 '음매'　외 양 간 에 는　송 아 지 '음매'
부 뚜 막 위 엔　고 양 이 '야옹'　마 루 밑 에 는　강 아 지 '멍멍'

닭 장 속 에 는　암 탉 들 - 이　문 간 옆 에 는　거 위 들 - 이
깊 은 산 속 엔　뻐 꾸 기 - 가　높 은 하 늘 엔　종 달 새 - 가

배 나 무 밑 엔　염 소 들 - 이　외 양 간 에 는　송 아 지 -
부 뚜 막 위 엔　고 양 이 - 가　마 루 밑 에 는　강 아 지 -

오　　히　야 하 -　오　오 오　오 오 -
오　　히　야 하 -　오　오 오　오 오 -

오　히　야 하 -　오　오 오 오　오　　-
오　히　야 하 -　오　오 오 오　오　　-

제3과 일상의 문제

3과 1항

어휘

1. 다음 [보기]에서 알맞은 말을 골라 빈 칸에 쓰십시오.

[보기] 전자   벽걸이   반품   설치   제품   매장

연세 ❶ __전자__ 에서 새롭게 내놓은 ❷ _____ TV!

❸ _____ 까지 힘들게 가서 고르실 필요가 없습니다. 전화로 신청만 해 주시면 됩니다. ❹ _____ 을/를 산 후 나흘 안에는 집까지 배달해 드리고,

❺ _____ 도 신속하게 해 드립니다. 혹시 이상이 있을 경우 언제든지

❻ _____ 이/가 가능하니 걱정 마세요. 제품이 얼마 남지 않았으니 지금 바로 주문해 주세요. 여러분을 분명히 만족시켜 드릴 것입니다.

2. 다음 [보기]에서 알맞은 말을 골라 빈칸에 쓰십시오.

[보기] 고객 센터   구입   교환   배송   환불

상담원 : 네, ❶ __고객 센터__ 입니다.

고객　 : 에어컨을 3일 전에 ❷ _____ 했는데 제품에 하자가 있는 것 같아요.
　　　　별로 시원하지 않거든요.

상담원 : 그래요? 그럼 ❸ _____ 해 드리겠습니다.

고객　 : 아니요, 저는 그냥 돈으로 ❹ _____ 받았으면 하는데요.

상담원 : 네, 알겠습니다. 그런데 반품할 때 ❺ _____ 비용은
　　　　부담하셔야 합니다.

–기에는

3. 다음 글을 읽고 대화를 완성하십시오.

> 오늘도 진수 씨를 만났다. 내가 진수 씨를 별로 마음에 안 들어 하기 때문인지 진수 씨가 내놓는 제안들은 다 이해가 안 되는 것들뿐이다. 점심 때 쯤 만났는데 ❶ <u>김밥을 하나 사서 같이 먹자고 했다.</u> 아무리 내가 배가 안 고파도 김밥 하나 가지고 두 사람이 어떻게 먹는단 말인가? 분명히 모자랄 것이다. 그래서 김밥 하나 더 사서 먹고 둘이 뭐 할까 생각하는데 ❷ <u>진수 씨가 영화를 보러 가자고 했다.</u> 날씨가 너무 좋은데 그 어두컴컴한 극장 안에 들어간다는 말인가? 그래서 내가 싫다고 하니까 다음에는 ❸ <u>시간이 이른데 술을 마시러 가자고 하는 것이다.</u> 3시 밖에 안 됐는데……. 그래서 내가 또 싫다고 했다. 결국 우리는 공원에 산책을 가기로 했는데 ❹ <u>진수 씨가 가까운 공원까지 걸어가자고 했다.</u> 그런데, 거기에서 공원까지는 걸어서 <u>30분 쯤 걸리는 먼 거리였다.</u> 그래서 그냥 근처 서점에 들어갔다. 그런데, 이번에는 ❺ <u>진수 씨가 한국어로 쓰인 소설을 한 권 사 줄 테니까 한 번 읽어 보라고 했다.</u> 그런데 그 책은 나한테는 너무나 어려운 책이었다. 그래도 그 책을 받아들고 다음에 만날 약속을 했다. 그런데 진수 씨가 마지막에 내놓은 제안은 ❻ <u>요즘은 여름이 지나서 날씨가 쌀쌀한데 다음 주에 만나서 같이 수영을 가자는 것이었다.</u>

❶ 진수 : 저기에 김밥집이 있는데 김밥을 하나 사서 같이 먹을까요?
　나　 : ＿＿＿＿＿＿**두 사람이 먹**＿＿＿＿＿＿ 기에는 좀 모자라요.

❷ 진수 : 영화를 좋아한다고 하셨지요? 우리 같이 영화를 보러 갈까요?
　나　 : ＿＿＿＿＿＿＿＿＿＿＿＿＿＿＿＿＿ 기에는 날씨가 너무 좋은데요.

❸ 진수 : 제가 분위기가 좋은 술집을 아는데 같이 술을 마시러 갈까요?
　나　 : ＿＿＿＿＿＿＿＿＿ 기에는 ＿＿＿＿＿＿＿＿＿＿＿＿

❹ 진수 : 공원까지 걸어서 갈까요?
　나　 : ＿＿＿＿＿＿＿＿＿ 기에는 ＿＿＿＿＿＿＿＿＿＿＿＿

❺ 진수 : 이 책을 사 드릴 테니까 한번 읽어 보시겠어요?
　나　 : ＿＿＿＿＿＿＿＿＿ 기에는 ＿＿＿＿＿＿＿＿＿＿＿＿

❻ 진수 : 우리 다음 주에 수영하러 갈까요?
　나　 : ＿＿＿＿＿＿＿＿＿ 기에는 ＿＿＿＿＿＿＿＿＿＿＿＿

4. 다음을 보고 두 문장을 골라 문장을 만드십시오.

	교통	주위 환경	하숙비
ㄱ 하숙집	학교까지 걸어서 10분 걸림	술집이 많음	한 달에 30만원
ㄴ 하숙집	지하철역까지 15분이고, 학교까지 40분 쯤 걸림	공원과 산이 있음	한 달에 50만원
ㄷ 하숙집	지하철역까지 5분이고, 학교까지 20분 쯤 걸림	시장과 할인점이 있음	한 달에 70만원

❶ ㄱ 하숙집은 학교까지 걸어서 10분밖에 안 걸리니까 <u>**학교에 다니**</u>기에는 **편해요**.

❷ ㄱ 하숙집은 근처에 술집이 많아서 ＿＿＿＿＿＿＿＿＿＿＿기에는 시끄러워요.

❸ ㄴ 하숙집은 근처에 지하철역이 없어서 ＿＿＿＿＿＿＿기에는 ＿＿＿＿＿＿

❹ ㄴ 하숙집은 근처에 공원과 산이 있으니까 ＿＿＿＿＿＿기에는 ＿＿＿＿＿＿

❺ ㄷ 하숙집은 근처에 시장과 할인점이 있으니까 ＿＿＿＿＿＿＿＿＿＿＿＿

❻ ㄷ 하숙집은 ＿＿＿＿＿＿＿＿＿＿＿＿＿＿＿＿＿＿＿＿＿＿＿＿＿

-고 보니

5. 다음 상황에 맞게 문장을 완성하십시오.

❶ 짐을 다 싸고 나서 여권을 안 넣은 것이 생각났다.

→ ＿＿**짐을 다 싸**＿＿고 보니 여권을 안 넣었어요.

❷ 손님이 와서 음식을 했는데 너무 많이 한 것 같다.

→ ＿＿＿＿＿＿＿＿＿＿고 보니 너무 많이 했네요.

❸ 물건을 사고 거스름돈을 받았는데 천 원을 덜 받았다.

→ ＿＿＿＿＿＿＿＿고 보니 ＿＿＿＿＿＿＿＿＿＿＿＿＿

④ 운동 기구를 샀는데 자주 사용할 것 같지 않아서 산 것이 후회가 된다.

→ _____ 고 보니 _____

⑤ 지하철에서 내렸는데 내려야 할 곳이 아니었다.

→ _____ 고 보니 _____

⑥ 과로로 쓰러진 후에 건강이 얼마나 소중한지를 다시 한 번 느끼게 됐다.

→ _____ 고 보니 _____

6. '-고 보니'를 사용해 대화를 완성하십시오.

❶ 가 : 부모님한테서 독립한다더니 하셨어요?
　나 : 네, 그런데 __독립하__ 고 보니 **부모님하고 같이 살았던 때가 편했던 것**
같아요.

❷ 가 : 아이들이 말을 잘 안 들어서 힘들지요?
　나 : 네, 부모가 _____ 고 보니 우리 부모님이 얼마나 고생하셨는지
알겠어요.

❸ 가 : 그렇게 학교 다니기 싫어하더니 휴학하니까 좋아?
　나 : 사람의 마음이 참 이상하지. _____ 고 보니 학교
생활이 그립네.

❹ 가 : 친구한테 기분이 나빴던 것을 얘기했어?
　나 : 응, 그런데 _____ 고 보니 _____

❺ 가 : 부장님께서 맡기신 일은 다 끝내셨어요?
　나 : 네, _____

❻ 가 : 직장을 그만두고 음식점을 개업하셨다고 하던데 잘 되세요?
　나 : 잘 되기는요, _____

어휘

1. 다음 [보기]에서 알맞은 말을 골라 빈 칸에 쓰십시오.

> [보기]   주민   틀다   휴식   어쩔 수 없이   무시하다

❶ 감시 카메라를 설치한다는 계획에 동네 (주민   )들이 모두 반대했다.

❷ 내 충고를 (   )고 그 사람은 계속 예의 없게 행동했다.

❸ 스트레스를 풀기 위해 집에서 음악을 크게 (   )고 노래를 따라 불렀다.

❹ 사람들은 잠을 자기도 하고 음악을 듣기도 하면서 (   )을/를 취한다.

❺ 의사가 병을 치료하기 위해서는 담배를 끊어야 한다고 해서 (   )
금연을 하고 있다.

2. 다음 [보기]에서 알맞은 말을 골라 빈 칸에 쓰십시오.

> [보기]   손해를 끼치다   손해를 보다   피해를 주다   피해를 입다
> 영향을 미치다   영향을 받다

❶ 폭력적인 TV 프로그램이 청소년 범죄에 (**영향을 미쳤다**   )~~었다/았다/~~
~~였다~~.

❷ 홍수로 (   )는/은/ㄴ 집이 많다.

❸ 장사를 시작했는데 잘 안 돼서 (   )었어요/았어요/였어요.

❹ 무슨 일이 있어도 고객들에게는 (   )지 않도록 하겠습니다.

❺ 형의 성공에 (   )어서/아서/여서 나도 열심히 일을 하게
되었어요.

❻ 공공장소에서 큰 소리로 전화 통화를 하는 것은 주위 사람에게
(   )는/은/ㄴ 일이다.

-어서야 어디 -겠어요?

3. 다음 상황에 맞게 문장을 완성하십시오.

❶ 제품을 샀는데 너무 하자가 많아서 쓸 수 없을 것 같다.

 이렇게 하자가 많아서야 ~~어서야/아서야/여서야~~ 어디 쓸 수 있겠어요?

❷ 가게 점원이 불친절해서 손님이 오지 않을 것 같다.

 .... 어서야/아서야/여서야 어디 손님이 오겠어요?

❸ 물가가 너무 높이 올라서 생활할 수 없을 것 같다.

 .... 어서야/아서야/여서야 어디 .... 겠어요?

❹ 차가 막혀서 제 시간에 도착할 수 없을 것 같다.

 .... 어서야/아서야/여서야 어디 .... 겠어요?

❺ 물건의 품질이 나빠서 많이 팔리지 않을 것 같다.

 .... 어서야/아서야/여서야 어디 .... 겠어요?

❻ 공부를 안 해서 시험을 잘 볼 수 없을 것 같다.

 .... 어서야/아서야/여서야 어디 .... 겠어요?

4. '-어서야 어디 -겠어요?'를 사용해 다음 대화를 완성하십시오.

❶ 가 : 미선 씨는 직장 동료들과 부딪치는 일이 많대요.
　 나 : __그렇게 대인관계가 나빠서야__ 어서야/아서야/여서야 어디 회사 생활을 잘 할
　 수 있겠어요?

❷ 가 : 주차할 공간이 없어서 30분이나 돌아다니다가 겨우 주차했어요.
　 나 : ＿＿＿＿＿＿＿＿＿＿＿＿ 어서야/아서야/여서야 어디 차를 가지고 다닐
　 수 있겠어요?

❸ 가 : 영수 씨는 처음 보는 사람들 앞에만 서면 말을 못 한대요.
　 나 : ＿＿＿＿＿ 어서야/아서야/여서야 어디 ＿＿＿＿＿＿＿＿ 겠어요?

❹ 가 : 제임스 씨는 지난달에 받은 월급을 다 써 버렸대요.
　 나 : ＿＿＿＿＿ 어서야/아서야/여서야 어디 ＿＿＿＿＿＿＿＿ 겠어요?

❺ 가 : 제가 알아본 집은 주위 환경은 괜찮은데 회사까지 두 시간이나 걸려요.
　 나 : ＿＿＿＿＿＿＿＿＿＿＿＿＿＿＿＿＿＿＿＿＿＿＿＿＿＿＿

❻ 가 : 최근 들어 외국인들의 투자가 눈에 띄게 줄고 있어요.
　 나 : ＿＿＿＿＿＿＿＿＿＿＿＿＿＿＿＿＿＿＿＿＿＿＿＿＿＿＿

-는다고 해도

5. 관계있는 문장을 연결해서 한 문장으로 만드십시오.

❶ 월급이 많습니다. •	• 예의를 지켜야 해요.
❷ 고생을 많이 합니다. •	• 물어보면 안 돼요.
❸ 가까운 사이입니다. •	• 봉사 활동을 계속 할 거예요.
❹ 능력이 뛰어납니다. •	• 일이 적성에 안 맞으면 안 다닐 거예요.
❺ 점원이 자꾸 권합니다. •	• 성실하지 않으면 성공하지 못해요.
❻ 결과가 어떻게 나왔는지 궁금합니다. •	• 필요 없으면 사지 마세요.

❶ ＿＿＿월급이 많다고＿＿＿ 는다고/ㄴ다고/다고 해도 일이 적성에 안 맞으면 안
　 다닐 거예요.
❷ ＿＿＿＿＿＿＿＿＿＿＿＿＿ 는다고/ㄴ다고/다고 해도 ＿＿＿＿＿＿＿＿＿

❸ .... 는다고/ㄴ다고/다고 해도 ....

❹ .... 는다고/ㄴ다고/다고 해도 ....

❺ .... 는다고/ㄴ다고/다고 해도 ....

❻ .... 는다고/ㄴ다고/다고 해도 ....

6. '−는다고 해도'를 사용해 대화를 완성하십시오.

❶ 가 : 복권에 당첨된다면 일을 그만두실 거예요?

　나 : 아니요, ___복권에 당첨된다고___ ~~는다고~~/~~ㄴ다고~~/~~다고~~ 해도 저는 일을 계속할 거예요.

❷ 가 : 성형 수술을 해서 예뻐진다면 성형 수술을 하시겠어요?

　나 : _____ 는다고/ㄴ다고/다고 해도 안 할 거예요.

❸ 가 : 5급에 못 올라간다면 한국어 공부를 포기할 거예요?

　나 : _____ 는다고/ㄴ다고/다고 _____

❹ 가 : 친구가 먼저 사과한다면 화해하실 거예요?

　나 : _____ 는다고/ㄴ다고/다고 _____

❺ 가 : 다시 태어난다면 어떤 일을 하고 싶으세요?

　나 : _____

❻ 가 : 이번 경기에 세계적으로 유명한 선수들이 모두 참가한다던데 우승하기가 쉽지 않겠어요.

　나 : _____

3과 3항

1. 다음 [보기]에서 알맞은 말을 골라 빈 칸에 쓰십시오.

> [보기] 망설이다 잠을 설치다 본의 아니게 방해가 되다 부스럭거리다 맞추다

❶ (**본의 아니게**) 피해를 끼치게 되어서 죄송합니다.

❷ 옆에서 (   )는/은/ㄴ 소리에 잠이 깼다.

❸ 다른 사람에게 (   )지 않도록 조용히 하세요.

❹ 대답하기가 곤란해서 한참을 (   )었다/았다/였다.

❺ 요즘 새벽에 하는 올림픽 경기를 보느라고 (   )는/은/ㄴ 일이 많다.

❻ 부부는 가치관이나 성격 등 여러 가지가 달라도 서로 (   )어/아/여 가면서 살아야 한다.

2. 다음 [보기]에서 알맞은 말을 골라서 빈 칸에 쓰십시오.

> [보기] 고발하다 고소하다 불평하다 부인하다 시인하다 합의하다

"여보세요, 주유소에서 가짜 휘발유를 팔고 있어요."	❶ 고발하다
"네, 맞습니다. 제 잘못입니다."	❷
"저는 그런 일을 한 적이 없습니다."	❸
"우리 하숙집은 시설도 나쁘고 시끄러워서 여러 가지가 불편해."	❹
"좋아요, 우리 그렇게 합시다."	❺
"검사님, 그 회사 때문에 큰 피해를 입었으니 해결해 주시기 바랍니다."	❻

-었더니

3. 관계있는 문장을 연결해서 한 문장으로 만드십시오.

❶ 카드를 활용했습니다.	• 기름값이 많이 절약됐어요.
❷ 금연 껌을 씹었습니다.	• 단어가 더 잘 외워져요
❸ 소형차로 바꿨습니다.	• 담배를 쉽게 끊을 수 있었어요.
❹ 여행을 같이 갔습니다.	• 한국어 실력이 향상됐어요.
❺ 가격을 비교해 봤습니다.	• 별로 차이가 없었어요.
❻ 한국 친구하고 말하기 연습을 많이 했습니다.	• 친구와 더 가까워졌어요.

❶ <u>카드를 활용했더니</u> ~~었더니/았더니/였더니~~ 단어가 더 잘 외워져요.

❷ _____ 었더니/았더니/였더니 _____

❸ _____ 었더니/았더니/였더니 _____

❹ _____ 었더니/았더니/였더니 _____

❺ _____ 었더니/았더니/였더니 _____

❻ _____ 었더니/았더니/였더니 _____

4. '-었더니'를 사용해 다음 대화를 완성하십시오.

❶ 가 : 머리가 아프다더니 아직도 안 나았어요?

　 나 : <u>약을 먹었더니</u> ~~었더니/았더니/였더니~~ 괜찮네요.

❷ 가 : 피해를 입힌 회사에 잘잘못을 따졌어요?

　 나 : 네, _____ 었더니/았더니/였더니 잘못을 시인했어요.

❸ 가 : 영수 씨한테 다음 주에 동창회가 있다고 연락하셨어요?

　 나 : _____ 었더니/았더니/였더니 _____

❹ 가 : 콘서트 표가 남아 있는지 알아보셨어요?

　 나 : _____ 었더니/았더니/였더니 _____

❺ 가 : 출장도 잦고 야근도 많은데 건강에는 문제가 없으세요?

　 나 : _____

❻ 가 : 요즘은 사람을 구하기가 어렵다던데 어떻게 구하셨어요?

　 나 : _____

–을 수가 있어야지요

5. 다음 글을 읽고 대화를 완성하십시오.

오늘 친구가 생일 파티에 초대를 했다. ❶ **친구가 몇 달 전부터 사 달라고 한 향수를 사 가지고 친구 집에 갔다.** 차린 음식이 많았지만 ❷ **아침부터 배가 아파서 많이 먹지 못했다.** 노래방 기계까지 준비해서 사람들이 돌아가면서 노래를 불렀다. 그런데 내 친구가 나한테도 노래를 시키는 것이었다. ❸ **나는 모르는 사람들 앞에서 노래 부르기가 창피해서 안 부른다고 했다.** 그런데도 친구는 계속 나에게 노래를 하라고 했다. ❹ **나는 부르기 싫다는데 자꾸 노래를 시키는 친구한테 너무 화가 났다.** 그래서 나는 그냥 친구 집에서 나와 버렸다. 그리고는 집에 가는 버스를 타려고 정류장에 서 있는데 ❺ **버스가 20분을 기다려도 안 오는 것이었다.** 짜증이 나서 기다릴 수 없었다. 그래서 할 수 없이 택시를 타고 하숙집 앞까지 왔다. 그런데 ❻ **아까 밥을 조금 먹었더니 배가 고파지기 시작했다.** 참을 수 없어서 하숙집 근처의 포장마차에서 떡볶이를 사 먹었다.

❶ 아주머니 : 용돈이 모자란다더니 향수를 사 가지고 가셨어요?
웨이 : **친구가 몇 달 전부터 얘기해서** ~~어서/아서/여서~~ **안 사 줄** 을/ㄹ 수가 있어야지요.

❷ 아주머니 : 생일 파티에 갔는데 왜 많이 안 먹었어요?
웨이 : 배가 아파서 .... 을/ㄹ 수가 있어야지요.

❸ 아주머니 : 노래방 기계까지 있었는데 왜 노래를 안 불렀어요?
웨이 : .... 어서/아서/여서 .... 을/ㄹ 수가 있어야지요.

❹ 아주머니 : 왜 친구 집에서 그냥 나와 버렸어요?
웨이 : .... 어서/아서/여서 .... 을/ㄹ 수가 있어야지요.

❺ 아주머니 : 보통 택시를 안 타는데 왜 택시를 탔어요?
웨이 : .... 어서/아서/여서 .... 을/ㄹ 수가 있어야지요.

❻ 아주머니 : 집에서 저녁을 먹지 않고 왜 포장마차에서 먹었어요?
웨이 : .... 어서/아서/여서 .... 을/ㄹ 수가 있어야지요.

6. '-을 수가 있어야지요'를 사용해 대화를 완성하십시오.

❶ 가 : 다들 뉴스를 듣는데 왜 뉴스를 안 들으세요?

나 : <u>너무 어려워서 ~~어서/아서/여서~~ 알아들을</u> 을/ㄹ 수가 있어야지요.

❷ 가 : 바쁘신데 영수 씨 부탁까지 들어주셨어요?

나 : 하도 여러 번 부탁을 해서 .... 을/ㄹ 수가 있어야지요.

❸ 가 : 이사한 지 한 달밖에 안 되었는데 또 하숙집을 옮기셨어요?

나 : .... 어서/아서/여서 .... 을/ㄹ 수가 있어야지요.

❹ 가 : 두통약을 하루에 두 알 이상 드시면 안 된다고 했잖아요.

나 : .... 어서/아서/여서 .... 을/ㄹ 수가 있어야지요.

❺ 가 : 거래처에서 보내 온 선물을 왜 돌려 보내셨어요?

나 : ....

❻ 가 : 인터넷으로 물건을 사지 않고 꼭 직접 가서 확인하고 물건을 사시나 봐요.

나 : ....

어휘

1. 다음 [보기]에서 알맞은 말을 골라 빈 칸에 쓰십시오.

> [보기]　가까이　　　남다　　　치　　　한꺼번에　　　빼다

❶ 쓰고 (　**남은**　)는/은/ㄴ 돈은 저축했다.

❷ 밀린 숙제를 (　　　　) 했더니 너무 피곤했다.

❸ 오늘 수업 시간에 영수 씨만 (　　　　)고 다 왔어요.

❹ 냉장고를 사느라고 한 달 (　　　　) 월급이 날아가 버렸다.

❺ 결혼할 사람을 멀리에서 찾지 말고 (　　　　)에서 찾으세요.

2. 다음 [보기]에서 알맞은 말을 골라 빈 칸에 쓰십시오.

> [보기]　계약　　　월세　　　전세　　　계약서　　　보증금　　　세입자

가 : 지난번에 본 집을 ❶ ＿＿**계약**＿＿ 하러 왔는데요. 그 집의 ❷ ＿＿＿＿＿＿ 가격이
2억이라고 하셨잖아요. 그런데 목돈이 없어서 ❸ ＿＿＿＿＿＿ 으로/로
바꿨으면 하는데요.

나 : 그러려면 한 달에 80만원 내야 하고 거기에다가 집에 들어갈 때 ❹ ＿＿＿＿＿＿
천만 원을 내야 해요.

가 : 그럼 그렇게 할게요.

나 : 네, 알겠습니다. 그러면 지금 그 집에 살고 있는 ❺ ＿＿＿＿＿＿ 분과 이사
날짜를 맞춘 다음에 이 ❻ ＿＿＿＿＿＿ 을/를 작성해 주세요. 그리고
계약금은 백만 원을 주시면 돼요.

–어야지 그렇지 않으면

3. 두 문장이 같은 뜻이 되도록 만드십시오.

❶ 젊었을 때 건강 관리를 잘 해야 늙어서 고생을 안 해요.
→ 젊었을 때 건강 관리를 잘 해야지 ~~어야지/어야지/여야지~~ 그렇지 않으면 늙어서 고생 할 거예요.

❷ 집을 사고 팔 때 계약을 확실하게 해야 손해를 안 입어요.
→ ＿＿＿＿＿＿＿＿＿＿＿ 어야지/아야지/여야지 그렇지 않으면 손해를 입을 수도 있어요.

❸ 오해가 생겼을 때 바로 풀어야 계속 좋은 관계를 유지할 수 있어요.
→ ＿＿＿＿＿ 어야지/아야지/여야지 그렇지 않으면 ＿＿＿＿＿

❹ 옷을 따뜻하게 입어야 감기에 안 걸려요.
→ ＿＿＿＿＿ 어야지/아야지/여야지 그렇지 않으면 ＿＿＿＿＿

❺ 돈을 아껴 써야 돈을 모을 수 있어요.
→ ＿＿＿＿＿ 어야지/아야지/여야지 그렇지 않으면 ＿＿＿＿＿

❻ 휴식을 잘 취해야 건강을 빨리 회복할 수 있어요.
→ ＿＿＿＿＿ 어야지/아야지/여야지 그렇지 않으면 ＿＿＿＿＿

4. '–어야지 그렇지 않으면' 을 사용해 다음 대화를 완성하십시오.

❶ 가 : 손님이 오실 시간이 다 됐는데 지금 상을 차릴까요?
나 : **미리 상을 차려 놓아야지** ~~어야지/아야지/여야지~~ 그렇지 않으면 **정신없이 바쁠 거예요.**

❷ 가 : 영수증을 잃어버렸는데 물건을 교환할 수 있을까요?
나 : ＿＿＿＿＿＿＿＿＿ 어야지/아야지/여야지 그렇지 않으면 물건을 교환할 수 없을 거예요.

❸ 가 : 직장을 선택할 때 일이 적성에 맞는지 안 맞는지 꼭 봐야 할까요?
나 : ＿＿＿＿＿ 어야지/아야지/여야지 그렇지 않으면 ＿＿＿＿＿

❹ 가 : 환기를 안 해서 실내 공기가 별로 안 좋네요.
나 : ＿＿＿＿＿＿＿＿＿＿＿＿＿

❺ 가 : 위염 증세로 고생하는데도 매운 음식을 자꾸 찾게 돼요.
나 : ＿＿＿＿＿＿＿＿＿＿＿＿＿

–었으면 –고 얼마나 좋았겠어요?

5. 다음 글을 읽고 대화를 완성하십시오.

> 지난 여름 방학 때 여행을 갔다 왔는데 그 여행은 별로 즐겁지 않았다. 바닷가 근처였는데 ❶ 날씨가 좋지 않아서 수영을 못했다. 그리고 ❷ 물가도 비싸서 쇼핑을 하지 못했고, ❸ 주변에 맛있는 식당도 없어서 매번 음식을 해 먹어야 했다. ❹ 여행 안내원도 못 구해서 자주 헤맸다. ❺ 우산을 안 가지고 가서 비를 맞은 날도 있었다. ❻ 집에 돌아올 때는 배를 타고 오다가 멀미를 해서 고생을 많이 했다.

❶ 가 : 여행을 갔다 오셨다면서요? 날씨는 좋았어요?
　 나 : ＿날씨가 좋았으면＿ 었으면/았으면/였으면 수영도 하고 얼마나 좋았겠어요?

❷ 가 : 여행간 곳은 물가가 쌌어요?
　 나 : ＿＿＿＿＿＿＿＿ 었으면/았으면/였으면 쇼핑도 하고 얼마나 좋았겠어요?

❸ 가 : 여기 음식하고는 맛이 다를 것 같은데 식당 음식이 입에 맞았어요?
　 나 : ＿＿＿＿＿＿ 었으면/았으면/였으면 ＿＿＿＿＿＿ 고 얼마나 좋았겠어요?

❹ 가 : 어떻게 구경 다니셨어요? 여행 안내원을 구했어요?
　 나 : ＿＿＿＿＿＿ 었으면/았으면/였으면 ＿＿＿＿＿＿ 고 얼마나 좋았겠어요?

❺ 가 : 거기는 비가 자주 온다고 하던데 우산을 준비해 가지고 갔어요?
　 나 : ＿＿＿＿＿＿ 었으면/았으면/였으면 ＿＿＿＿＿＿ 고 얼마나 좋았겠어요?

❻ 가 : 돌아올 때는 뭘 타고 오셨어요? 비행기를 타셨어요?
　 나 : ＿＿＿＿＿＿ 었으면/았으면/였으면 ＿＿＿＿＿＿ 고 얼마나 좋았겠어요?

6. '–었으면 –고 얼마나 좋았겠어요?'를 사용해 대화를 완성하십시오.

❶ 가 : 방학에 고향에 다녀오셨어요?
　 나 : ＿고향에 갔으면＿ 었으면/았으면/였으면 ＿고향 음식도 먹＿ 고 얼마나 좋았겠어요?

❷ 가 : 어렸을 때도 성격이 외향적이었어요?
　 나 : 어렸을 때 성격이 외향적이었으면 ＿＿＿＿＿＿＿＿ 고 얼마나 좋았겠어요?

❸ 가 : 예전부터 전원주택에 살고 싶어하시더니 이사하셨어요?
　 나 : ＿＿＿＿＿＿ 었으면/았으면/였으면 ＿＿＿＿＿＿ 고 얼마나 좋았겠어요?

❹ 가 : 직장 생활을 한 지 10년이 지났는데 그동안 돈은 많이 모으셨어요?
　 나 : ＿＿＿＿＿＿ 었으면/았으면/였으면 ＿＿＿＿＿＿ 고 얼마나 좋았겠어요?

❺ 가 : 지난 일요일에 있었던 동창회에 왜 안 오셨어요?
　 나 : ＿＿＿＿＿＿＿＿＿＿＿＿＿＿＿＿＿＿＿＿＿＿

❻ 가 : 교통사고 피해자하고 합의했어요?
　 나 : ＿＿＿＿＿＿＿＿＿＿＿＿＿＿＿＿＿＿＿＿＿＿

3과 5항

1. 빈칸에 알맞은 표현을 쓰십시오.

[보기]   눈치를 살피다   바가지를 긁다   숨이 막히다
          시험을 망치다   새파랗게 젊다

❶ 교실 안이 너무 답답해서 ....을/ㄹ 정도다.

❷ 아내는 내가 날마다 늦게 온다고 ....는다/ㄴ다.

❸ 회사에 지각한 날에는 유난히 과장님의 ....게 된다.

❹ 나는 오늘 .... 어서/아서/여서 정말 우울하다. 다음에는 꼭 잘 봐야겠다.

❺ .... 는/은/ㄴ 사람이 연세가 많아 보이는 분한테 반말로 계속 얘기

를 하고 있다.

2. 빈칸에 알맞은 말을 쓰십시오.

[보기]   덜덜   똑똑   짝   쯧쯧   후루룩

❶ 미선이는 많이 추운지 몸을 .... 떨었다.

❷ 걸어 다닐 때 움츠리지 말고 가슴을 ....펴고 걸어라.

❸ 그 남자는 국수 한 그릇을 ....소리를 내며 2분 만에 다 먹어 버렸다.

❹ 선생님의 연구실 문을 ....두드렸는데 어떤 학생이 문을 열고 나왔다.

❺ 텔레비전으로 사고 뉴스를 보시던 어머니가 ....하고 혀를 차시면서 안

타까워하셨다.

3. 맞춤법을 바르게 고쳐 쓰십시오.

틀린 맞춤법	바른 맞춤법
❶ 째째하다	
❷ 설겆이	
❸ 떡복기	
❹ 찌게	
❺ 몇일	
❻ 편의점에 들리다	

더 생각해 봅시다

4. 첫 번째 노래의 가사를 <보기>와 같이 일기체로 바꿔 쓰고 낭독해 봅시다.

[보기]

1절 : 시험을 망쳤어 오, 집에 가기 싫었어 / 열 받아서 오락실에 들어갔어 어머, 이
게 누구야 저 대머리 아저씨 / 내가 제일 사랑하는 우리 아빠

↓

일기체 : 나는 시험을 망쳤다. 그래서 집에 가기 싫었다. 열을 받아서 오락실에 들어
갔는데 그곳에 대머리 아저씨 한 명이 보였다. 그 아저씨는 내가 제일 사랑
하는 우리 아빠였다.

2절 :

3절 :

5. 대화를 듣고 질문에 답하십시오.

1) 무엇에 대한 이야기입니까? (   )

❶ 아파트의 환경 문제　　　❷ 부녀회의 활동 소개

❸ 아파트 주민들의 말다툼　❹ 아파트에서 애완동물을 키우는 문제

2) 부녀 회장이 이야기한 피해는 무엇입니까? 3가지 쓰십시오.

❶ 주거 환경 문제	
❷ 위험성 문제	
❸ 건강 문제	

3) 부녀회장이 말한 해결 방법은 무엇입니까? 쓰십시오.

....

6. 다음을 읽고 질문에 답하십시오.

인터넷 쇼핑은 매장까지 안 가도 집에 인터넷만 연결되어 있으면 마음에 드는 물건을 고를 수도 있고 집까지 물건을 배송해 주기 때문에 매우 편리하다. 그래서 인터넷 쇼핑을 이용하는 사람들이 늘고 있고 그 피해를 입는 소비자들도 많아지고 있다.

매장에서 직접 살 수 없다 보니 홈페이지의 광고 내용만을 믿고 치수나 색상을 선택해 물건을 살 수밖에 없다. 그런데 물건을 받고 보면 질이나 색상 등이 홈페이지에 올라온 내용과 달라서 ㉠................................. 을/를 하게 되는 경우가 종종 있다.

온라인 쇼핑몰은 저렴한 가격으로 소비자를 유혹하다 보니 품질이 떨어지거나 하자가 있는 경우가 많고, 물건을 쉽게 살 수는 있는데 ㉠................................. 이/가 되지 않는 경우도 많다. 또한 물건 값을 지불한 후 시간이 경과해도 배송이 안 되고 그래서 판매자와 연락을 해 보면 연결이 안 된다는 사례도 적지 않다.

대부분의 사람들이 인터넷 쇼핑몰에서 피해를 입게 되면 쇼핑몰에 전화를 하거나 게시판에 글을 올려 문제를 해결하려고 하는 경우가 대부분이다. 하지만 쇼핑몰 측에서 무시를 하거나 해결할 수 없다며 차일피일 미루는 경우에는 한국소비자원이나 해당 지역의 소비자보호센터를 이용해 도움을 청하는 것이 좋다. 만약 쇼핑몰에 속아서 피해를 입었을 경우는 같은 피해를 입은 사람들과 함께 대응하는 것도 좋은 방법이다.

무엇보다도 이런 일을 당하기 전에 예방하는 것이 더 중요하다. 온라인 쇼핑몰을 이용할 때에는 휴대폰 번호만 올라가 있는 쇼핑몰, 고객게시판이 없는 쇼핑몰, 고가 제품을 파격적인 할인가로 판매하는 쇼핑몰, 현금 결제를 바라는 쇼핑몰은 될 수 있는 대로 피하는 것이 좋다.

1) 위 글의 제목으로 적당한 것은 무엇입니까? (   )
   ❶ 인터넷 쇼핑의 장점과 단점　　　　　　❷ 소비자 보호 센터의 필요성
   ❸ 인터넷 쇼핑의 피해 사례와 그 예방법　❹ 인터넷 쇼핑의 이용 방법

2) ㉠.................. 에 들어갈 말로 적당하지 않은 것은 무엇입니까? (   )
   ❶ 반품　　　　　　❷ 구입　　　　　　❸ 교환　　　　　　❹ 환불

3) 위 글의 내용과 같으면 O표, 다르면 X표 하십시오.
   ❶ 최근 들어 인터넷 쇼핑을 하는 사람이 많아지고 있다.　　　　　　(　　)
   ❷ 쇼핑몰에 같이 피해를 입은 사람들끼리 공동 대응하는 것이 좋다.　(　　)
   ❸ 이런 피해를 예방하는 것보다 매장에 가서 직접 사는 것이 안전하다.　(　　)
   ❹ 값비싼 제품을 너무 싸게 판매하는 쇼핑몰은 이용하지 않는 것이 좋다.　(　　)

7. 배운 문법을 사용해 친구에게 질문하고 대답하십시오.

질 문	친구 1	친구 2
❶ 물건을 구입하고 교환이나 환불했던 적이 있습니까? 왜 그랬습니까? (-기에는, -고 보니)		
❷ 피해를 받고 있는 일이 있습니까? (-어서야 어디 -을 수 있겠어요? -을 수가 있어야지요)		
❸ 효과적인 한국어 학습 방법에 대해 이야기해 보십시오. (-는다고 해도, -었더니)		
❹ 집을 계약할 때 뭘 주의해야 할까요? (-어야지 그렇지 않으면) 한국에서 아르바이트를 하신 적이 있어요? (-었으면 -고 얼마나 좋았겠어요?)		

8. 다음 글을 읽고 법적인 판결이 어떻게 나올지 써 보십시오. 그리고 친구와 같이 이야기해 보십시오.

주부 김 모 씨는 아파트에 사는데, 지금 살고 있는 집은 보증금 천만 원을 내고 들어 와서 매달 월세를 칠십만 원 내고 있다. 그런데 어느 날, 집주인의 부인이 김 모 씨에게 보증금 삼백만 원을 올려 달라고 해서 김 모 씨는 어쩔 수 없이 어렵게 돈을 구해 보증금을 올려 줬는데 집주인한테 놀라운 이야기를 들었다. 사실은 그 부인이 남편 몰래 세입자들에게 보증금 삼백만 원 씩을 올려 받고 그 돈을 몽땅 들고 사라져 버린 것이다. 이 사실을 알게 된 김 모 씨가 집주인에게 따졌더니 집주인은 자기와 계약한 것이 아니니 부인에게 준 보증금을 돌려줄 수 없다고 했다. 과연 김 모 씨는 집주인에게 보증금 천삼백만 원 전부를 돌려받을 수 있을까?

YONSEI KOREAN WORKBOOK 4

한자성어 1

1. 유언비어 (流言蜚語)

아무런 근거 없이 널리 퍼진 소문

● 인터넷에서 떠도는 유언비어를 그대로 믿는 사람들이 많다.

2. 유비무환 (有備無患)

대비나 준비가 잘 되어 있으면 곤란한 일이 안 생긴다는 뜻

● 유비무환이라는 말처럼 건물을 튼튼하게 짓는다면 지진같은 자연 재해가 닥쳐도 큰 피해를 입지 않을 것이다.

3. 막상막하 (莫上莫下)

어느 것이 낫고 어느 것이 못하다고 분명히 말하기 어려울 만큼 차이가 별로 없다는 뜻

● 양 팀의 실력이 막상막하여서 어느 팀이 우승을 할지 아무도 예상할 수 없다.

4. 다다익선 (多多益善)

많으면 많을수록 좋다는 뜻

● 다다익선이라는 말처럼 친구는 많으면 많을수록 좋다.

5. 대기만성 (大器晚成)

(큰 그릇을 만드는 데 시간이 오래 걸리는 것처럼) 크게 성공할 사람은 오랜 시간이 필요하다는 뜻

● 대기만성이라는 말처럼 영수 씨는 오랜 시간이 지나서야 사회적으로 크게 성공할 수 있었다.

한자성어 1 연습

1. 철수 : 영수 씨, 이번에 150명 정도의 직원이 해고될 거래요.

영수 : 누가 그런 .... 을/를 퍼뜨렸어요? 아무리 불경기라고 해도 그렇게 많은 직원이 해고되겠어요?

2. 철수 : 어떻게 됐어? 지금 어느 팀이 이기고 있어? 농구 시합 결과가 궁금해서 수업이 끝나자마자 뛰어 왔는데.

영수 : 글쎄, 가만히 있어봐. 전반전에는 연세대가 51대 50으로 이겼는데 조금 전부터 한국대가 1점 앞서고 있어. 정말 실력이 .... 이야/야.

3. 아버지 : 영희는 어쩌면 그렇게 바이올린을 잘 켜지? 무슨 곡이든지 척척 잘 하는구나. 천재야, 천재. 그런데 넌 왜 아직도 그 모양이냐?

아이 : 아버지, ... 이란/란 말을 모르세요? 큰 그릇이 되려면 시간이 많이 걸려요.

4. 아버지 : 독감 예방주사를 맞으러 가야지.

아이 : 주사 맞는 거 취미 없어요.

아버지 : 이 녀석아! 예방주사를 취미로 맞나? .... 몰라? 예방을 해 둬야 병에 걸리지 않지.

5. 영수 : 아빠, 다음 주에 친구들과 여행을 가기로 했는데 용돈 좀 주세요.

아버지 : 얼마나 필요하니?

영수 : .... 이지요/지요. 많으면 많을수록 좋은 거 아니에요?

제4과 현대 한국의 문화

4과 1항

어휘

1. 다음 [보기]에서 알맞은 말을 골라 빈 칸에 쓰십시오.

[보기] 즐기다   놀이   종류   공간   개발하다

대학로 마로니에 공원이 문화의 중심지로 다시 태어난다!

현재 매점과 티켓 박스, 컨테이너 등 온갖 ❶ __종류__ 의 시설이 무질서하게 자리한 마로니에 공원이 새로운 문화 ❷ _____ 으로/로 다시 태어난다. 서울시는 지금의 무질서한 시설들을 모두 없애고 마로니에 공원을 새롭게 ❸ _____ 을/ㄹ 계획이다. 그 뿐만 아니라 마로니에 공원에 공연장을 만들어 시민들이 직접 참여할 수 있는 게임, 노래 대회 등을 열 계획이어서 앞으로 대학로를 찾는 많은 사람들에게 마로니에 공원은 여러 가지 ❹ _____ 문화를 ❺ _____ 을/ㄹ 수 있는 문화의 중심지가 될 것이다.

2. 다음 [보기]에서 알맞은 말을 골라 빈 칸에 쓰십시오.

[보기] 윷놀이   연날리기   씨름   줄다리기   강강술래

❶ 운동회, 밧줄   (**줄다리기**   )

❷ 천하장사, 모래판, 띠   (   )

❸ 보름달, 한복, 원형, 노래   (   )

❹ 도, 개, 걸, 윷, 모   (   )

❺ 연줄, 방패연, 가오리연, 소원   (   )

-을 겸

3. '-을 겸'을 사용해 다음 문장을 완성하십시오.

가야 할 장소	할 일	
도서관	책을 빌린다.	기사 발표 준비를 한다.
여행사	여행 정보를 알아본다.	비행기 표를 예약한다.
서점	사전 종류를 살펴본다.	새로 나온 책을 산다.
은행	밀린 휴대전화 요금을 낸다.	통장을 만든다.
백화점	며칠 전에 산 청바지를 바꾼다.	부모님 선물을 산다.
서울 타워	공연을 본다.	서울 야경을 구경한다.

❶ __책도 빌릴__ 을/ㄹ 겸 __기사 발표 준비도 할__ 을/ㄹ 겸 __도서관에 가려고 해요__ .

❷ _____ 을/ㄹ 겸 _____ 을/ㄹ 겸

❸ _____ 을/ㄹ 겸 _____ 을/ㄹ 겸

❹ _____ 을/ㄹ 겸 _____ 을/ㄹ 겸

❺ _____

❻ _____

4. '-을 겸'을 사용해 대화를 완성하십시오.

❶ 가 : 지난 주말에 뭐 하셨어요?
　　나 : __도자기도 만들어 볼__ 을/ㄹ 겸 __머리도 식힐__ 을/ㄹ 겸 이천 도자기 축제에 갔다 왔어요.

❷ 가 : 이번 휴가에 뭘 할 거예요?
　　나 : _____ 을/ㄹ 겸 _____ 을/ㄹ 겸 제주도에 가기로 했어요.

❸ 가 : 요즘은 차를 안 가지고 다니시네요. 차가 고장났어요?
　　나 : 아니요, _____ 을/ㄹ 겸 _____ 을/ㄹ 겸 걸어 다니기로 했어요.

❹ 가 : 이번 학기에 축구 동아리에 가입했다면서요?
　　나 : 네, _____ 을/ㄹ 겸 _____ 을/ㄹ 겸 _____

❺ 가 : 방학 때 바닷가에서 안전요원으로 일할 거라면서요?
　　나 : 네, _____ .

❻ 가 : 외국에 가서 한국어를 가르치는 자원 봉사를 하셨다면서요?
　　나 : 네, _____

-는다던데

5. 다음을 보고 문장을 완성하십시오.

- 세계에서 도심을 흐르는 강 중에 가장 큰 강이 한강이다.

- 지난 주말에 월드컵 경기장에서 한국 대 일본 축구 경기가 열렸다.

- '서울시 외국인 장기 자랑 대회'에 참가할 학생들을 모집한다.

- 대통령이 자신의 재산을 기부하기로 했다.

- 한국에는 '명절 스트레스'라는 말이 있다.

- 한글을 공식 문자로 쓰는 해외 소수 민족이 생겼다.

❶ **세계에서 도심을 흐르는 강 중에 가장 큰 강이 한강이라던데** ~~는다던데/ㄴ다던데/~~ ~~다던데~~ 정말이에요?

❷ ＿＿＿＿＿＿＿＿＿＿＿＿＿＿＿ 는다던데/ㄴ다던데/다던데 어느 팀이 이겼어요?

❸ ＿＿＿＿＿＿＿＿＿＿＿＿＿＿＿ 는다던데/ㄴ다던데/다던데 ＿＿＿＿＿＿

❹ ＿＿＿＿＿＿＿＿＿＿＿＿＿＿＿ 는다던데/ㄴ다던데/다던데 ＿＿＿＿＿＿

❺ ＿＿＿＿＿＿＿＿＿＿＿＿＿＿＿ 는다던데/ㄴ다던데/다던데 ＿＿＿＿＿＿

❻ ＿＿＿＿＿＿＿＿＿＿＿＿＿＿＿ 는다던데/ㄴ다던데/다던데 ＿＿＿＿＿＿

6. '-는다던데'를 사용해 다음 대화를 완성하십시오.

❶ 가 : 주말에 뭘 하면 좋을지 생각 중이에요.

나 : **서울광장에서 축제가 열린다던데** ~~는다던데/ㄴ다던데/다던데~~ 한번 가 보세요.

❷ 가 : 감기에 걸렸는데 어떤 차를 마시면 좋을까요?

나 : ＿＿＿＿＿＿＿＿＿＿ 는다던데/ㄴ다던데/다던데 드셔 보세요.

❸ 가 : 요즘 뭐 좀 재미있는 공연이 없을까요?

나 : ＿＿＿＿＿＿＿＿＿＿ 는다던데/ㄴ다던데/다던데 주말에 같이 볼까요?

❹ 가 : 이번 연휴에 부산에 가고 싶은데 어떤 교통편이 편리할까요?

나 : ＿＿＿＿＿＿＿＿＿＿ 는다던데/ㄴ다던데/다던데 ＿＿＿＿＿＿

❺ 가 : 아이 키가 크지 않아서 걱정이에요. 무슨 운동을 시키면 좋을까요?

나 : ＿＿＿＿＿＿＿＿＿＿＿＿＿＿＿＿＿＿＿＿＿＿＿＿＿＿＿＿

❻ 가 : 일본에 여행을 가려고 하는데 혹시 일본 여행 정보를 잘 아는 사람이 있을까요?

나 : ＿＿＿＿＿＿＿＿＿＿＿＿＿＿＿＿＿＿＿＿＿＿＿＿＿＿＿＿

어휘

1. 다음 [보기]에서 알맞은 말을 골라 빈 칸에 쓰십시오.

> [보기] 완전히 　　　 상쾌하다 　　　 후후 　　　 흘리다

❶ 땀을 흘리며 열심히 운동을 한 후 샤워를 하니 기분이 정말 (**상쾌하다**) 는다/ㄴ다/다.

❷ 옷에 음식을 (　　　　)지 않도록 조심해서 먹어라.

❸ 어머니는 수술을 하고 나서 한 달 후에 (　　　　) 건강을 회복하셨다.

❹ 쌀쌀한 가을철에는 국물 요리가 최고다. 뜨거운 국물을 (　　　　) 불어 가면서 먹으면 정말 맛있다.

2. 다음 [보기]에서 알맞은 말을 골라 빈 칸에 쓰십시오.

> [보기] 달콤하다 쌉쌀하다 매콤하다 담백하다 느끼하다 떫다 고소하다 비리다

녹차 케이크 - "생크림의 부드럽고 ❶ 　**달콤한**　 은/ㄴ 맛이 정말 좋아요. 후식으로 그만 입니다. 녹차의 ❷ 　　　　　 은/ㄴ 맛이 입을 깨끗하게 만들어 주는 것 같아요."

고추 소스 생선 튀김 - "고추 소스 때문인지 생선의 ❸ 　　　　　 은/ㄴ 맛이 전혀 없어요. 기름에 튀겼는데도 ❹ 　　　　　 지 않아요."

인삼 미역국 - "양념을 전혀 넣지 않고 오래 끓여 국물이 참 ❺ 　　　　　 고 맛있습니다. 인삼이 들어가서 그런지 조금 ❻ 　　　　　 은/ㄴ 맛이 있어요. 몸에 좋을 것 같아요."

새우 고추장 볶음 - "새우에 고추장을 넣어서 약간 ❼ 　　　　　 네요. 호두를 같이 넣어서 끝 맛은 아주 ❽ 　　　　　 습니다/ㅂ니다."

-는걸요

3. '-는걸요'를 사용해 다음 대화를 완성하십시오.

> 우리 회사 김 과장님은 아주 무뚝뚝하신 분이라고 알려져 있다. 하지만 같은 부서에서 근무 하면서 김 과장님이 정말 친절하고 좋은 분이라는 것을 알게 되었다. 김 과장님은 우리 부서 사람들 중에서 제일 일찍 출근하신다. 부하 직원들의 생일도 빠짐없이 챙겨 주신다. 회의 시간에는 자료 정리를 다 해 놓으셔서 우리가 준비할 것이 없다. 또 우리에게도 꼭 존댓말을 하신다. 어제는 이런 일이 있었다. 서류를 하루 늦게 제출해서 꾸중을 들을까 봐 마음이 조마조마했는데 김 과장님은 화를 내지 않으시고 오히려 내용이 좋다고 칭찬해 주셨다.

❶ 가 : 김 과장님은 아주 무뚝뚝하시다면서요? 무서울 것 같은데요.
　나 : 말은 없으시지만 　<u>정말 친절하고 좋은 분인걸요</u>　ᅟ는걸요/은걸요/ㄴ걸요.

❷ 가 : 김 과장님은 집이 머니까 다른 사원들보다 늦게 출근하시지요?
　나 : 아니요, 오히려 ⋯⋯⋯⋯⋯⋯⋯⋯⋯⋯⋯⋯⋯⋯⋯⋯⋯ 는걸요/은걸요/ㄴ걸요.

❸ 가 : 김 과장님은 부하 직원들에게 별로 신경을 쓸 것 같지 않은데요.
　나 : 아니요, ⋯⋯⋯⋯⋯⋯⋯⋯⋯⋯⋯⋯⋯⋯⋯⋯⋯ 는걸요/은걸요/ㄴ걸요.

❹ 가 : 회의 자료를 정리하려면 힘들지 않아요?
　나 : 아니요, ⋯⋯⋯⋯⋯⋯⋯⋯⋯⋯⋯⋯⋯⋯⋯⋯⋯ 는걸요/은걸요/ㄴ걸요.

❺ 가 : 김 과장님은 사원들에게 반말을 하지요?
　나 : 아니요, ⋯⋯⋯⋯⋯⋯⋯⋯⋯⋯⋯⋯⋯⋯⋯⋯⋯⋯⋯⋯⋯⋯⋯⋯

❻ 가 : 이제 서류를 늦게 제출해서 꾸중을 듣지 않았어요?
　나 : 아니요, ⋯⋯⋯⋯⋯⋯⋯⋯⋯⋯⋯⋯⋯⋯⋯⋯⋯⋯⋯⋯⋯⋯⋯⋯

4. '-는걸요'를 사용해 다음 대화를 완성하십시오.

❶ 가 : 주말마다 등산을 하면 피곤하지 않아요?

　　나 : 피곤하기는요, 오히려 몸이 훨씬 <u>건강해졌는걸요</u> <del>는걸요/은걸요/</del>
　　　　<del>ㄴ걸요</del>.

❷ 가 : 한국에 온 지 1년이 지났으니 이제 한국 문화에 대해 많이 아시겠어요.

　　나 : 많이 알기는요, ＿＿＿＿＿＿＿＿＿＿＿＿＿＿ 는걸요/은걸요/ㄴ걸요.

❸ 가 : 시골 생활이 불편하지 않으세요?

　　나 : 불편하기는요, ＿＿＿＿＿＿＿＿＿＿＿＿＿＿ 는걸요/은걸요/ㄴ걸요.

❹ 가 : 한국에 있는 동안 도움을 많이 못 드려서 죄송해요.

　　나 : 무슨 말씀이세요, ＿＿＿＿＿＿＿＿＿＿＿＿ 는걸요/은걸요/ㄴ걸요.

❺ 가 : 어머님이 병으로 입원하셨다더니 아직도 많이 아프세요?

　　나 : 아니요, ＿＿＿＿＿＿＿＿＿＿＿＿＿＿＿＿＿＿＿＿＿

❻ 가 : 바쁘실 텐데 제 생일 파티에 와 주셔서 정말 고마워요.

　　나 : ＿＿＿＿＿＿＿＿＿＿＿＿＿＿＿＿＿＿＿＿＿＿＿＿＿

-에 비하면

5. '-에 비하면'을 사용해 다음 문장을 완성하십시오.

올해 10세 평균 키 : 143cm	10년 전 10세 평균 키 : 138cm
작년 도시 근로자 평균 임금 : 290만원	10년 전 도시 근로자 평균 임금 : 200만원
한국의 S 커피값 : 5천원	미국의 S 커피값 : 3천원
한국의 전업 주부 연봉 계산 : 약 2천 5백만원	영국의 전업 주부 연봉 계산 : 약 5천 5백만원
올해 기름값 : 1리터 = 1,600원	작년 기름값 : 1리터 = 1,300원
ㅂ사이트에서 판매하는 휴대전화 가격 : 25만원	ㄱ사이트에서 판매하는 휴대전화 가격 : 20만원

❶ 올해 10세 평균 키는 143cm로 <u>10년 전 10세 평균</u> 키에 비하면 <u>약 5cm</u>
<u>커진 것이다</u>.

❷ 작년 도시 근로자의 평균 임금은 290만원으로 ＿＿＿＿＿＿＿＿ 에 비하면

＿＿＿＿＿＿＿＿＿＿＿＿＿＿＿＿＿＿＿＿＿＿＿＿＿＿＿＿＿＿＿＿

YONSEI KOREAN WORKBOOK 4

❸ 한국의 S 커피값은 5,000원으로 _____ 에 비하면 _____

❹ 한국의 전업 주부 연봉은 약 2천 5백만원으로 계산되었는데 _____
에 비하면 _____

❺ 올해 기름값이 1리터에 1,600원으로 _____

❻ 가격 비교 사이트에서 찾아보니 B 사이트에서 판매하는 휴대전화 가격은
25만원으로 _____

6. '-에 비하면'을 사용해 대화를 완성하십시오.

❶ 가 : 밤낮으로 어머니 병간호하느라고 힘드시지 않아요?
　나 : __지금까지 키워주신 부모님 은혜__ 에 비하면 __아무것도 아니예요.__

❷ 가 : 아이가 체중이 많이 나가는 편이에요?
　나 : 네, 40kg이니까 _____ 에 비하면 체중이 많이 나가는 편이에요.

❸ 가 : 하숙집에 살면 식사가 제공되니까 기숙사보다 편할 것 같은데요.
　나 : 네, 하지만 _____ 에 비하면 _____

❹ 가 : 5년 만에 서울에 오시니까 어때요? 서울에 많은 변화가 생겼지요?
　나 : 네, _____ 에 비하면 _____

❺ 가 : 요즘은 좀 여유가 있어 보이는데 회사 생활에 적응이 되었어요?
　나 : 네, _____

❻ 가 : 잡채는 손이 많이 가는 음식이라서 만들기가 조금 어려운 것 같아요.
　나 : _____

어휘

1. 다음 [보기]에서 알맞은 말을 골라 빈 칸에 쓰십시오.

> [보기] 우연히   세대 차이   놀랍다   마찬가지   번역하다   게다가

❶ 책상 정리를 하다가 (우연히) 10년 전에 쓴 일기장을 발견했다.

❷ 지금 계획을 바꾼다고 해도 결과는 (   )이에요/예요.

❸ 한국말을 배운 지 1년밖에 안 되었는데 저렇게 잘 하다니 정말
(   )어요/아요/여요.

❹ 결혼관에 대해 부모님과 이야기를 나누다 보면 (   )을/를 느낄
때가 많다.

❺ 직장에서 내가 하는 일은 영어로 된 문서를 한국어로 (   )는/은/ㄴ
일이다.

❻ 아침에 비가 와서 길이 막혔다. (   ) 사고까지 나서 학교까지
1시간이나 더 걸렸다.

2. 다음 [보기]에서 알맞은 말을 골라 빈 칸에 쓰십시오.

> [보기] 거절하다   격려하다   권하다   농담하다   칭찬하다   고백하다

<우리 반 소개>

민수 씨는 첫인상이 매우 차가워 보였는데 사귀어 보니까 아주 재미있고
❶ ___농담하는___ 는/은/ㄴ 것을 좋아하는 사람이었다. 리에 씨는 소극적인
성격이라서 좋아하는 사람에게 먼저 좋아한다고 솔직히 ❷ _____지
못한다. 그 사람이 데이트 신청을 ❸ _____을까/ㄹ까 봐 걱정하기
때문이다. 수잔 씨는 다른 사람을 잘 이해하고 용기를 주는 사람이다. 지난번에
내가 시험을 못 봐서 걱정하고 있을 때도 다음에는 잘 할 수 있을 거라고
❹ _____어/아/여 줘서 힘을 얻을 수 있었다. 김 선생님은 학생들에게
친절하다. 학생들이 읽을 때 잘 했다고 항상 ❺ _____어/아/여 주신다.
이번에도 나한테 한국어 공부에 도움이 되는 책을 ❻ _____어/아/여
주셨다.

-건-건

3. '-건-건'을 사용해 다음 문장을 완성하십시오.

> 학교 기숙사 규칙
> • 주말, 주중 상관없이 밤 10시까지 기숙사에 들어 와야 한다.
> • 직원과 학생 모두 반드시 출입증을 지참해야 한다.
> • 음식이나 술은 기숙사 내에 절대 가지고 들어 올 수 없다.
> • 남녀 상관없이 기숙사 내에 친구를 초대할 수 없다.
> • 기숙사 내 도서관은 도서관을 이용하지 않아도 일주일에 한 번씩 도서정리를 해야 한다.
> • 기숙생들은 나이와 상관없이 서로 존댓말을 사용해야 한다.

학생 : 기숙사의 규칙에 대해 말씀해 주세요.

기숙사 관계자 : 우리 기숙사는 규칙이 엄격한 편입니다. 우선 출입 시간을 꼭 지켜야 하는데 ❶ **주말이** 건 **주중이** 건 **상관없이 밤 10시까지는 꼭 들어와야 합니다** . 기숙사에 들어오려면 ❷ _____ 건 _____ 건 반드시 출입증을 지참해야 합니다. 또한 ❸ _____ 건 _____ 건 절대 가지고 들어올 수 없습니다. 친구를 초대하는 것도 금지하고 있습니다. 그렇기 때문에 ❹ _____ 건 _____ 건 _____ . 그리고 우리 기숙사 내에 도서관이 있는데, 이 도서관은 ❺ _____ 건 _____ 건 _____ . 우리 기숙사 내에서는 예의를 지키기 위해서 ❻ _____ 건 _____ 건 _____

4. '-건-건'을 사용해 다음 대화를 완성하십시오.

❶ 가 : 지나가는 차도 없는데 그냥 건너갑시다. 시간이 없어요.
　 나 : ___지나가는 차가 있___ 건 ___없___ 건 ___신호는 지켜야지요.___

❷ 가 : 일을 어쩔 수 없이 맡긴 했지만 정말 하기 싫어요.
　 나 : _____ 건 _____ 건 맡은 일은 꼭 해야 해요.

❸ 가 : 요즘 시험 기간도 아닌데 뭘 그렇게 열심히 공부해요?
　 나 : _____ 건 _____ 건 항상 열심히 공부해야지요.

❹ 가 : 특별한 일도 없고 해서 요즘엔 부모님께 전화를 안 해요.

나 : ＿＿＿＿＿＿＿＿＿＿ 건 ＿＿＿＿＿＿＿＿＿＿ 건 부모님께 안부 전화는

드려야지요.

❺ 가 : 건강이 나쁜 것도 아니어서 운동에는 통 관심이 없어요.

나 : ＿＿＿＿＿＿＿＿＿＿＿＿＿＿＿＿＿＿＿＿＿＿＿＿＿＿＿＿＿＿＿＿

❻ 가 : 저 분은 우리 부서 상사도 아닌데 꼭 인사를 해야 하나요?

나 : ＿＿＿＿＿＿＿＿＿＿＿＿＿＿＿＿＿＿＿＿＿＿＿＿＿＿＿＿＿＿＿＿

-는다고들 하다

5. '-는다고들 하다' 를 사용해 문장을 완성하십시오.

❶ 한국은 물가에 비하면 교통비가 싼 편이라고들 ~~는다고들/ㄴ다고들/다고들~~ 한다.

❷ .... 는다고들/ㄴ다고들/다고들 한다.

❸ .... 는다고들/ㄴ다고들/다고들 한다.

❹ .... 는다고들/ㄴ다고들/다고들 한다.

❺ ....

❻ ....

6. '–는다고들 하다'를 사용해 다음 대화를 완성하십시오.

❶ 가 : 이틀 동안 휴가인데 바다를 볼 수 있는 가까운 곳이 있을까요?

　　나 :　**강릉이 바다가 아름답고 교통도 편리하다고들**　~~는다고들/ㄴ다고들/다고들~~
　　하던데요.

❷ 가 : 가벼운 운동을 시작해 보고 싶은데요. 무슨 운동이 좋을까요?

　　나 : 자전거나 요가가 .... 는다고들/ㄴ다고들/다고들 하던데
　　한번 해 보세요.

❸ 가 : 한국 친구의 집들이 선물로 뭐가 좋을까요?

　　나 : 한국 사람들은 집들이 선물로 .... 는다고들/ㄴ다고들/
　　다고들 하던데요.

❹ 가 : 전자 사전을 사고 싶은데 어디에서 사면 싸게 살 수 있어요?

　　나 : .... 는다고들/ㄴ다고들/다고들 하던데 ....

❺ 가 : 한국에서 취업을 하고 싶은데 어떻게 준비해야 할지 모르겠어요.

　　나 : ....

❻ 가 : 옛날에 비해 아이들의 평균 신장이 많이 커졌으니까 체력도 좋아졌을 것
　　같아요.

　　나 : ....

어휘

1. 다음 [보기]에서 알맞은 말을 골라 빈 칸에 쓰십시오.

> [보기] 답사하다   관찰하다   그만이다   공유하다   색다르다   벅차다

❶ 이번 문화 체험은 한국 전통 문화를 직접 느낄 수 있는 아주 (**색다른**)
은/ㄴ 경험이었다.

❷ 이 보고서는 지난 주말 신라의 수도 경주를 (   )고 나서 쓴
것이다.

❸ 요즘 맡은 일은 전문적인 지식이 필요한 일이어서 신입사원인 내가 혼자
하기에는 무척 (   )는다/ㄴ다/다.

❹ 인터넷 카페에 등록하면 회원들끼리 필요한 정보를 (   )을/ㄹ
수 있어서 도움이 된다.

❺ 양평은 서울에서 가깝고 숙박 시설이 잘 되어 있어서 주말 가족 여행지로
(   ) 는다/ㄴ다/다.

❻ 아이들에게는 주위 사물을 자세히 (   )는/은/ㄴ 후 느낀 점을
쓰는 연습이 필요하다.

2. 다음 [보기]에서 알맞은 말을 골라 빈 칸에 쓰십시오.

> [보기] 체험하다 봉사하다 휴식을 취하다 자기계발을 하다 취미활동을 하다

영수 : 회사 생활이 너무 바쁘다 보니 주말에는 거의 집에서 잠을 자거나
음악을 들으면서 ❶ **휴식을 취하는** 는/은/ㄴ 경우가 대부분이에요.

민호 : 하지만 요즘은 주 5일제 근무제가 시작되어서 저는 그동안 하고
싶었던 운동도 시작했 고 주말마다 동호회 회원들과 함께 사진을 찍는
등 ❷ _____고 있어요.

사라 : 저는 요즘 여가 시간에 외로운 노인들을 도와주고 맞벌이 부부의
아이들에게 무료 로 영어를 가르치는데 이렇게 ❸ _____으면서/
면서 보람을 얻고 있어요.

지수 : 저는 지금까지 특별히 하는 일 없이 빈둥거리면서 주말을 보냈는데
앞으로는 컴퓨터 나 외국어 등을 배우면서 ❹ _____는/은/ㄴ
시간을 많이 가지고 싶어요.

리에 : 저는 한국에 와서 아직 많은 곳을 가보지 못했어요. 앞으로는
문화제나 전통 마을 등을 다니면서 한국 문화나 한국인의 삶을 직접
❺ _____어/아/여 보고 싶어요.

-이며 -이며

3. 다음 문장을 완성하십시오.

우리 하숙집의 특징	
위치	지하철역과 시내, 시외 버스 정류장이 바로 집 앞에 있음
방	침대, 책상, 옷장 등 가구가 있음
아주머니	한국 음식, 중국 음식, 양식 등 못 하는 요리가 없음
아저씨	컴퓨터, 에어컨 등 모든 전자 제품을 수리할 수 있음
주위 환경	24시간 편의점, 찜질방, 헬스 클럽, 미용실 등 편의 시설이 있음
기타	인삼차, 생강차, 율무차 등 다양한 한국 전통차를 마실 수 있는 야외 까페가 있음

우리 하숙집은 교통이 아주 편리합니다. 큰길과 가까워서 ❶ **지하철이며** ~~이며/며~~ **버스며** ~~이며/며~~ 원하는 대중 교통을 편리하게 이용할 수 있습니다. 또한 방마다 ❷ _____ 이며/며 _____ 이며/며 모든 가구가 있어서 따로 구입할 필요가 없습니다. 하숙집 아주머니와 아저씨를 소개하지요. 아주머니는 ❸ _____ 이며/며 _____ 이며/며 못 하시는 요리가 없어서 식사 시간이 매일 즐겁습니다. 아저씨는 ❹ _____ 이며/며 _____ 이며/며 모든 전자 제품을 수리할 수 있어서 뭐든 고장이 날 때마다 아저씨에게 도움을 청합니다. 우리 하숙집 주위에는 ❺ _____ 이며/며 _____ 이며/며 다양한 편의 시설이 있어서 일부러 멀리까지 나가지 않아도 됩니다. 참, 우리 하숙집만의 자랑거리가 있어요. 하숙집 1층에 위치한 야외 까페에서는 ❻ _____ 이며/며 _____ 이며/며 다양한 한국 전통차를 마실 수 있어요. 상쾌한 야외 까페에서 차를 마시며 하숙생들과 이야기할 수 있는 색다른 하숙집, 우리 하숙집으로 오십시오!

4. '-이며 -이며'를 사용해 다음 대화를 완성하십시오.

❶ 가 : 기사 발표를 해야 하는데 대학 도서관에 가면 자료를 찾을 수 있을까요?

　　나 : 그럼요, **도서관에는 신문이며** ~~이며/며~~ **잡지며** ~~이며/며~~ 없는 게 없어요.

❷ 가 : 부산에 여행을 가려고 하는데 부산에 대한 정보를 어떻게 구할 수 있을까요?

　　나 : 관광공사 사이트를 찾아보세요. _____ 이며/며 _____ 이며/며 관광에 필요한 모든 정보를 알 수 있어요.

❸ 가 : 부모님께 드릴 기념품을 사고 싶은데 어디가 좋아요?

　　나 : 남대문 시장에 가 보세요. ＿＿＿＿＿＿＿이며/며 ＿＿＿＿＿＿이며/며

　　＿＿＿＿＿＿＿＿＿＿＿＿＿＿＿＿＿＿＿＿＿＿＿＿＿＿＿＿＿

❹ 가 : 혼자서 한국어를 배우거나 한국 문화를 알기에 좋은 TV 채널이 있나요?

　　나 : 네, 교육 방송을 시청해 보세요. ＿＿＿＿＿이며/며 ＿＿＿＿＿이며/며

　　＿＿＿＿＿＿＿＿＿＿＿＿＿＿＿＿＿＿＿＿＿＿＿＿＿＿＿＿＿

❺ 가 : 요즘은 대형 서점에 없는 게 없는 것 같아요.

　　나 : 맞아요, 대형 서점에는 ＿＿＿＿＿＿＿＿＿＿＿＿＿＿＿＿

❻ 가 : 남산 공원이 많이 달라졌다고 하던데 사실이에요?

　　나 : 네, ＿＿＿＿＿＿＿＿＿＿＿＿＿＿＿＿＿＿＿＿＿＿＿＿

여간 -지 않다

5. 다음 글을 읽고 문장을 완성하십시오.

> 　10월이 되면 한국은 전형적인 가을 날씨를 보입니다. 아침저녁 기온이 10도 정도로 꽤 쌀쌀해집니다. 이때쯤이면 단풍이 들기 시작하는데 그 경치가 너무나 아름답습니다. 한국 사람들은 단풍 여행을 즐기기 때문에 단풍철이 되면 유명한 산들에는 등산객들이 아주 많습니다. 또한 11월에는 대학 입학 시험이 있어서 수험생들은 마지막 시험 준비를 하느라고 매우 힘든 시간을 보내야 합니다. 한국은 대학 입학 경쟁률이 매우 높은 편이므로 수험생들은 원하는 대학에 입학하는 것이 매우 어렵습니다. 한편 12월이 되면 주부들도 바빠집니다. 김장을 준비해야 하기 때문이지요.

❶ 10월에 한국은 아침저녁으로 ＿＿**여간 쌀쌀하**＿＿지 않아요.

❷ 단풍이 들면 그 경치가 ＿＿＿＿＿＿＿＿＿＿는/은/ㄴ 게 아니에요.

❸ 단풍철에는 단풍을 즐기려는 등산객들이 ＿＿＿＿＿＿＿지 않아요.

❹ 11월에는 대학 입학 시험이 있어서 수험생들이 ＿＿＿＿＿＿는/은/ㄴ 게 아니에요.

❺ 한국에서는 원하는 대학에 입학하는 것이 ＿＿＿＿＿＿＿지 않아요.

❻ 12월이 되면 김장을 준비하느라고 주부들이 ＿＿＿＿＿＿는/은/ㄴ 게 아니에요.

6. '여간 –지 않다」를 사용해 다음 대화를 완성하십시오.

❶ 가 : 출입국 관리 사무소에 잘 다녀오셨어요?

　　나 : 기다리는 사람들이 너무 많아서 <u>여간 시간이 많이 걸린</u> 는/은/ㄴ 게 아니예요.

❷ 가 : 요즘 통 잠을 못 자는 것 같은데, 무슨 일이 있어요?

　　나 : 네, 집 앞에 새로 생긴 노래방 때문에 밤마다 여간 .... 는/은/ㄴ 게

　　　　아니예요.

❸ 가 : 4급에서 공부해 보니까 어때요?

　　나 : 재미있기는 한데 기사 발표를 준비하느라고 여간 .... 지

　　　　않아요.

❹ 가 : 회사 근처로 이사하시니까 편하시겠어요.

　　나 : 하지만 도심이어서 월세며 식비며 .... 는/은/ㄴ 게

　　　　아니예요.

❺ 가 : 기숙사 생활은 어때요? 룸메이트와 별 문제는 없어요?

　　나 : ....

❻ 가 : 고향하고 한국하고 시간 차이가 많이 나지요?

　　나 : ....

어휘 연습

1. 다음 어휘에 맞는 의미를 연결하십시오.

❶ 여럿이 ●   ● 혼자서

❷ 심지어 ●   ● 일반적으로

❸ 스스로 ●   ● 많은 사람이

❹ 대체로 ●   ● 더 심하게는

2. 빈칸에 알맞은 어휘를 쓰십시오.

[보기]	어색하다	올바르다	친밀하다	능숙하다

❶ 남녀가 처음으로 소개를 받는 자리는 좀 불편하고 _____ 게 느껴지기도 한다.

❷ 그 사람은 한국 생활에 익숙해져서 그런지 제법 _____ 게 서울말을 쓰고 있었다.

❸ 외국어나 인터넷 언어의 영향으로 문법이나 맞춤법에 맞는 _____ 는/은/ㄴ 한국어를 쓰지 않는 경우가 많다.

❹ 처음 만나는 사람이라도 고향이 같거나 같은 학교 동창인 걸 알게 되면 더 빨리 서로를 _____ 게 느끼는 것 같다.

3. 밑줄 친 표현과 관계있는 어휘를 찾아 쓰십시오.

[보기]	직역하다	여기다	형성되다	추구하다

❶ 서양에서는 개인 중심적인 가치를 매우 중요하게 **생각한다.**　　　　(　　　)

❷ '우리 남편'을 영어로 'our husband'라고 **그대로 옮기면** 어색한 표현이 된다.

　　　　　　　　　　　　　　　　　　　　　　　　　　　(　　　)

❸ 개인은 저마다 개인의 행복이라는 목적을 **이루기 위해 노력하며 살아가고 있다.**

　　　　　　　　　　　　　　　　　　　　　　　　　　　(　　　)

❹ 서양에서 생각하는 사람의 한 단위는 개인이고 이 개인은 자신만의 가치관, 이상, 목

　표, 희망에 의해 <u>만들어진다.</u>　　　　　　　　　　　　　(　　　)

더 생각해 봅시다

4. 다음과 같은 상황에서 여러분은 어떻게 하시겠습니까? 이야기해 봅시다.

상황 1 : 아는 사람이 결혼을 하는데 청첩장을 받지 못했다.	
❶ 결혼식에 참석한다.	☐
❷ 축의금만 보낸다.	☐
❸ 모른 척한다.	☐

상황 2 : 오후 늦게 기숙사 방에서 도시락을 먹고 있는데 방친구가 들어왔다.	
❶ 같이 먹자고 권한다.	☐
❷ 인사를 한 후 계속 혼자 먹는다.	☐
❸ 먹던 것을 치운다.	☐

5. 다음을 듣고 질문에 답하십시오.

1) 이 뉴스는 무엇에 대한 내용입니까? (   )

❶ 경주를 자전거로 여행하는 방법

❷ 경주 자전거 문화 투어 프로그램 소개

❸ 자전거 문화 유적 체험의 좋은 점

❹ 경주 자전거 투어 관광객이 증가하는 이유

2) '자전거 문화 유적 체험 투어'를 개발한 목적은 무엇입니까? 2가지 쓰십시오.

❶ ....

....

❷ ....

....

3) 들은 내용과 같으면 O표, 다르면 X표 하십시오.

❶ '자전거 문화 유적 체험 투어'를 개발한 것은 경주시이다.   (   )

❷ '자전거 문화 유적 체험 투어'에 참가하면 전문가의 해설을 들을 수 있다.

(   )

❸ '자전거 문화 유적 체험 투어'는 일 년 동안 계속된다.   (   )

❹ '자전거 문화 유적 체험 투어'에 참가하는 사람들은 본인의 자전거를
가지고 가야 한다.   (   )

6. 다음을 읽고 질문에 답하십시오.

> **양반 문화가 부자 마을을 만들어요.**
>
> 경북 청송군 개실 마을, 100여 명이 모여 사는 이 작은 마을이 요즘 관광객들로 활기를 얻고 있다. 개실 마을이 <체험 마을> 성공 모델로 인기를 모으는 이유는 무엇일까?
>
> 개실 마을은 조선 시대 양반 가문의 전통을 그대로 따르고 있는 곳이다. 조상 대대로 내려오는 풍습을 지키며 살고 있는 이곳은 2006년 전통 한과를 인터넷으로 판매하면서 사람들에게 알려지기 시작했다. 이후 마을을 찾는 관광객들을 위해 주민들은 전통 가옥을 민박집으로 제공하고 제사와 차례 풍습을 소개할 뿐 아니라 엿 만들기, 제사 음식 준비하기 등을 직접 체험할 수 있는 프로그램을 만들었다. 특히 전통 양반 결혼식을 체험하고 혼례음식을 맛보는 색다른 프로그램은 관광객들에게 큰 인기를 얻어 올해 개실 마을을 찾은 관광객이 4만 명을 넘었다.
>
> 개실 마을 대표 김광호 이장은 "양반 문화가 옛날 것이라서 요즘 사람들에게 맞지 않을 줄 알았는데 한국의 젊은이뿐만 아니라 외국 사람들도 색달라서 좋다고 하니 여간 기쁜 게 아니다. 앞으로도 개실 마을의 양반 문화와 전통도 알릴 겸 마을도 발전시킬 겸 관광 사업을 적극적으로 개발해 나갈 것이다."라고 말했다.

1) 위 글은 무슨 글입니까? (　　　)

   ❶ 편지　　　　　　　　　　　　❷ 신문기사

   ❸ 일기　　　　　　　　　　　　❹ 광고

2) 관광객들이 개실 마을에서 할 수 있는 일이 아닌 것은 무엇입니까? (　　　)

   ❶ 전통 한과를 먹을 수 있다.　　　　❷ 제사 음식을 준비해 볼 수 있다.

   ❸ 전통 양반 결혼식을 체험할 수 있다.　　❹ 전통 가옥에서 민박을 할 수 있다.

3) 개실 마을이 관광 사업을 적극적으로 개발하려는 목적은 무엇입니까?

   ❶ ....

   ❷ ....

7. 배운 문법을 사용해 친구에게 질문하고 대답하십시오.

질문	친구 1	친구 2
1. 주말에 해 볼 만하다고 들은 여가 활동을 다른 친구들에게 추천해 주십시오. (–는다던데, 여간 –지 않다)		
2. 하숙집과 기숙사 생활을 비교해 보세요. 또 자신이 사는 곳의 좋은 점을 이야기해 보십시오. (–에 비하면, –이며 –이며)		
3. 집에서 가족들이 꼭 지켜야 하는 규칙이나 그 나라 국민이 꼭 지켜야 하는 규칙이 무엇인지 물어 보십시오. (–건 –건)		
4. 한국에서 꼭 해 보고 싶은 것을 물어 보세요. 또 자신의 방학 계획을 말해 보십시오. (–을 겸)		

8. 다음 글을 읽고 자신의 생각을 써 보십시오. 또 옛날에 비해 달라진 현대 사회의 모습에 대한 자신의 생각을 친구와 같이 이야기해 보십시오.

> 흔히 기성 세대는 "요즘 애들은 우리 때와 너무 달라."라는 말을 하는데 여기에는 세대 간의 차이, 살아 온 환경, 현재 환경의 차이 등 여러 가지 원인이 있다. 이 차이를 좁히려면 두 가지 관점에서의 이해가 필요하다.
> 첫째는 가정의 변화이다. 예전의 가정은 3대가 함께 사는 대가족이었다. 할아버지, 할머니, 부모, 자녀가 같이 살다 보니 서로에 대한 의무와 책임감을 자연스럽게 느끼게 되면서 가정 교육이 이루어졌다. 그러나 요즘은 핵가족 시대이다. 맞벌이 부부가 많고 형제, 자매가 없다 보니 아이들은 윗세대로부터 본받고 배울 기회를 얻지 못한다.
> 둘째는 사회의 변화이다. 문화가 발달하면서 더 자유스러워진 것 같지만 사실 현대 문화는 개인을 더욱 외롭게 만든다. 인터넷 등 통신 기술의 발달로 생활은 편리해졌으나 인간적인 정은 많이 사라졌다. 많은 문명의 도구가 있으나 인간적인 정이 없어서 청소년기 아이들은 외로움을 느낀다.

한자성어 2

1. 동문서답 (東問西答)

동쪽 물음에 서쪽 대답이란 뜻으로 묻는 말에 대해서 전혀 다른 뜻으로 엉뚱하게
대답한다는 뜻

● 친구에게 시청에 가는 길을 물었는데 시청 주위가 복잡하다는 말만 계속 하니 웬
동문서답인지 모르겠다.

2. 이심전심 (以心傳心)

말이나 글로 전하지 않고 마음에서 마음으로 전함

● 이심전심이라는 말처럼 친구와 나는 말을 하지 않아도 서로의 마음을 잘 안다.

3. 작심삼일 (作心三日)

마음먹은 일이 삼일을 가지 못한다는 뜻으로 결심한 일이 오래 가지 못한다는 뜻

● 운동을 시작했는데 며칠을 가지 못해서 그만두고 말았다. 정말 작심삼일이다.

4. 팔방미인 (八方美人)

어느 방면으로 보나 아름다운 사람. 모든 방면에 능통한 사람

● 제임스 씨는 그림도 잘 그리고 외국어도 잘 하고 못 하는 것이 없는 팔방미인이다.

5. 부전자전 (父傳子傳)

자자손손 전해진다는 뜻으로 아버지가 아들에게 전함. 그 아버지의 그 아들

● 부전자전이라더니 노래를 그렇게 잘 하시던 민수 아버지처럼 민수도 노래를 잘 한다.

한자성어 2 연습

1. 가 : 주영 씨가 이번 시험에서 100점을 받았대요.

나 : 주영 씨는 성격도 좋고 운동도 잘 하는데다가 공부도 잘 하니

.... 이네요/요.

2. 가 : 날씨도 좋은데 땡땡이치고 영화나 보러 갈까?

나 : .... 이네/네. 나도 마침 너한테 같이 놀러 가자고

얘기할 참이었는데.

3. 가 : 영수 씨가 담배를 끊는다고 하더니 오늘 보니까 다시 피우고 있던데요.

나 : 그래요? .... 이라는/라는 말이 맞군요. 며칠 지나지

않아 다시 피우는 걸 보니…….

4. 가 : 옆집 아이는 정말 공부를 잘 하는 것 같아.

나 : 아버지가 교수라고 들었는데 아이도 공부를 잘 하네. 정말 ....

이구나/구나.

5. 가 : 주식이 올라 돈을 많이 벌었지? 한턱내.

나 : 음, 요즘 날씨가 왜 이렇게 더운지 모르겠다.

가 : 한턱내라는데 내 말에 대답은 않고 웬 .... 이야/야?

제5과 시간과 변화

5과 1항

어휘

1. 다음 [보기]에서 알맞은 말을 골라 빈 칸에 쓰십시오.

> [보기]   기술   나날이   목록   유통 기한   산지   표시

❶ 요즘 언어 교환을 해서 그런지 한국어 실력이 (**나날이**) 늘고 있다.

❷ 학교에서 나눠 준 추천 도서 (   ) 중에 내가 이미 본 책들이 많았다.

❸ 식품을 구입할 때 (   )이/가 언제까지인지 잘 살펴보고 사야 해요.

❹ 기업들마다 더 나은 제품을 만들기 위해 (   ) 개발에 힘쓰고 있다.

❺ 선생님께서 시험지에 틀린 부분을 빨간색으로 (   )해 놓으셨어요.

❻ 도시에 사는 사람들도 해산물을 (   )에서 직접 배송 받을 수 있다.

2. 다음 [보기]에서 알맞은 말을 골라 빈 칸에 쓰십시오.

> [보기]   현재   옛날   훗날   고대   현대   세기   세대   시절   시대

	❶ 시	절				❺	
❷			❸		❻		
		❹					

[가로]

❶ 힘들었던 (시절)을/를 생각하면 지금도 눈물이 나요.

❷ 부모와 자식 간에도 의견을 주고받다 보면 서로 (   ) 차이를 느낀다.

❹ 오늘의 감동적인 이 일은 (   ) 여러 사람에게 기억될 것이다.

❺ (   ) 상태에 만족하지 말고 더 나아지도록 노력하세요.

❻ 이집트의 나일 강과 중국 황허 유역 능에서 (   ) 문녕이 생겨났다.

[세로]

❶ 지금은 컴퓨터 없이 살 수 없는 (　　　　)이/가 됐어요.

❷ 한 (　　　　)은/는 백 년이다.

❸ (　　　　)에 비하면 요즘은 생활이 여러 가지로 많이 편리해졌어요.

❺ 바쁘고 복잡한 (　　　　)을/를 살아가려면 지혜가 필요하다.

문법

-만 해도

3. 다음을 보고 문장을 완성하십시오.

❶ 앞으로 줄일 직원 수

> ㄱ기업 : 2천 명 정도
> ㄴ기업 : 2천 5백 명 정도
> ㄷ기업 : 3천 명 정도

최근 각 기업들이 직원 수를 줄이고 있다. ___ㄱ 기업___ 만 해도 앞으로 직원 수를 2천 명 쯤 줄일 예정이다.

❷ 한 해 동안 어학연수를 받은 한국 학생 수

> 뉴질랜드 : 6천 명 정도
> 캐나다 : 7천 명 정도
> 호주 : 5천 명 정도

해외로 어학연수를 가는 한국 학생들이 나날이 늘고 있다. _____ 만 해도 한 해 동안 7천 명 정도의 한국 학생들이 어학연수를 받았다.

❸ 8월 에어컨 판매량

> ㄱ전자 대리점 : 2만 5천 대
> ㄴ전자 대리점 : 2만 8천 대
> ㄷ전자 대리점 : 3만 대

올 여름은 날씨가 여느 때보다 무더워서인지 각 전자 대리점마다 에어컨 판매량이 늘었다. _____ 만 해도 _____

❹ 하루에 방문하는 외국인 관광객 수

> 동대문 시장 : 2천 명
> 서울 타워 : 천 5백 명
> 경복궁 : 2백 명

하루에 서울을 방문하는 외국인 관광객의 수는 대단히 많다. ＿＿＿＿＿ 만 해도 ＿＿＿＿＿

❺ 제품의 교체 시기

> 휴대전화 : 구입한 지 1년 후
> 자동차 : 구입한 지 5년 후
> 컴퓨터 : 구입한 지 2년 후

고장이 나야 제품을 교체하는 것이 아니다. ＿＿＿＿＿ 만 해도 ＿＿＿＿＿＿＿＿

❻ 판매가

> 배 : 2천 원
> 감 : 7백 원
> 사과 : 8백 원

올 가을에는 과일 농사가 잘 돼서 그런지 가격이 많이 떨어졌다. ＿＿＿ 만 해도 ＿＿＿＿

＿＿＿＿＿＿＿＿＿＿＿＿＿＿

4. '–만 해도' 를 사용해 다음 대화를 완성하십시오.

❶ 가 : 다양한 기능들을 갖춘 제품이 젊은이들에게 인기가 많아요.
　 나 : 네, __휴대전화__ 만 해도 **텔레비전이며 인터넷이며 다 되잖아요.**

❷ 가 : 정부가 부동산 정책을 발표한 이후에 집값이 많이 내렸어요.
　 나 : ＿＿＿＿＿＿＿ 만 해도 집값이 5천만 원이나 떨어졌어요.

❸ 가 : 요즘은 서울 시내에서 주차하기가 너무 힘든 것 같아요.
　 나 : 맞아요, ＿＿＿＿＿＿ 만 해도 ＿＿＿＿＿＿＿＿＿＿＿

❹ 가 : 김태호 선수가 올림픽에서 금메달을 딴 후에 수영이 인기가 많아졌다지요?
　 나 : 네, ＿＿＿＿＿＿ 만 해도 ＿＿＿＿＿＿＿＿＿＿＿

❺ 가 : 물가가 올라서 그런지 요즘 생활비가 많이 드는 것 같아요.
　 나 : ＿＿＿＿＿＿＿＿＿＿＿＿＿＿＿＿＿＿＿＿＿

❻ 가 : 구인 광고를 냈더니 65세 이상 노인 분들도 신정을 많이 하셨던데요.
　 나 : ＿＿＿＿＿＿＿＿＿＿＿＿＿＿＿＿＿＿＿＿＿

5. 맞는 내용을 고르고 문장을 완성하십시오.

❶ 그렇게 낭비만 합니다.

> ㄱ. 돈을 빨리 모을 거예요. (X)
>
> ㄴ. 필요할 때 돈을 못 쓰게 될 거예요. (O)

→ _____**그렇게 낭비만 하**_____ 다가는 필요할 때 돈을 못 쓰게 될 거예요.

❷ 그렇게 지나치게
조심합니다.

> ㄱ. 아무 일도 못 할 거예요. ( )
>
> ㄴ. 실수를 안 할 거예요. ( )

→ _____ 다가는 _____

❸ 그렇게 빨리 뛰어갑니다.

> ㄱ. 제 시간에 도착할 거예요. ( )
>
> ㄴ. 넘어질지 몰라요. ( )

→ _____ 다가는 _____

❹ 그렇게 계획을 미룹니다.

> ㄱ. 일이 빨리 진행될 거예요. ( )
>
> ㄴ. 일이 빨리 끝나지 않을 거예요. ( )

→ _____ 다가는 _____

❺ 그렇게 예의 없이
행동합니다.

> ㄱ. 모든 사람들이 싫어하게 될지 몰라요. ( )
>
> ㄴ. 좋은 결과가 나올 거예요. ( )

→ _____ 다가는 _____

❻ 이렇게 사람들이
소비를 안 합니다.

> ㄱ. 회사들이 망하겠어요. ( )
>
> ㄴ. 돈이 많이 모이겠어요. ( )

→ _____ 다가는 _____

6. '-다가는' 을 사용해 다음 대화를 완성하십시오.

❶ 가 : 인터넷 쇼핑에 빠져서 일주일에 한두 번은 물건을 사는 것 같아요.
　나 : ＿＿그렇게 돈을 막 쓰＿＿ 다가는 ＿＿＿나중에 후회하게 될 거예요.＿＿

❷ 가 : 시험이 얼마 남지 않았는데 공부하기 싫어서 하루에 한 시간도 안 하게 돼.
　나 : ＿＿＿＿＿＿＿＿＿＿ 다가는 시험에 떨어질 거예요.

❸ 가 : 최근 들어 여성들이 아이를 안 가지려는 것 같지요?
　나 : ＿＿＿＿＿＿＿＿ 다가는 ＿＿＿＿＿＿＿＿＿＿

❹ 가 : 요즘 바빠서 아침은 굶을 때가 많고 저녁은 일이 늦게 끝나서 늦게 먹게 돼요.
　나 : ＿＿＿＿＿＿＿＿ 다가는 ＿＿＿＿＿＿＿＿＿＿

❺ 가 : 이 일은 다음 주까지 하면 되니까 오늘 한잔하러 가자.
　나 : ＿＿＿＿＿＿＿＿＿＿＿＿＿＿＿＿＿＿

❻ 가 : 계획을 세우면 뭘 해요? 저는 계획을 세워 본 적이 한 번도 없어요.
　나 : ＿＿＿＿＿＿＿＿＿＿＿＿＿＿＿＿＿＿

어휘

1. 다음 [보기]에서 알맞은 말을 골라 빈 칸에 쓰십시오..

> [보기] 중매   결혼 적령기   배우자   신세대   결혼관   맞벌이

　　남자들은 20대 후반에서 30대 중반, 여자들은 20대 중반에서 30대 초반이 ❶ **결혼 적령기 라고** ~~이라고~~/라고 할 수 있다. 남녀가 만나서 연애를 통해 결혼에 이르기도 하고 연애의 과정을 거치지 않고 ❷ ＿＿＿＿＿＿＿ 을/를 통해 바로 결혼하기도 하는데 요즘은 결혼 정보 회사의 소개로 ❸ ＿＿＿＿＿＿＿ 을/를 만나는 경우도 흔히 볼 수 있다. 20대 남녀를 대상으로 한 설문 조사 결과 대부분의 젊은이들이 부부가 함께 직장 생활을 하는 ❹ ＿＿＿＿＿＿＿ 을/를 선호하는 것으로 나타났다. 요즘 ❺ ＿＿＿＿＿ 들의 달라진 ❻ ＿＿＿＿＿ 을/를 알 수 있다.

2. 다음 [보기]에서 알맞은 말을 골라 빈 칸에 쓰십시오.

> [보기] 파혼   재혼   기혼   혼담   혼기   혼수

❶ 평소 가깝게 지내던 두 집안 자녀들의 (**혼담**)이/가 오갔다.

❷ 정민 씨는 학력을 속였다는 이유로 (　　　)을/를 당했어요.

❸ 다음 달에 결혼할 내 친구는 요즘 (　　　) 준비로 바빠요.

❹ 미영 씨는 이혼한 후 계속 혼자 살다가 얼마 전에 초등학교 동창과
　 (　　　)했어요.

❺ 연예계에는 미혼 여성들도 많지만 (　　　) 여성들도 활발한 활동을 하고 있다.

❻ 올해 마흔 살이 된 지선 씨는 그동안 부모 없이 동생들을 돌보느라고
　 (　　　)을/를 놓쳐 버렸다.

–에 의하면

3. 두 문장이 같은 뜻이 되도록 만드십시오.

❶ 신문에 아파트 값이 많이 내렸다는 기사가 실렸어요.
→ _____신문 기사_____ 에 의하면 아파트 값이 많이 내렸대요.

❷ 올해 사업 결과를 봤더니 올 상반기 제품 판매량이 작년보다 10% 늘었더군요.
→ _____ 에 의하면 올 상반기 제품 판매량이 작년보다 10% 늘었대요.

❸ 구입한 지 3일 안에는 교환이 가능하다고 판매 규정에 쓰여 있었어요.
→ _____ 에 의하면 _____

❹ 오늘 아침 뉴스에서 이혼율이 점점 높아지고 있다고 했어요.
→ _____ 에 의하면 _____

❺ 결혼관에 대해 조사해 봤더니 맞벌이를 선호하는 남성들이 많다는 결과가 나왔어요.
→ _____ 에 의하면 _____

❻ 조선 시대 역사책에 옛날에는 호랑이가 시내에 자주 나타났었다는 이야기가 나와요.
→ _____ 에 의하면 _____

4. '–에 의하면'을 사용해 다음 대화를 완성하십시오.

❶ 가 : 증세가 많이 좋아졌다고 하던데 언제 퇴원할 수 있대요?
나 : ____의사 선생님 말씀____ 에 의하면 다음 주 쯤 퇴원할 수 있대요.

❷ 가 : 등록금이 오른다고 하던데 몇 % 오른대요?
나 : _____ 에 의하면 15% 쯤 오른대요.

❸ 가 : 물을 빨리 써야 되는데 수돗물이 몇 시 쯤 나온대요?
나 : _____ 에 의하면 _____

❹ 가 : 환율은 떨어지는데 금리는 왜 오를까요?
나 : _____ 에 의하면 _____

❺ 가 : 내일 야유회를 가는데 날씨가 어떨까요?
나 : _____ 에 의하면 _____

❻ 가 : 남북한 교류가 활발해졌다던데 한국이 언제쯤 통일이 될까요?
나 : _____ 에 의하면 _____

5. 상황에 맞게 문장을 완성하십시오.

❶ 장학금을 받으려면 점수가 좋아야 하는데 60점을 받았다.

" ___60점을 받___ 고서는 장학금을 받을 수 없어요."

❷ 한국 문화를 이해하고 싶어하는데 한국말을 모른다.

" _____ 고서는 한국 문화를 이해할 수 없어요."

❸ 방에 신발을 신고 들어가면 안 되는데 신발을 신고 들어가려고 한다.

" _____ 고서는 _____ "

❹ 일을 다 끝내야 하는데 인원 보충을 더 안 한다.

" _____ 고서는 _____ "

❺ 어떤 사람인지 알려면 여러 번 만나 봐야 하는데 한 번만 만나 본다.

" _____ 고서는 _____ "

❻ 반바지를 입고 회사에 가면 안 되는데 반바지를 입고 회사에 가려고 한다.

" _____ 고서는 _____ "

6. '-고서는'을 사용해 다음 대화를 완성하십시오.

❶ 가 : 다음 주부터 봉사 활동을 하기로 했는데 일이 너무 힘들지 않았으면
　　　좋겠어요. 저는 편한 일만 하고 싶어요.
　　나 : ___그런 마음을 가지___ 고서는 봉사 활동을 할 수 없어요.

❷ 가 : 제 옷차림이 너무 화려한가요? 다들 제 옷차림이 화려하대요.
　　나 : _____ 고서는 회의에 참석할 수 없어요.

❸ 가 : 사진으로 여러 번 봤는데 박물관에 직접 가서 보려고 해요?
　　나 : _____ 고서는 _____

❹ 가 : 모임에 못 나오는 이유가 뭐예요? 아이가 집에 혼자 못 있어요?
　　나 : _____ 고서는 _____

❺ 가 : 오늘 등산을 하러 가는 줄 모르고 구두를 신고 왔는데 어떻게 하죠?
　　나 : _____

❻ 가 : 취업 정보를 구하러 다니느라고 바쁘시군요.
　　나 : _____

어휘

1. 다음 [보기]에서 알맞은 말을 골라 빈 칸에 쓰십시오.

[보기]	감시	안심	안전	제약	악용	침해

❶ 가게 주인이 가게 앞에 다른 차가 주차를 못하도록 (감시   )하고 있다.

❷ 날것으로 먹으면 위험하지만 70도 이상의 물에서 끓여 먹으면 (   )합니다.

❸ 최근에 장난감 총이 진짜 총처럼 만들어져서 범죄에 (   )되고 있다.

❹ 나이가 어리면 여러 가지 사회적 활동에 (   )이/가 따른다.

❺ 영수 씨는 일을 꼼꼼히 처리하니까 (   )하고 맡길 수 있다.

❻ 의사가 환자에게 병에 대해 자세하게 설명을 해 주지 않는 것은 환자의 알 권리를
(   )하는 행동이라고 할 수 있다.

2. 다음은 무슨 단어와 관계가 있습니까? [보기]에서 고르십시오.

[보기]	인권	소유권	저작권	초상권	명예 훼손

❶ "제 땅을 정부에서 마음대로 개발하려고 해요."   (**소유권**)

❷ "내 만화 작품의 내용을 가지고 허락 없이 영화로 만들었어요."   (   )

❸ "한 신문사가 유명 배우의 사진을 허락 없이 신문에 실었어요."   (   )

❹ "제가 회사 돈을 마음대로 썼다고 제 직장 동료가 거짓말을 퍼뜨렸어요."
(   )

❺ "저는 시각 장애인인데 장애인이라는 이유로 여러 회사에서 취직을 안 시켜
줘요."   (   )

–으로 인해

3. 다음 표를 보고 문장을 완성하십시오.

원인	결과
교통사고	10명 사망
짙은 안개	비행기 추락
테러 발생	관광객 감소
폭우	건물 붕괴
저작권 침해	피해 사례 많아짐
정신적 스트레스	우울증 환자 많아짐

❶ _____**교통사고로**_____ 으로/로 인해 많은 사람이 죽었어요.

❷ _____ 으로/로 인해 비행기가 추락했어요.

❸ _____ 으로/로 인해 _____

❹ _____ 으로/로 인해 _____

❺ _____ 으로/로 인해 _____

❻ _____ 으로/로 인해 _____

4. '–으로 인해' 를 사용해 다음 대화를 완성하십시오.

❶ 가 : 요즘 아파트가 많이 개발되고 있지요?

　　나 : 네, 그런데 **지나친 개발로** 으로/로 인해 **환경이 오염되고 있어요.**

❷ 가 : 폐암에 걸린 사람이 많아졌다면서요?

　　나 : 네, _____ 으로/로 인해 폐암에 걸린 사람이
　　　　많아졌어요.

❸ 가 : 대중교통을 이용하는 사람이 많아졌다던데요.

　　나 : 네, _____ 으로/로 인해 _____

❹ 가 : 요즘 유명 대학교를 졸업하고도 취직을 못하는 학생들이 많다지요?

　　나 : 네, _____ 으로/로 인해 _____

❺ 가 : 상담실에는 어떤 사람들이 많이 찾아오나요?

　　나 : _____

❻ 가 : 요즘 외국 관광객들이 많이 늘었다지요? 환율이 올랐나요?

　　나 : _____

-에 달려 있다

5. 다음 대화를 읽고 문장을 완성하십시오.

❶ 가 : 본인의 의지가 없으면 건강을 회복하기 어려워요.

　　나 : 맞아요. 약을 먹고 병원에 다닌다고 해서 다 회복하는 건 아닌 것 같아요.

　　→ 건강을 회복할 수 있냐 없냐는 ＿＿＿본인의 의지에＿＿＿ ~~에/에게~~ 달려 있어요.

❷ 가 : 선수들이 잘 하는 것보다는 감독이 지도를 잘 해야 시합에서 이기는 것 같아요.

　　나 : 맞아요. 선수가 아무리 잘 해도 감독이 작전을 잘 못 세우면 지는 경우가 많아요.

　　→ 시합 결과는 ＿＿＿＿＿＿＿＿＿＿＿＿＿＿＿ 에/에게 달려 있어요.

❸ 가 : 기업이 발전하려면 기술 개발도 해야겠지만 인재 관리가 더 중요한 것 같아요.

　　나 : 그래요, 기업에서 필요한 인재들을 확보하는게 제일 중요하지요.

　　→ 기업의 발전은 ＿＿＿＿＿＿＿＿＿＿＿＿＿＿＿ 에/에게 달려 있어요.

❹ 가 : 부모의 재력으로 출세하는 것을 보면 세상은 공평한 것 같지 않아요.

　　나 : 부모가 아무리 재력이 있다고 해도 본인이 노력을 안 하고서는 출세하기 어렵지요.

　　→ 출세하냐 못하냐는 ＿＿＿＿＿＿＿＿＿＿＿＿＿ 에/에게 달려 있어요.

❺ 가 : 적성에 맞는 직업을 선택한 사람들이 직장 생활을 즐겁게 하는 것 같아요.

　　나 : 맞아요, 직업을 선택할 때는 적성이 맞는지 안 맞는지를 잘 생각해 봐야겠어요.

　　→ ＿＿＿＿＿＿＿＿＿＿＿＿＿＿＿＿＿＿＿＿＿ 에/에게 달려 있어요.

❻ 가 : 어떻게 하면 재산을 늘릴 수 있을까요?

　　나 : 절약을 해야 한다고 봐요. 부자들 중에 절약하는 사람이 많거든요.

　　→ ＿＿＿＿＿＿＿＿＿＿＿＿＿＿＿＿＿＿＿＿＿ 에/에게 달려 있어요.

6. 다음의 내용을 좌우하는 것은 무엇입니까? '-에 달려 있다'를 사용해 문장을 완성하십시오.

❶ 경제 회복

　　→ 경제 회복은 ＿＿＿정부와 국민의 노력에＿＿＿ ~~에/에게~~ 달려 있어요.

❷ 한국의 미래

　　→ 한국의 미래는 ＿＿＿＿＿＿＿＿＿＿＿＿＿＿＿ 에/에게 달려 있어요.

❸ 행복

　　→ ＿＿＿＿＿＿＿＿＿＿＿＿＿＿＿＿＿＿＿＿＿ 에/에게 달려 있어요.

❹ 승진

　　→ ＿＿＿＿＿＿＿＿＿＿＿＿＿＿＿＿＿＿＿＿＿ 에/에게 달려 있어요.

❺ 입사 시험 합격

　　→ ＿＿＿＿＿＿＿＿＿＿＿＿＿＿＿＿＿＿＿＿＿

❻ 제품 판매

　　→ ＿＿＿＿＿＿＿＿＿＿＿＿＿＿＿＿＿＿＿＿＿

어휘

1. 다음 [보기]에서 알맞은 말을 골라 빈 칸에 쓰십시오.

[보기] 정장　　관찰력　　변화　　신기하다　　사고방식　　보수적

❶ 날마다 같은 사람을 만나고 같은 일을 하며 (　　)어/가 없는 삶을 살고 있다.

❷ 로봇이 사람 대신 집안일을 하다니 참 (　　)군요.

❸ 외국에서 생활하다 보면 (　　)과/와 문화의 차이로 가끔 오해를 사기도 한다.

❹ 다른 사람들은 그 식당의 커튼이 바뀐 것을 몰랐는데 영수 씨만 아는 걸 보니 영수 씨는 역시 (　　)이/가 좋은 것 같다.

❺ 이번 모임에 청바지 차림으로 오면 안 됩니다. 반드시 (　　)을/를 하고 오셔야 합니다.

❻ 우리 아버지는 여자가 짧은 치마를 입고 다녀서도 안 되고 담배를 피워서도 안 된다고 생각하시는 매우 (　　)인 분이시다.

2. 다음 사람들은 어떤 특성을 가졌습니까? [보기]에서 알맞은 말을 골라 빈 칸에 쓰십시오.

[보기] 개방적　　개성적　　독립적　　의존적　　진보적　　폐쇄적

❶ "왜 다른 사람들의 도움을 바라죠? 혼자서도 할 수 있는 일인데……."(　　)

❷ "저는 현재 상태에 만족할 수 없어요. 항상 더 나은 변화를 생각하고 다른 사람보다 생각이 앞서 있죠."　　　　　　　　　　　　　(　　)

❸ "저는 새로운 것을 받아들이는 게 두려워요. 알고 싶지도 않아요." (　　)

❹ "혼전 동거가 뭐 나쁜가요? 그리고 동성연애도 괜찮다고 봐요." (　　)

❺ "저는 제 판단이나 행동이 옳은 것인지 잘 모르겠어요. 그래서 다른 사람이 도와 줬으면 좋겠어요."　　　　　　　　　　　(　　)

❻ "저는 보통 사람들과 좀 다른 생각과 행동을 하는 편이에요. 저만의 시각으로 모든 것을 바라보죠."　　　　　　　　　　　(　　)

–더니²

3. 관계있는 문장을 연결해서 한 문장으로 만드십시오.

❶ 지난번에는 거절을 했습니다. •   • 직장에 들어간 후로는 절약하면서 살아요.

❷ 전에는 자주 덜렁거렸습니다. •   • 요즘은 실수를 거의 안 해요.

❸ 대학생 때는 낭비를 많이 했습니다. •   • 작년부터 사 먹어요.

❹ 전에는 낯을 많이 가렸습니다. •   • 요즘은 건강해졌어요.

❺ 어릴 때는 감기에 잘 걸렸습니다. •   • 지금은 모르는 사람한테 말도 잘 걸어요.

❻ 전에는 김치를 담가 먹었습니다. •   • 어제는 부탁하니까 들어줬어요.

❶ ___지난번에는 거절을 하___ 더니 어제는 부탁하니까 들어줬어요.

❷ _____ 더니 _____

❸ _____ 더니 _____

❹ _____ 더니 _____

❺ _____ 더니 _____

❻ _____ 더니 _____

4. '–더니' 를 사용해 대화를 완성하십시오.

❶ 가 : 날씨가 많이 쌀쌀해졌지요?

　　나 : 네, 더니 이번 주는 기온이 많이 내려갔네요.

❷ 가 : 영수 씨는 운전 실력이 많이 늘었나요?

　　나 : 네, _____ 더니 지금은 아주 능숙해요.

❸ 가 : 미선 씨가 유학 간 후로 많이 달라졌나요?

　　나 : 네, 고향에 있을 때는 _____ 더니 _____

❹ 가 : 요즘 편식을 하는 아이들이 많던데 따님은 어때요?

　　나 : _____ 더니 _____

❺ 가 : 지금 교통 상황이 여전히 안 좋은가요?

　　나 : 아니요, _____

❻ 가 : 요즘 우리 회사 제품이 얼마나 팔리고 있나요?

　　나 : _____

-는 법이다

5. 다음을 같은 뜻이 되도록 만드십시오.

❶ 열심히 노력한다. 그러면 대부분의 사람들이 당연히 출세한다고
생각한다.
→ __열심히 노력하면__ 으면/면 __출세하__ 는 법이다.

❷ 죄를 짓는다. 그러면 대부분의 사람들이 당연히 벌을 받는다고 생각한다.
→ 죄를 지으면 ＿＿＿＿＿＿＿＿＿＿＿＿＿＿＿＿＿ 는 법이다.

❸ 착한 일을 많이 한다. 그러면 대부분의 사람들이 당연히 좋은 일이 많이
생긴다고 생각한다.
→ ＿＿＿＿＿＿＿＿＿＿＿ 으면/면 ＿＿＿＿＿＿＿＿＿＿＿ 는 법이다.

❹ 다른 사람에게 잘못을 한다. 그러면 대부분의 사람들이 당연히 사과를
해야 한다고 생각한다.
→ ＿＿＿＿＿＿＿＿＿＿＿ 으면/면 ＿＿＿＿＿＿＿＿＿＿＿ 는 법이다.

❺ 같은 음식을 날마다 먹는다. 그러면 대부분의 사람들이 당연히 싫증이
난다고 생각한다.
→ ＿＿＿＿＿＿＿＿＿＿＿ 으면/면 ＿＿＿＿＿＿＿＿＿＿＿ 는 법이다.

❻ 도움을 받는다. 그러면 대부분의 사람들이 그것에 대한 보답을 해야
한다고 생각한다.
→ ＿＿＿＿＿＿＿＿＿＿＿ 으면/면 ＿＿＿＿＿＿＿＿＿＿＿ 는 법이다.

YONSEI KOREAN WORKBOOK 4

6. '–는 법이다' 를 사용해 문장을 완성하십시오.

❶ 가 : 저는 축구 선수인데 왜 이렇게 축구 실력이 좋아지지 않는 것일까요?

　나 : __연습을 많이 하면__ 으면/면 __실력이 좋아지__ 는 법이에요. 그러니까 연습을 많이 하세요.

❷ 가 : 저는 식사할 때마다 왜 이렇게 자주 체하죠?

　나 : 급히 먹으면 _____ 는 법이에요. 그러니까 밥을 천천히 먹는 습관을 들이세요.

❸ 가 : 저는 왜 이렇게 친구가 없죠? 고민이 있어도 얘기할 상대가 없어요.

　나 : _____ 으면/면 _____ 는 법이에요. 그러니까 친구들의 얘기를 잘 들어주세요.

❹ 가 : 저는 일할 때 실수를 많이 하는 편이에요. 어떻게 하면 실수를 줄일 수 있을까요?

　나 : _____ 으면/면 _____ 는 법이에요. 그러니까 일을 꼼꼼하게 잘 살펴 보세요.

❺ 가 : 감기약을 먹어도 낫지 않네요. 왜 그런 거죠?

　나 : _____. 그러니까 약을 시간 맞춰서 열심히 드세요.

❻ 가 : 어떤 직장을 선택해야 할지 모르겠어요. 어떤 직장에 들어가야 즐겁게 생활할 수 있을까요?

　나 : _____. 그러니까 자신의 능력을 충분히 발휘할 수 있는 직업을 찾아보세요.

어휘 연습

1. 의미가 비슷한 것끼리 연결하십시오.

❶ 가령 •   • 일원

❷ 요인 •   • 원인

❸ 최근 •   • 요즘

❹ 구성원 •   • 예를 들면

2. 빈칸에 알맞은 어휘를 쓰십시오.

[보기]	이렇듯	반면에	그렇다면	그래서인지

❶ 최근 주 5일 근무제가 우리 생활 속에 자리를 잡아 가고 있다. .... 주말을 이용해 다양한 여가활동을 하는 사람들을 볼 수 있다.

❷ 양복을 입고 사무실에서 일해야 좋은 직장이라고 생각하는 사람들이 있다. .... 답답한 사무실을 벗어나 고객들을 만나며 활동적으로 일하는 것을 더 좋아하는 사람도 있다.

❸ 직업의 종류가 약 1만 개나 된다고 하는데 실제로 자녀가 갖기를 원하는 직업은 얼마 되지 않는다. .... 부모는 자녀가 다양한 직업에 대해 알 수 있도록 기회를 제공해야 한다.

❹ 직장을 구하는 사람들 사이에서, 학력·학점·토익점수 등을 합한 것을 가리키는 스펙이라는 말이 있다. 취업을 위한 경쟁에서 하나라도 더 남보다 나은 조건을 갖추기 위한 노력 때문에 만들어진 말이다. .... 갈수록 취업경쟁은 뜨거워지고 있다.

3. 밑줄 친 표현과 관계있는 어휘를 찾아 쓰십시오.

[보기]	이르다	공감하다	지배하다	당당하다

❶ 경제적으로 독립을 해야 부모님이나 형제들 앞에서 **기죽지 않고 자신 있는** 모습을
보여줄 수 있다.   (   )

❷ 오늘날 우리 사회에서 재테크나 부에 대해 지나치게 관심을 보이는 것을 보면 돈이 얼
마나 **사람들의 몸과 마음을 움직이는지**를 알 수 있다.   (   )

❸ 우리가 세계 최고로 인정받는 품질의 제품을 생산하여 정상의 자리에 **올라갈** 때까지
연구 개발을 위한 투자와 노력에 최선을 다 할 것입니다.   (   )

❶ 직장의 근무조건도 조건이지만 같이 일하는 동료들과의 관계가 직장생활을 잘 하는 데
아주 중요한 것이라는 점에는 **누구나 같은 생각을 할 것이다.**

(   )

더 생각해 봅시다

4. 여러분 나라에서 현대의 젊은이들이 선호하는 직업을 알아보고 그 이유를
이야기해 봅시다.

선호하는 직업	
선호하는 이유	

5. 다음을 듣고 질문에 답하십시오.

1) 우리가 다른 사람의 창작물을 쉽게 얻을 수 있는 이유는 무엇입니까?

2) 일반인들이 저작권을 침해하는 사례로 말한 것을 2가지 쓰십시오.
   ❶ ....

   ❷ ....

3) 들은 내용과 같으면 O표, 다르면 X표 하십시오.
   ❶ 양심대로 행동하면 정직한 사회를 만들 수 있다.　　　　　　(　　)
   ❷ 저작권 침해는 다른 사람의 것을 훔치는 것이나 마찬가지이다.　(　　)
   ❸ 저작권을 침해하는 것보다 침해당하지 않는 것이 더 중요하다.　(　　)
   ❹ 창작한 사람의 노력과 기술을 소중히 여기고 보호하려면 저작권법으로
   　감시해야 한다.　　　　　　　　　　　　　　　　　　(　　)

6. 다음을 읽고 질문에 답하십시오.

한국 리서치는 성인들을 대상으로 국민들의 결혼관을 알아보기 위한 조사를 하였다. 질문 내용은 결혼은 반드시 해야 되는 것인지, 결혼 적령기는 언제로 생각하는지와 혼전 동거, 이혼에 대한 것이었는데 그 결과는 다음과 같다.

'반드시 결혼해야 한다고 생각하는지, 아니면 반드시 결혼할 필요는 없다고 생각하는지'에 대한 설문 조사 결과에 의하면, 절반이 넘는 53.7%가 반드시 결혼할 필요는 없다고 응답하였다.

이는 재작년 같은 시기에 조사한 결과보다 16.5% 높아진 수치로, 갈수록 결혼 필요성에 대한 인식이 약해지고 있는 것으로 보인다. 특히, 남자(42.2%)보다 여자(65.3%)가 높았으며, 연령별로는 30대(65.1%)와 40대(61.5%)에서 높게 나타났다.

남녀의 결혼적령기에 대한 조사 결과, 남자의 결혼적령기는 평균 30.1세, 여자는 27.5세로 나타났다. 이는 2년 전과 비교하여 각각 0.3세, 0.5세 소폭 상승한 수치였다. 여자가 남자보다 결혼적령기를 다소 높게 보는 경향이 있었고 50대 이상 고령층은 결혼적령기를 상대적으로 낮게 응답하였다.

'혼전 동거'에 대한 생각을 조사한 결과, 괜찮다는 의견(49.8%)과 동거는 절대 안 된다는 의견(49.5%)이 팽팽하게 맞섰다. 응답자의 특성으로 볼 때 남자와 연령이 높은 응답자일수록 괜찮다고 생각하는 비율이 높았으며, 교육수준에 따라서도 차이가 있는 것으로 나타났다.

'이혼'에 대한 생각을 조사한 결과, 응답자 10명 중 6명 이상이 이혼할 수도 있다고 응답(62.4%)하여 절대로 이혼은 안 된다는 응답(37.6%)보다 훨씬 많았다. 특히 20대의 이혼은 안 된다는 응답 비율은 50대의 절반 수준에 그쳐 세대 간에 큰 차이가 있는 것으로 나타났으며, 미래의 한국인들은 ㉠_____인 면이 약해질 것이라는 점을 예상하게 한다.

1) 위 글은 무엇에 대한 글입니까? ( )

❶ 성인들을 대상으로 한 이성관 설문 조사 결과

❷ 성인들을 대상으로 한 교육관 설문 조사 결과

❸ 성인들을 대상으로 한 가정관 설문 조사 결과

❹ 성인들을 대상으로 한 결혼관 설문 조사 결과

2) ㉠_____에 들어갈 단어로 알맞은 것은 무엇입니까? ( )

❶ 보수적   ❷ 개방적   ❸ 진보적   ❹ 개성적

3) 위 글의 내용과 맞지 않는 것은 무엇입니까? (　　)

　❶ 남자보다 여자가 결혼의 필요성을 느끼지 않는다.

　❷ 고학력일수록 혼전 동거에 대해 긍정적으로 대답했다.

　❸ 신세대들의 경우 이혼은 안 된다고 생각하는 비율이 낮았다.

　❹ 사람들이 생각하는 결혼적령기가 2년 전에 비해 높아졌다.

말하기 • 쓰기 연습

7. 배운 문법을 사용해 친구에게 질문하고 대답하십시오.

질문	친구1	친구2
❶ 요즘 시대가 어떻게 변했습니까? (–만 해도, –에 의하면)		
❷ 현대 사회에 제일 많이 요구되는 것은 무엇입니까? (–고서는, –다가는)		
❸ 환경 문제에 대해서 어떻게 생각하십니까? (–로 인해, –에 달려 있다)		
❹ 주위에 달라진 친구가 있습니까? 어떻게 달라졌습니까? (–더니, –는 법이다)		

8. 다음 글을 읽고 미래 사회에 어떤 물건이 발명되었으면 좋겠는지 쓰십시오. 그리고 친구와 이야기해 보십시오.

오늘 아침에 일어나 보니까 어제 예약한 대로 밥이며 반찬이며 국이며 모든 요리가 준비되어 있었다. 요리 기계가 해 준 아침을 먹고 컴퓨터로 오늘 입을 옷과 가방, 신발을 선택하니까 컴퓨터 화면에는 다 차려 입은 모습이 나타났다. 출근 준비를 끝내고 집을 나섰다. 회사 주소를 입력하자 무인 자동 운전 시스템을 갖춘 차가 움직이기 시작했다. 회사에 도착해서 컴퓨터를 켜자 오늘의 스케줄이 화면에 바로 나타났다…

복습문제 (1과-5과)

I. 다음 [보기]에서 알맞은 단어를 골라 빈 칸에 쓰십시오.

[보기]	적응	영향	피해	용기	우연히	분명히
	달리	나날이	미혼	악용	의존적	개방적

1. 어제 명동에서 _____ 고등학교 동창을 만났어요.

2. 지나친 흡연은 본인뿐 아니라 주위 사람에게도 _____ 을/를 주게 된다.

3. 결혼과 육아 등의 문제로 결혼을 망설이는 _____ 여성들이 많아졌어요.

4. _____ 심각해지고 있는 지구 환경 문제에 대해서 우리 모두 적극적으로 관심을 가져야 합니다.

5. 내 생각에는 _____ 영수가 한 것 같은데 증거를 찾을 수가 없다.

6. 그렇게 _____ 으로/로 살아서야 어디 독립할 수 있겠어요?

7. 비가 쏟아지던 어제와는 _____ 오늘은 날씨가 화창하다.

8. 한국에 온 지 얼마 안 돼서 한국 생활에 _____ 이/가 아직 안 됐어요.

9. 인터넷에서 개인 정보가 유출되어 범죄에 _____ 되는 사례가 늘고 있다.

10. 미선 씨에게 좋아한다고 고백하고 싶지만 _____ 이/가 안 나요.

II. 다음 [보기]에서 알맞은 단어를 골라 빈 칸에 쓰십시오.

[보기]	개발하다	방해가 되다	벅차다	격려하다	따지다
	살펴 보다	색다르다	재촉하다	설치하다	변명하다
	합의하다	권하다	무시하다	활달하다	선호하다

1. 전통 가옥에서의 1박 2일 문화 체험은 유학생들에게 _____ 는/은/ㄴ 경험이 될 것이다.

2. 새로 산 에어컨을 어디에 _____ 지?

3. 일이 이렇게 된 게 누구 잘못인지 _____ 어/아/여 봅시다.

4. 경제가 어려워져서 그런지 요즘 젊은이들이 맞벌이를 _____ 는/은/ㄴ 것 같다.

5. 학교 옆에서 공사를 해서 수업에 _____ 어요/아요/여요.

6. 친구가 자꾸 이 옷을 사라고 _____ 어서/아서/여서 샀는데 괜히 산 것 같아요.

7. 요즘 우리 회사는 신제품을 ....기 위해서 밤낮없이 일을 하고 있어요.

8. 선생님께서 잘 하라고 ....어/아/여 주셔서 힘이 나요.

9. 식품뿐만이 아니라 약이나 화장품을 살 때도 유통기한을 잘 ....어야/아야/여야 해요.

10. 우리들이 제시한 조건이 다 받아들여지지 않았지만 어쩔 수 없이 ....어/아/야 했다.

III. 가장 적당한 설명을 고르십시오.

1. 귀를 기울이다 (　　　)

❶ 잘 듣다 　　　　　　　　　　❷ 잘못 듣다

❸ 잘 들리다 　　　　　　　　　❹ 노력하다

2. 내 것이나 다름없다 (　　　)

❶ 내 껏과 다르다 　　　　　　❷ 내 섯이나 마찬가지이다

❸ 내 것이 아닐 수 없다 　　　❹ 내 것이라고 말하면 안 된다

3. 적극적으로 (　　　)

❶ 수동적으로 　　　　　　　　❷ 능동적으로

❸ 부정적으로 　　　　　　　　❹ 긍정적으로

4. 그만이다 (　　　)

❶ 끝이다 　　　　　　　　　　❷ 그만두다

❸ 아주 좋다 　　　　　　　　❹ 그것만큼 되다

5. 본의 아니게 (　　　)

❶ 가짜로 　　　　　　　　　　❷ 진심이 아니지만

❸ 거짓말로 　　　　　　　　　❹ 그러려고 한 것은 아니지만

IV. 관계 <u>없는</u> 것을 고르십시오.

1. (   )
　❶ 도심　　　　　❷ 주택가　　　　　❸ 도시 근교　　　　❹ 편의 시설

2. (   )
　❶ 습하다　　　　❷ 빈곤하다　　　　❸ 쌀쌀하다　　　　❹ 화창하다

3. (   )
　❶ 월세　　　　　❷ 계약서　　　　　❸ 배송　　　　　　❹ 보증금

4. (   )
　❶ 짭짤하다　　　❷ 명랑하다　　　　❸ 담백하다　　　　❹ 비리다

5. (   )
　❶ 효율적　　　　❷ 의존적　　　　　❸ 보수적　　　　　❹ 진보적

V. 밑줄 친 단어의 쓰임이 맞지 않는 것을 고르십시오.

1. (   )
　❶ 영희 씨는 남들이 부러워할 만한 미모를 <u>타고났어요.</u>
　❷ 미선 씨는 사람들이 감탄할 정도로 말재주를 <u>타고났다.</u>
　❸ 정희 씨는 많은 돈을 <u>타고나서</u> 돈 걱정을 안 해도 된다.
　❹ 영수 씨는 주위 사람들이 항상 먹을 것을 챙겨 주니 먹을 복을 <u>타고났어요.</u>

2. (   )
　❶ 공사를 제대로 하지 않아서 건물이 <u>쓰러졌어요.</u>
　❷ 폭우로 인해 집 옆에 서 있던 나무가 <u>쓰러졌다.</u>
　❸ 우리 할아버지께서 얼마 전에 병으로 <u>쓰러지셨어요.</u>
　❹ 김 선생님은 며칠 밤을 새더니 결국 과로로 <u>쓰러졌어요.</u>

3. (   )
　❶ 우리 아이가 음식을 <u>가려</u> 먹어서 걱정이에요.
　❷ 생선 가게에서 싱싱한 생선을 <u>가려서</u> 식탁 위에 올렸다.
　❸ 대회에 출품된 두 작품이 다 훌륭해서 1위와 2위를 <u>가리기가</u> 힘들다.
　❹ 미선 씨가 처음 만나는 사람하고 얘기를 잘 안 하던데 낮을 <u>가리는</u> 성격인가 봐요.

4. (　　　)

❶ 혼자서 20인분의 음식을 준비하기가 너무 **벅차요.**

❷ 나에게는 운동장 다섯 바퀴를 도는 것도 너무 **벅찼다.**

❸ 김과장이 혼자서 이 일을 처리하기에는 좀 **벅차지** 않을까요?

❹ 체력이 **벅차서** 더 이상 산에 올라가지 못할 것 같았다.

5. (　　　)

❶ 새로 지어진 건물은 모든 시설을 **갖추고** 있어요.

❷ 미모와 학식을 모두 **갖춘** 경우는 드물다.

❸ 회의에 휴대전화를 **갖추고** 들어가면 안 되나요?

❹ 계획에 차질이 없도록 모든 준비를 **갖춰** 놓고 기다리고 있습니다.

VI. 밑줄 친 문법의 쓰임이 맞지 **않는** 것을 고르십시오.

1. (　　　)

❶ 교실에 **가더니** 아무도 없었어요.

❷ 외국 생활을 오래 **하더니** 많이 변했어요.

❸ 철수 씨가 전에는 농담을 잘 **하더니** 요즘은 말수가 줄었어요.

❹ 연구원들이 몇 년 동안 열심히 **연구하더니** 치료제 개발에 성공했다.

2. (　　　)

❶ 날마다 같은 일을 **하다가 보면** 싫증이 날 수 있습니다.

❷ 요즘 밤에 너무 더워서 잠을 **설치고 보니** 하루가 너무 피곤해요.

❸ 함부로 다른 사람의 사진을 갖다가 **쓰다가는** 초상권 침해로 고소당할 수 있어요.

❹ 한국 사람들과 어울려서 **생활하다가 보니** 한국인들이 정이 많고 친절하다는 것을 알게 됐다.

3. (　　　)

❶ 성격이 **느긋하다고 해서** 서두르는 법이 없어요.

❷ 소비가 **는다고 해도** 경제는 좋아지지 않을 것이다.

❸ 영수 씨가 영어 실력이 **좋다기에** 번역을 부탁했어요.

❹ 제주도가 외국인들이 선호하는 관광지 중의 **하나라던데** 가 보셨어요?

4. (　　　)

❶ <u>집안일이며 회사일이며</u> 할 일이 산더미처럼 쌓였어요.

❷ 계획을 <u>지킨다 지킨다 하는 것이</u> 날마다 못 지키고 있어요.

❸ 엄마도 고향에서 <u>오실 겸 비도 올 겸</u> 학교에 안 갈 거예요.

❹ <u>윗사람이건 아랫사람이건</u> 누구한테나 예의를 지켜야 한다.

5. (　　　)

❶ <u>김지현 선수에 비하면</u> 저는 훈련을 적게 받는 편이에요.

❷ <u>신문에 의하면</u> 농촌 인구가 심각하게 줄고 있어서 문제라고 해요.

❸ 아이들이 다치는 사고는 어른들의 <u>부주의로 인해</u> 일어나는 것이 대부분이다.

❹ 도시 전체에 감시 카메라를 설치할 계획인지 <u>우리 동네만 해도</u> 최근 감시 카메라가 많이 설치됐어요.

VII. 다음 대화를 완성하십시오.

1. 가 : 맞벌이를 하면 그렇지 않은 가정보다 돈을 많이 저축할 수 있겠지?

　　나 : ＿＿＿＿＿＿＿ 는다고/ㄴ다고/다고 해서 ＿＿＿＿＿＿＿＿＿

2. 가 : 일을 제대로 처리하지 못해서 죄송합니다.

　　나 : 괜찮아요, ＿＿＿＿＿＿＿ 다가 보면 ＿＿＿＿＿＿＿＿＿

3. 가 : 왜 음악 동아리에 가입했어요?

　　나 : ＿＿＿＿＿ 을/ㄹ 겸 ＿＿＿＿＿ 을/ㄹ 겸 ＿＿＿＿＿

4. 가 : 새로 옮긴 회사는 어때요?

　　나 : ＿＿＿＿＿ 에 비하면 ＿＿＿＿＿＿＿＿＿

5. 가 : 이 책을 중학교 1학년 영어 교과서로 사용하면 어떨까요?

　　나 : 글쎄요, ＿＿＿＿＿ 기에는 ＿＿＿＿＿＿＿

6. 가 : 아파트 주민들의 노력이 없으면 주거 환경이 좋아질 수 없지요.

　　나 : 맞아요, ＿＿＿＿＿ 은/는 ＿＿＿＿＿ 에/에게 달려 있다고 봐요.

7. 가 : 저는 아이들이 말을 듣지 않을 때는 체벌을 해도 된다고 생각합니다.

　　나 : _____ 는다고/ㄴ다고/다고 해도 _____

8. 가 : 이번 모임에 참석하지 않는 사람도 돈을 내야 합니까?

　　나 : 네, _____ 건 _____ 건 돈은
모두 내야 합니다.

9. 가 : 여러 가지 일로 바쁘실 텐데 이렇게 와 주셔서 정말 감사합니다.

　　나 : 뭘요, _____ 는걸요/은걸요/ㄴ걸요.

10. 가 : 아직도 이 소포를 그대로 가지고 계세요?

　　나 : _____ 는다/ㄴ다 _____ 는다/ㄴ다 하는 것이

　　_____

11. 가 : 1박 2일로 경주에 가려고 하는데 어디에서 묵으면 좋을까요?

　　나 : _____ 는다고들/ㄴ다고들/다고들 해요.

12. 가 : 한국말로 이야기하는 게 자신이 없어서 친구들과 있을 때는 영어를 써요.

　　나 : _____ 다가는 _____

13. 가 : 어제 지갑을 잃어버렸다면서요? 중요한 게 많이 들어 있었나요?

　　나 : _____ 이며/며 _____ 이며/며 중요한 게 많았어요.

14. 가 : 감기에 걸린 것 같아요. 열도 있고 자꾸 기침이 나요.

　　나 : _____ 는다던데/ㄴ다던데/다던데 _____

15. 가 : 휴대전화를 자주 잃어버려요.

　　나 : _____ 도록 _____

16. 가 : 좋아하지도 않는 잡지를 왜 샀어요?

　　나 : _____ 는다기에/ㄴ다기에/다기에 _____

YONSEI KOREAN WORKBOOK 4

17. 가 : 사라 씨, 전에는 생선회를 못 드시더니 이제는 즐겨 드시네요.

나 : _____ 다가 보니 _____

18. 가 : 교통사고가 아주 크게 났던데 사고가 왜 난 거예요?

나 : _____ 으로/로 인해 _____

19. 가 : 도심에서 사시다가 한적한 곳으로 이사하니까 어떠세요?

나 : _____ 고 보니 _____

20. 가 : 고향 친구와 연락을 자주 안 해서 사이가 멀어진 느낌이에요.

나 : _____ 으면/면 _____ 는/은/ㄴ 법이에요.

VIII. 다음 [보기]에서 알맞은 문형을 골라서 한 문장으로 만드십시오.

[보기]	–기는 한데	–도록	–어 가면서
	–어야지 그렇지 않으면	–었더니	

1. 물건 값이 쌉니다. / 제품의 질이 좀 떨어집니다.

→ _____

2. 친할수록 예의를 지켜야 합니다. / 관계가 나빠집니다.

→ _____

3. 갑작스런 일이 생길 수 있으니까 계획을 세웁니다. / 일을 하세요.

→ _____

4. 사원들이 편히 휴식을 취할 수 있습니다. / 휴게실을 마련해 줬어요.

→ _____

5. 친구에게 오랜만에 전화를 했습니다. / 친구가 내 목소리를 알아듣지 못했어요.

→ _____

IX. 다음 상황에 맞게 대화를 완성하십시오.

> 영수 씨는 지난 방학에 혼자 등산을 하다가 길을 잃었다. 지도는 있었지만 나침반이 없어서 아무 소용이 없었다. 깊은 산속에 혼자 남아 있다는 생각에 굉장히 무서웠다. 그런데 마침 지나가던 등산객이 다가와서 길을 알려 주었다. 그 사람 덕분에 집에 무사히 돌아올 수 있었다.

민호 : 지난 방학 때 등산을 하다가 길을 잃으셨다면서요? 지도가 없었어요?

영수 : ❶ _____ 으면/면 뭘 해요? _____

　　　 ❷ _____ 고서는 _____

민호 : 혼자 깊은 산 속에 남아 있는 기분이 어떠셨어요?

영수 : ❸ 여간 _____ 는/은/ㄴ 것이 아니었어요.

민호 : 그런데 어떻게 길을 찾으셨어요?

영수 : 마침 지나가는 사람이 길을 알려줬어요. ❹ _____ 었더라면/았더라면/였더라면 ❺ _____ 을/ㄹ 뻔 했어요.

> 광고 회사에 다니는 철수 씨는 회사에 다닐 맛이 나지 않는다. 철수 씨가 의견을 제시할 때마다 부장님과 동료들은 철수 씨의 의견을 받아들이려고 하지 않기 때문이다. 철수 씨는 사람들이 자기를 무시하는 게 아닐까 하는 생각이 든다. 그렇다고 해서 회사를 그만둘 수는 없다. 왜냐하면 요즘 경제 사정이 안 좋아서 취직하기가 어렵기 때문이다. 처음에 다른 회사를 선택했다면 회사 생활을 즐겁게 했을 것 같아서 후회된다.

철수 : ❻ _____ 는지/은지/ㄴ지 ❼ _____ 었다/았다/였다 하면 _____

영준 : ❽ _____ 어서야/아서야/여서야 어디 _____ 겠어? 직장을 옮겨 보는 게 어때?

철수 : ❾ _____ 어서/아서/여서 _____ 을/ㄹ 수가 있어야지.

영준 : 그러게 내가 처음에 다른 회사를 알아보라고 했잖아. ❿ _____ 었으면/았으면/였으면 _____ 고 얼마나 좋았겠어?

6과 1항

어휘

1. 다음 [보기]에서 알맞은 말을 골라 빈 칸에 쓰십시오.

[보기] 꽤   신뢰하다   확인하다   얻다   무조건

　　신문 기사나 뉴스, 시사 정보를 보려면 네이버나 구글과 같은 포털 사이트가 좋습니다. 검색 방법이 ❶ <u>　　　꽤　　　</u> 간단한 편이라서 원하는 주제를 검색하면 여러 가지 기사를 쉽게 볼 수 있어서 그 중 필요한 정보를 쉽게 ❷ <u>　　　　　　</u> 을/ㄹ 수 있습니다. 신문 기사나 뉴스 보도는 객관적이고 정확하기 때문에 비교적 ❸ <u>　　　　　　</u> 을/ㄹ 수 있습니다. 하지만 요즘은 세계 경제 상황이나 정부 정책들이 자주 바뀌다 보니 기사의 정확성이 떨어지는 경우도 있습니다. 인터넷에 실린 기사라고 ❹ <u>　　　　　　</u> 믿지 말고 어느 신문사의 기사인지, 언제 쓴 기사인지 꼭 ❺ <u>　　　　　</u> 어야/아야/여야 합니다.

2. 다음 [보기]에서 알맞은 말을 골라 빈 칸에 쓰십시오.

[보기] 발표하다　분석하다　수집하다　정리하다　조사하다　종합하다

❶ 여러 나라의 교통 문제 해결책의 사례를 <u>**모은다.**</u>　　　　　(수집한다)

❷ 이렇게 모아진 사례들 중 성공한 정책과 실패한 정책의 원인을 <u>**꼼꼼히 따져서 밝힌다.**</u>　　　　　　　　　　　　　　　　(　　　)

❸ 그 자료들을 나라, 원인, 성공 사유별로 잘 <u>**나누어 분류한다.**</u>　(　　　)

❹ 이를 바탕으로 현재 서울 교통에 대한 설문지를 만들어서 시민들의 어려운 점과 의견을 <u>**알아본다.**</u>　　　　　　　　　　　　　(　　　)

❺ 설문지에 나타난 시민들의 반응과 여러 의견들을 <u>**전체적으로 한 데 모아**</u> 정책을 만든다.　　　　　　　　　　　　　　　　　(　　　)

❻ 새 교통 정책을 만들어 시민들에게 <u>**알린다.**</u>　　　　　　　(　　　)

-만으로는

3. 다음 문장을 완성하십시오.

> • 우울증 치료의 조건 : 본인의 의지, 약 복용
> • 행복한 가정의 조건 : 주부의 노력, 가족들의 노력
> • ㄱ 기업 취업 조건 : 외국어 실력, 경력 3년 이상
> • 요리사의 조건 : 요리사 자격증, 타고난 재능, 요리에 대한 애정
> • 댄스 가수 조건 : 춤·노래 실력, 악기 연주 실력
> • 장학금 신청 조건 : 시험 성적, 전체 수업일수의 80% 이상 출석

❶ 우울증을 치료하려면 __본인의 의지__ 만으로는 부족해요. 꾸준히 약을 먹어야 합니다.

❷ _____ 만으로는 행복한 가정을 만들 수 없어요. 가족 모두가 노력해야지요.

❸ _____ 만으로는 ㄱ 기업에 취직할 수 없습니다. _____

❹ 요리사가 되려면 _____ 만으로는 부족해요.

❺ 댄스 가수가 되려면 _____ 만으로는 _____

❻ 장학금을 신청하려면 _____ 만으로는 _____

4. '-만으로는' 을 사용해 다음 대화를 완성하십시오.

❶ 가 : 이곳에서 아르바이트를 하고 싶은데 운전만 잘 하면 되나요?
　나 : __운전 실력__ 만으로는 부족합니다. 배달 경력이 있어야 해요.

❷ 가 : 능력만 있으면 요즘 사회에서 성공할 수 있겠지요?
　나 : _____ 만으로는 성공할 수 없어요. 인간 관계가 좋아야지요.

❸ 가 : 겉모습만 보면 저 사람은 아주 쌀쌀한 성격인 것 같아요.
　나 : _____ 만으로는 _____

❹ 가 : 부모님이 용돈을 주시는데 왜 힘들게 아르바이트까지 하세요?
　나 : _____ 만으로는 _____

❺ 가 : 고혈압이 있어서 약을 꾸준히 먹고 있는데 나아지지가 않아요.
　나 : _____

❻ 가 : 회사에 취직하기 위해서 여러 가지 자격증을 따고 있어요.
　나 : _____

-는 수가 있다

5. 다음 [보기]에서 알맞은 것을 골라 문장을 완성하십시오.

[보기] 잊어버리다   사고가 나다   잃어버리다   감기에 걸리다   친구와 싸우다

❶ 그렇게 급하게 마시면 _____**취하**_____ 는 수가 있어요. 좀 천천히 드세요.

❷ 그렇게 에어컨을 세게 틀어 놓으면 _____ 는 수가 있어요.

❸ 수첩에 적지 않으면 _____ 는 수가 있어요.

❹ 그렇게 자꾸 차선을 바꾸다가 _____ 는 수가 있어요.

❺ 그렇게 지갑을 손에 들고 다니면 _____ 는 수가 있어요.

❻ 그렇게 친구들에게 짜증을 내면 _____ 는 수가 있어요.

6. '-는 수가 있다' 를 사용해 다음 대화를 완성하십시오.

❶ 가 : 인터넷 속도가 왜 이렇게 느리지? 그냥 전원을 꺼야겠다.

　　나 : 작업을 마치지 않고 _____**전원을 끄면 컴퓨터가 고장나**_____ 는 수가 있어.

❷ 가 : 저는 길을 걸을 때 항상 주머니에 손을 넣고 걷는 편인데 어제 넘어질 뻔
　　　　했어요.

　　나 : 그렇게 길을 걸을 때 주머니에 손을 넣고 걷다가는 _____ 는
　　　　수가 있어요.

❸ 가 : 자꾸 찬물을 마셔서 그런지 배가 아파요.

　　나 : 찬물을 많이 마시면 _____ 는 수가 있어요.

❹ 가 : 요즘은 바빠서 친구들 메일을 읽기만 하고 답장은 안 해요.

　　나 : 답장을 안 하면 _____ 는 수가 있어요.

❺ 가 : 시간이 없어서 이 일은 대충 해야겠어요.

　　나 : _____

❻ 가 : 여기는 평소에 단속을 잘 하지 않는 곳이니까 잠깐 주차해도 되겠지?

　　나 : _____

어휘

1. 다음 [보기]에서 알맞은 말을 골라 빈 칸에 쓰십시오.

> [보기]   일단   다큐멘터리   유익하다   일석이조   즐겨보다

　한국에 와서 가장 달라진 일상 중 하나가 TV를 가까이 하게 되었다는 것이다. 수업이 끝 나면 집에 와서 ❶ ＿＿＿**일단**＿＿＿ TV를 켜 놓고 점심을 먹는다. 나는 모든 프로그램을 가리지 않고 보는 편이지만 특히 자연이나 한국 사람들의 있는 그대로의 생활을 보여 주는 ❷ ＿＿＿＿＿＿ 프로그램을 좋아한다. 그런 프로그램들은 직접 경험해 보지 못한 것들을 배울 수 있어서 나에게 무척 ❸ ＿＿＿＿＿＿ 는다/ㄴ다/다. 또 요즘 내가 좋아하는 배우가 나오는 드라마를 ❹ ＿＿＿＿＿＿ 는데/은데/ㄴ데 좋아하는 배우도 볼 수 있고 한국 말도 배울 수 있어서 ❺ ＿＿＿＿＿＿ 인 것 같다.

2. 다음 [보기]에서 알맞은 말을 골라 빈칸에 쓰십시오.

> [보기]   등장인물   제작진   다시보기   미리보기   시청자 소감

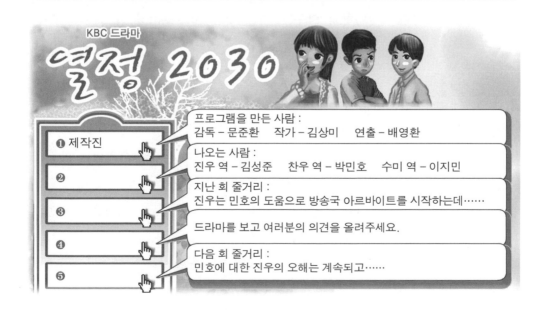

KBC 드라마
열정 2030

❶ 제작진	프로그램을 만든 사람 : 감독 – 문준환　작가 – 김상미　연출 – 배영환
❷	나오는 사람 : 진우 역 – 김성준　찬우 역 – 박민호　수미 역 – 이지민
❸	지난 회 줄거리 : 진우는 민호의 도움으로 방송국 아르바이트를 시작하는데……
❹	드라마를 보고 여러분의 의견을 올려주세요.
❺	다음 회 줄거리 : 민호에 대한 진우의 오해는 계속되고……

–는 축에 들다

3. 다음을 보고 문장을 완성하십시오.

> 신입 사원들에 대한 보고서
> •평균 나이 : 29세
> •학력 : 10명 중 8명이 대학원 졸업
> •사회 경험 : 대부분 없음
> •성격 : 대부분 내성적이고 조용함
> •특징 : 영어 실력은 대체로 뛰어나지만 컴퓨터 문서 작성 능력이 부족한 편임

신입 사원 김성수입니다. 나이는 26살이니까 입사 동기 중에서 ❶ __어린__ 는/은/ㄴ 축에 듭니다. 이번에 대학교를 졸업했는데 대학원을 졸업한 동기들이 많으니 동기들 중에서 학력이 ❷ _____ 는/은/ ㄴ 축에 듭니다. 토익 점수가 850점이라서 영어에는 자신이 있었는데 동기들의 영어 실력을 보니까 저는 ❸ _____ 는/은/ㄴ 축에 들더군요. 하지만 저는 컴퓨터 문서 작성 자격증이 있으니까 ❹ _____ 는/ 은/ㄴ 축에 든다고 할 수 있어요. 저는 봉사 활동도 많이 하고 아르바이트도 많이 해서 ❺ _____ 는/은/ㄴ 축에 듭니다. 저는 새로운 일에 도전하는 것과 친구 사귀는 것을 좋아하니까 동기들 중에서 성격이 ❻ _____ 는/은/ㄴ 축에 듭니다.

4. 다음 대화를 완성하십시오.

❶ 가 : 회사를 퇴직하고 사업을 시작하셨다면서요?

　　나 : 작은 가게를 냈는데 이 정도가 __사업__ 는/은/ㄴ 축에 드나요?

❷ 가 : 할아버지가 나이가 많으신데 아직 건강이 괜찮으세요?

　　나 : 날마다 운동을 하셔서 70세이신데도 _____ 는/은/ㄴ 축에 드세요.

❸ 가 : 미선 씨는 키가 참 크시네요. 가족들이 모두 큰가요?

　　나 : 가족들은 나보다 훨씬 커요. 저는 가족들 중에서는 _____ 는/은/ㄴ 축에 들어요.

❹ 가 : 이 요리를 직접 만들었어요? 정말 요리 솜씨가 좋네요.

　　나 : 요즘 요리 잘 하는 사람들이 얼마나 많은데 이 정도가 ⟍⟍⟍⟍⟍ 는/은/ㄴ
　　　　축에 드나요?

❺ 가 : 지영 씨는 다른 동료들보다 회사에 일찍 출근하는 편이에요?

　　나 : ⟍⟍⟍⟍⟍⟍⟍⟍⟍⟍⟍⟍⟍⟍⟍⟍⟍⟍⟍⟍⟍⟍⟍⟍⟍⟍⟍⟍

❻ 가 : 직장에 다니면서 한국어 공부도 하시고 태권도까지 배우시니 정말
　　　　부지런하시네요.

　　나 : ⟍⟍⟍⟍⟍⟍⟍⟍⟍⟍⟍⟍⟍⟍⟍⟍⟍⟍⟍⟍⟍⟍⟍⟍⟍⟍⟍⟍

-든 -든

5. 다음 문장을 완성하십시오.

한식	양식

❶ 저는 __한식이__ 든 __양식이__ 든 가리지 않고 다 잘 먹어요.

자기 개발	취미 활동

❷ ⟍⟍⟍⟍⟍⟍⟍⟍⟍⟍⟍ 든 ⟍⟍⟍⟍⟍⟍⟍⟍⟍⟍⟍ 든 계획을 세워 실천하세요.

유산소 운동	근력 운동

❸ ⟍⟍⟍⟍⟍ 든 ⟍⟍⟍⟍⟍ 든 꾸준히 30분 이상 하시는 게 가장 효과적이에요.

회사원	개인 사업자

❹ ⟍⟍⟍ 든 ⟍⟍⟍ 든 수입이 있는 사람은 모두 국민연금에 가입해야 합니다.

학기 사작 전	학기 중

❺ ⟍⟍⟍ 든 ⟍⟍⟍ 든 100% 환불은 안 되니까 잘 생각해보고 등록하세요.

정규직	비정규직

❻ 이번 명절에는 ⟍⟍⟍⟍⟍ 든 ⟍⟍⟍⟍⟍ 든 상여금이 지급될 예정입니다.

6. '-든 –든'을 사용해 다음 대화를 완성하십시오.

❶ 가 : 저는 한국말을 잘 못하는데 역사 연구 동아리에 들 수 있어요?

　나 : 네, ___한국말을 잘 하___ 든 ___못 하___ 든 누구나 가입할 수 있어요.

❷ 가 : 여보세요, 택배 기사입니다. 언제 방문하면 됩니까?

　나 : 집에 계속 있을 거니까 _____ 든 _____ 든 다 괜찮아요.

❸ 가 : 강원도까지 어떻게 갈까요? 기차나 버스 중에 어떤 것이 좋아요?

　나 : _____ 든 _____ 든 다 좋으니까 빨리 갈 수 있는
　　　 걸로 갑시다.

❹ 가 : 이건 예쁘지만 값이 너무 싼데 친구 결혼 선물로 괜찮을까요?

　나 : 선물은 _____ 든 _____ 든 _____

❺ 가 : 이거 꼭 현금으로 내야 하나요? 카드밖에 없는데요.

　나 : _____

❻ 가 : 이번 야유회는 어디에서 할까요? 특별히 가고 싶은 곳이 있어요?

　나 : _____

어휘

1. 다음 [보기]에서 알맞은 말을 골라 빈 칸에 쓰십시오.

> [보기]　연말연시　　영상채팅　　마주보다　　주고받다　　덕을 보다

　벌써 12월, 한 해가 가고 새해를 맞는 ❶ **연말연시** 은/는 그 어느 때보다 바쁘고 정신없는 것 같다. 한국에 온 지 벌써 1년 째, 처음에는 중국에 있는 친구나 가족들과 이메일로 소식을 ❷ ＿＿＿＿＿＿ 었는데/았는데/였는데 전화로 통화하는 것보다 멀게 느껴져서 외롭고 힘들 때도 많았다. 하지만 요즘은 인터넷 화상 전화 사이트에 접속해서 웹 카메라를 통해 ❸ ＿＿＿＿ 고 이야기하는 것처럼 대화를 할 수 있으니 정말 인터넷의 ❹ ＿＿＿＿ 고 있다. 인터넷으로 얼굴을 보면서 ❺ ＿＿＿＿＿＿ 까지 할 수 있으니 컴퓨터 기술의 발전은 정말 대단하다.

2. 다음 [보기]에서 알맞은 단어를 찾아 빈칸에 쓰십시오.

> [보기]　접속하다　　검색하다　　홈페이지　　네티즌　　인터넷 뱅킹　　게시판

❶ (접속하다)

❷ (　　　　　)

❸ 여행사 (　　　　)
　을/를 방문한다.

④ ( )에 글을 남긴다.

⑤ 여행 상품에 대한 ( )
들의 반응을 살펴본다.

⑥ ( ) 으로/로 송금한다.

마치 -는 것처럼

3. 다음을 같은 뜻이 되도록 만드십시오.

❶ 좋아하는 스타를 보니까 **꿈을 꾸는 것 같아요**.
→ 마치 <u>꿈을 꾸는</u> ~~는/은/ㄴ~~ 것처럼 느껴져요.

❷ 이태원은 **외국인 것 같아요**.
→ 마치 _____ 는/은/ㄴ 것처럼 느껴져요.

❸ 얼음 조각들이 **살아있는 것 같아요**.
→ 마치 _____ 는/은/ㄴ 것처럼 느껴져요.

❹ 오늘은 학생들이 **약속을 한 것 같이** 다들 수업에 늦게 왔어요.
→ 마치 _____ 는/은/ㄴ 것처럼 수업에 늦게 왔어요.

❺ 발레 공연에서 발레리나가 **새가 날아 오르는 것 같이** 춤을 췄어요.
→ 마치 _____ 는/은/ㄴ 것처럼 춤을 췄어요.

❻ 서울 야경이 **한 폭의 그림을 보는 것 같이** 아름다웠어요.
→ 마치 _____ 는/은/ㄴ 것처럼 아름다웠어요.

4. 다음 [보기]에서 알맞은 것을 골라 대화를 완성하십시오.

[보기] 무언가에 쫓기다   며칠 굶다   부모님이 곁에 계시다
       하늘을 날다   친자식을 대하다   고향에 오다

❶ 가 : 고향에 계신 부모님과 어떻게 연락하세요?
   나 : 인터넷 화상전화로 통화하는데 마치 __부모님이 곁에 계시는__ 는/은/ㄴ
       것처럼 가깝게 느껴져요.

❷ 가 : 이번 대회에서 상을 탈 때 기분이 어땠어요?
   나 : 마치 _____ 을/ㄹ 것처럼 기뻤어요.

❸ 가 : 하숙집 아주머니가 그렇게 친절하게 잘 대해 주신다면서요?
   나 : 네, 아주머니가 마치 _____ 는/은/ㄴ 것처럼

❹ 가 : 오랜만에 한국에 오니까 기분이 어때요? 낯설지 않아요?
   나 : 아니요, 오랜만에 왔는데도 마치 _____ 는/은/ㄴ 것처럼

❺ 가 : 사람들이 다들 너무 바빠 보여요. 여유롭게 걷는 사람이 별로 없어요.
   나 : 다들 마치 _____

❻ 가 : 민수 씨가 원래 저렇게 밥을 급하게 먹어요? 체할 것 같아
       걱정이네요.
   나 : 네, 마치 _____

-이라고

5. 다음 [보기]에서 알맞은 한자성어를 골라 문장을 완성하십시오.

[보기] 이심전심   작심삼일   부전자전   대기만성   유비무환   다다익선

❶ 내가 진심으로 그 사람을 대했더니 __이심전심이라고__ 이라고/라고 그
   사람이 내 마음을 알아 주었다.

❷ _____ 이라고/라고 아버지를 닮아 아들도 수학을 잘 한다.

❸ _____ 이라고/라고 작가의 뛰어난 글재주는 40대가 지나서
   나타나기 시작했다.

❹ _____ 이라고/라고 급할 때를 위해서 미리 돈을 저금해 두는
   습관을 길러야 한다.

❺ _____ 이라고/라고 정보는 많이 알아 둘수록 도움이 되는 법이다.

❻ 운동을 하겠다고 결심을 하고 시작했는데 _____ 이라고/라고
   일주일도 안 돼서 그만두고 말았다.

6. [보기]에서 알맞은 속담을 골라 다음 대화를 완성하십시오.

[보기]　고생 끝에 낙이 온다　　가는 날이 장날이다　　가는 말이 고와야 오는 말이 곱다
　　　　발 없는 말이 천리 간다　　꼬리가 길면 밟힌다　　윗물이 맑아야 아랫물이 맑다

❶ 가 : 저 아이는 항상 신호등을 무시하고 길을 건너가네요.
　　나 : **윗물이 맑아야 아랫물이 맑다고** ~~는다고/ㄴ다고/다고~~ 아이 아버지도 항상
　　　　신호를 무시 하더군요. 아이들은 부모 행동을 보고 배우잖아요.

❷ 가 : 너, 그 사람하고 사귄다는 이야기가 벌써 학교 전체에 퍼졌던데 사실이야?
　　나 : ＿＿＿＿＿＿＿＿＿＿＿＿＿＿ 는다고/ㄴ다고/다고 하더니 벌써 소문이
　　　　났구나. 친구한테 비밀로 해 달라고 그렇게 부탁했는데…….

❸ 가 : 어제 백화점에서 마음이 드는 옷을 사셨어요?
　　나 : 웬걸요, ＿＿＿＿＿＿＿＿＿＿＿＿＿ 는다고/ㄴ다고/다고 어제가
　　　　백화점 정기휴일이었지 뭐예요.

❹ 가 : 옆집 부부가 그렇게 고생하면서 돈을 모으더니 마침내 집도 사고 가게도
　　　　차렸어요.
　　나 : 잘 됐군요, ＿＿＿＿＿＿＿＿＿＿＿＿＿ 는다고/ㄴ다고/다고 이제
　　　　좋은 일만 있겠네요.

❺ 가 : 지난 1년 동안 동네에서 계속 일어난 도난 사건의 범인이 결국 감시
　　　　카메라를 통해 잡혔대요.
　　나 : ＿＿＿＿＿＿＿＿＿＿＿＿＿＿ 는다고/ㄴ다고/다고 계속 도둑질을
　　　　하더니 결국 잡혔군요.

❻ 가 : 요즘 직장 여직원이 나를 대하는 태도가 쌀쌀한데 왜 그런지 모르겠어.
　　나 : ＿＿＿＿＿＿＿＿＿＿＿＿＿＿ 는다고/ㄴ다고/다고 평소에 네가
　　　　여직원에게 반말을 쓰니까 그렇지.

어휘

1. 다음 [보기]에서 알맞은 말을 골라 빈 칸에 쓰십시오.

[보기]   상식   일어나다   빠트리다   일과

　　아침에 눈을 뜨면 인터넷에 접속하는 것으로 하루 ❶ ___**일과**___ 을/를
시작한다. 하루라도 인터넷을 보지 않으면 뭔가를 ❷ _____ 는/은/ㄴ
것처럼 마음이 불안하다. 내가 먼저 보는 것은 신문 사이트인데, 신문 기사를
보면 어제 무슨 일이 ❸ _____ 었는지/았는지/였는지 알 수 있다. 또
신문 사이트를 꼼꼼히 보면 경제와 정치뿐만 아니라 생활, 건강 정보도
얻을 수 있어서 ❹ _____ 이/가 풍부해지는 것 같다. 인기 검색
기사들을 보면 호기심을 만족시킬 수 있는 가벼운 연예 정보나 흥미 있는
기사거리들도 많다.

2. 다음 [보기]에서 알맞은 말을 골라 빈 칸에 쓰십시오.

[보기]   머리기사   사회면   독자투고   사설   만평   인사동정

❶ 기사를 읽지 않고 만화로 간단하게 오늘 뉴스에 대한 신문의 비평을 알고
싶다.　　　　　　　　　　　　　　　　　　　　　　　(　**만평**　)

❷ 사회에서 일어난 각종 사고와 사건들을 알고 싶다.　　　(　　　)

❸ 그 날의 가장 중요한 뉴스가 무엇인지 알고 싶다.　　　(　　　)

❹ 요즘 사회 문제에 대한 그 신문의 생각이나 의견을 알고 싶다. (　　　)

❺ 유명한 작가나 대기업 회장의 최근 활동 소식을 알고 싶다. (　　　)

❻ 이번 환경 오염 대책에 대한 나의 생각과 의견을 신문에 싣고 싶다. (　　　)

문법

-는가 하면

3. 다음 문장을 완성하십시오.

자동차로 출근하는 사람	버스로 출근하는 사람
빵을 먹는 사람	밥을 먹는 사람
비행기 창가 쪽 좌석을 좋아하는 사람	비행기 복도 쪽 좌석을 좋아하는 사람
인터넷 뱅킹을 이용하는 사람	은행에 직접 가는 사람
세금을 더 많이 내야 한다고 주장하는 사람	세금을 덜 내야 한다고 주장하는 사람
이번 정부 정책에 찬성하는 사람	이번 정부 정책에 반대하는 사람

❶ 어떤 사람은 **자동차로 출근하는가** 는가/은가/ㄴ가 하면 **어떤 사람은 버스로 출근해요**.

❷ 아침에 _____ 는가/은가/ㄴ가 하면 밥을 먹는 사람도 있어요.

❸ _____ 는가/은가/ㄴ가 하면 _____

❹ _____ 는가/은가/ㄴ가 하면 _____

❺ _____ 는가/은가/ㄴ가 하면 _____

❻ _____ 는가/은가/ㄴ가 하면 _____

4. '-는가 하면' 을 사용해 다음 대화를 완성하십시오.

❶ 가 : 대학생들은 모두 기숙사에서 살아요?
　 나 : 아니요, 기숙사에서 사는 학생이 있는가 는가/은가/ㄴ가 하면 하숙이나 자취
　　　 생활을 하는 학생도 있어요.

❷ 가 : 요즘에는 한국 대학생들이 대부분 대학원에 가는 것 같아요.
　 나 : 꼭 그렇지는 않아요, 어떤 학생들은 _____ 는가/은가/
　　　 ㄴ가 하면 어떤 학생들은 대학 졸업 후 바로 취업을 해요.

❸ 가 : 한국 사람들은 아르바이트나 취업 정보를 어떻게 구해요?
　 나 : _____ 는가/은가/ㄴ가 하면 신문 구인
　　　 광고를 살펴보는 사람도 있어요.

❹ 가 : 이번에 환율 변동으로 이익을 본 회사들이 많을 것 같은데요.
　 나 : 환율 변동으로 _____ 는가/은가/ㄴ가 하면 _____

❺ 가 : 한국 사람들은 단독 주택보다 아파트를 좋아하는 편이에요?
　 나 : _____

❻ 가 : 요즘에도 한국에서는 장남이 부모님을 모시고 살아요?
　 나 : _____

–는 게 틀림없다

5. 다음 문장을 완성하십시오.

❶ 두 사람의 표정이 안 좋은 데다가 서로 말도 하지 않을 걸 보니 <u>**어제 싸운**</u> ~~는/은/ㄴ~~ 게 틀림없다.

❷ 아이가 밥을 먹지 않고 계속 우는 걸 보니 ＿＿＿＿＿＿＿＿＿ 는/은/ㄴ 게 틀림없다.

❸ 여권을 분명히 학교에 가지고 갔는데 지금 집에 와서 보니 없다. 여권을 학교에 ＿＿＿＿＿＿＿＿＿ 는/은/ㄴ 게 틀림없다.

❹ 평소에 친절하신 과장님이 오늘따라 말이 없다. 어제 내가 실수로 한 말 때문에 ＿＿＿＿＿＿＿＿＿ 는/은/ㄴ 게 틀림없다.

❺ 영수가 하루 종일 말도 하지 않고 힘이 없어 보인다. ＿＿＿＿＿＿＿＿ 는/은/ㄴ 게 틀림없다.

❻ 어제 왜 약속을 안 지켰냐는 내 말에 친구가 자꾸 이상한 변명을 하며 얼굴까지 빨개지는 걸 보니 ＿＿＿＿＿＿＿＿＿ 는/은/ㄴ 게 틀림없다.

6. '–는 게 틀림없다' 를 사용해 다음 문장을 완성하십시오.

> 지난 10월 7일 A회사 건물 3층에 화재가 발생했다. 다행히 불은 1시간 만에 꺼졌고 인명 피해는 없었다. 경찰에 따르면 3층 사무실의 창문이 부숴지지 않았고 문이 열린 상태였으며 도난 경보기는 전원이 꺼져 있었다고 한다. 또한 사무실 금고 안의 돈이 그대로 있었고 회사의 중요한 정보가 든 서류 중 일부만 없어진 상태였다고 한다. 목격자에 따르면 화재가 나기 전에 회사 직원으로 보이는 한 사람이 사무실에 들어갔다고 한다. 한편 당일 야근 담당이었던 직원 김 모 씨는 "차가 막혔기 때문에 평소보다 늦게 사무실에 도착했고 불이 난 것을 발견하자마자 사무실 전화로 바로 경찰에 연락을 했다."고 말했다.

❶ "건물 3층에서 화재가 발생한 걸 보니 **누군가 3층에 있었던 게 틀림없습니다.**"

❷ "창문이 부숴지지 않았고 문이 열려 있는 걸 보면 ＿＿＿＿＿＿＿＿"

❸ "도난 경보기 전원이 꺼진 걸 보면 ＿＿＿＿＿＿＿＿"

❹ "사무실에 돈이 그대로 남아 있는 걸 보면 ＿＿＿＿＿＿＿＿"

❺ "사건 당일 사무실에 들어간 사람은 ＿＿＿＿＿＿＿＿"

❻ "김 모 씨는 사무실에 들어가서 전화를 했다고 했지만 사무실 내부는 불 탄 상태여서 전화 통화가 불가능했습니다. 따라서 ＿＿＿＿＿＿＿＿"

YONSEI KOREAN WORKBOOK 4

어휘 연습

1. 다음 표현에 맞는 의미를 연결하십시오.

❶ 의미를 잃다　　　•　　　　　　　• 같은 기원을 가지고 있다.

❷ 뿌리가 같다　　　•　　　　　　　• 갑자기 어떤 사실을 알게 되다.

❸ 무릎을 치다　　　•　　　　　　　• 그 뜻이 별로 중요하지 않게 되다.

❹ 팔이 안으로 굽다 •　　　　　　　• 자기와 더 가까운 사람에게 정이 가다.

2. 빈칸에 알맞은 어휘를 쓰십시오.

[보기]　그만이다　　　흥미롭다　　　짜릿하다　　　점잖다　　　신기하다

❶ 아무리 먼 곳에 보내는 편지라도 마우스로 '보내기'만 누르면 ....이니 참
편리한 세상이다.

❷ 놀이기구를 타고 높이 올라갔다가 갑자기 떨어질 때는 ....기도 하고 무섭
기도 한 흥분에 빠진다.

❸ 내 기억 속의 할아버지는 한복을 입고 항상 여유있는 미소를 지으시던 품위있고
............................는/은/ㄴ 분이셨다.

❹ 외국인 관광객들이 이야기의 흐름을 정확히 아는 것 같지는 않았으나 탈춤 공연을 관
심을 가지고 ....게 지켜보고 있었다.

❺ 어릴 때는 처음 보는 것들이 모두 ....고 놀랍기만 했었는데 지금은 그런 새
로움을 맛볼 수가 없다.

3. 다음 부호의 이름을 찾아 쓰십시오.

[보기]   느낌표   물음표   쉼표   마침표   따옴표   괄호   밑줄   우물 정

❶ # ....   ❺ ? ....
❷ " " ....   ❻ ( ) ....
❸ , ...   ❼ . ...
❹ ! ....   ❽ __ ....

더 생각해 봅시다

4. 여러분은 @에 어울리는 표현이 무엇이라고 생각합니까? 그리고 @ 뿐만 아니라 나라마다 다르게 표현하는 것을 조사하고 이야기해 봅시다.

	한국	여러분의 나라
이모티콘	^.^	
몸짓(제스처)의 의미		
기타		

5. 다음 찬반 토론을 듣고 질문에 답하십시오.

1) 무엇에 대한 찬반 토론입니까?
   ❶ 신문 구독률 저하 문제
   ❷ 인터넷 포털 사이트의 활용 방안 문제
   ❸ 신문 광고와 구독률 간의 관계
   ❹ 인터넷 포털 사이트의 신문 기사 제공 문제

2) '인터넷 포털 사이트의 신문 기사 제공 서비스'에 찬성하는 의견이면 '찬성',
   반대하는 의견이면 '반대'라고 쓰십시오.

   ❶ 인터넷 포털 사이트 때문에 신문의 구독률이 떨어진다.   (   )

   ❷ 바쁜 현대인들은 정보를 얻을 시간이 부족하다.   (   )

   ❸ 신문사의 수입이 줄게 되면 신문의 광고 면이 많아질 수밖에 없다. (   )

   ❹ 인터넷 사이트에서 인기 있는 신문 기사를 읽다가 보면 그 신문을
      구독할 수 있다.   (   )

3) 박 기자가 말한 '인터넷 신문 기사 제공'으로 인해 생기는 문제는 무엇입니까?

   ❶ ....

   ❷ ....

   ❸ ....

6. 다음을 읽고 질문에 답하십시오.

> 세계 신문 포럼에서 신문의 미래에 대한 설문을 한 결과 응답자의 85%가 신문 산업의 미래가 낙관적이라고 대답하였습니다. 디지털 시대에 쇠퇴할 것 같은 신문 산업에 기대가 큰 이유는 무엇일까요?
>
> 첫 번째 이유는 신문이 더 많은 정보를 보고 싶어하는 사람들의 욕구를 만족시켜 준다는 점입니다. 세상이 빠른 속도로 변하다 보니 사람들은 더 많은 양의 뉴스를 원하게 되는데 신문은 전문 뉴스 사이트를 사 들여서 보다 많은 뉴스를 전하고 있습니다.
>
> 둘째, 신문은 질 높은 정보를 원하는 사람들의 요구를 만족시켜 줍니다. 사람들은 인터넷에 떠도는 가벼운 흥미 위주의 기사 대신, 보다 전문적이고 깊이 있는 정보를 얻고 싶어합니다. 신문은 전문가 칼럼과 분석 보도를 통해 질 높은 정보를 전할 수 있습니다.
>
> 셋째, 멀티미디어 시대에 맞게, 인터넷뿐만 아니라 휴대 전화, DMB 등을 통해 언제든지 뉴스, 날씨 정보 등을 알 수 있습니다. 뉴욕 타임즈는 기사를 오디오 파일로 바꾸어 MP3로 들을 수 있는 시스템을 개발하여 읽는 신문뿐 아니라 '듣는 신문'의 기능을 갖추었습니다.
>
> 이처럼 끊임없는 노력과 기술 개발로 신문은 디지털 시대에도 지식과 정보의 강자가 될 수 있을 것입니다.

1) 위 글은 무엇에 대한 글입니까? (   )

   ❶ 신문과 인터넷의 차이점   ❷ 신문 산업의 역사

   ❸ 신문 산업의 특징과 문제점   ❹ 신문 산업의 성과와 미래

2) 뉴욕 타임즈가 개발한 '듣는 신문'의 기능은 어떤 것인지 쓰십시오.

3) 신문 산업의 미래를 낙관적이라고 생각하는 이유는 무엇입니까? 세 가지를 쓰십시오.

   ❶ ....

   ❷ ....

   ❸ ....

7. 배운 문법을 사용해 친구에게 질문하고 대답하십시오.

질문	친구 1	친구 2
❶ 반 친구들에 비해서 자신의 한국어 실력이 어떤지 말해 보십시오. 또 친구들의 외국어 실력을 말해 보십시오. (–는 축에 들다, 마치 –는 것처럼)		
❷ 친구들과 주말에 같이 가고 싶은 곳을 정하고 교통 편, 먹을 음식 등의 계획을 세워 보십시오. (–든 –든)		
❸ 친구의 고민을 들어 보고 속담, 사자 성어를 이용해 조언을 해 주십시오. (–는다고, 이라고)		
❹ 현대인들의 건강 관리, 취미, 여가 활동에 대해서 이야기해 보십시오. (–는가 하면, –만으로는)		

8. 다음 글을 읽고 자신의 생각을 쓰고 친구와 이야기해 보십시오.

> 이번에 국회에서 인터넷 포털 사이트의 신문 기사 제공을 규제하는 새 법안을 만들 예정이라고 합니다. 시민을 대상으로 한 설문 조사에 따르면 인터넷으로 신문을 보는 사람이 67%, 포털 사이트의 신문 기사 제공으로 인한 댓글이 개인의 명예 훼손의 원인이라고 생각하는 사람이 51%로 나타났기 때문이라고 합니다. 하지만 인터넷 포털 사이트의 신문 기사 제공을 법으로 규제하는 것은 '표현의 자유'를 제한하는 것입니다. 인터넷의 기능은 다양한 대중 매체의 정보를 제공하고, 네티즌들이 여러 정보와 정책에 대한 의견을 자유롭게 표현할 수 있도록 하는 것입니다. 따라서 인터넷 포털 사이트의 신문 기사 제공을 규제하는 것은 잘못된 것입니다.

속담 1

1. 금강산도 식후경

무엇보다도 먹는 것이 우선이고 배가 불러야 뭐든지 제대로 할 수 있다는 뜻

● 금강산도 식후경이라고 밥부터 먹고 이삿짐을 정리하자.

2. 세 살 적 버릇 여든까지 간다

어렸을 때 버릇이 커서도 계속된다는 뜻

● 세 살 적 버릇이 여든까지 간다고 나쁜 버릇은 일찍 고쳐야 한다.

3. 그림의 떡

아무리 원해도 가질 수 없다는 뜻

● 성적이 안 좋아서 장학금은 나한테는 그림의 떡이야.

4. 누워서 떡 먹기

어떤 일이 아주 쉽다는 뜻

● 이런 문제를 푸는 일은 나한테는 누워서 떡먹기야.

5. 떡 줄 놈은 생각지도 않는데 김칫국부터 마신다

다른 사람은 그럴 생각도 없는데 그 사람한테 기대를 할 때 쓰는 말

● 떡 줄 놈은 생각지도 않는데 김칫국부터 마신다고 나한테 물어보지도 않고 내 친구가 아침 9시까지 와서 이사를 도와달라고 했다.

6. 원숭이도 나무에서 떨어질 때가 있다

아무리 잘 하는 사람이라도 실수할 때가 있다는 뜻

● 원숭이도 나무에서 떨어질 때가 있다고 날마다 시험에서 100점만 받던 친구가 실수로 한 개 틀렸다.

7. 고래 싸움에 새우 등 터진다

강한 두 세력 사이에서 약한 존재가 불이익을 받을 때 쓰는 말

● 고래 싸움에 새우 등 터진다고 두 백화점의 경쟁으로 그 동네 슈퍼마켓이 피해를 입었다.

8. 믿는 도끼에 발등 찍힌다

믿었던 사람한테 배신을 당했을 때 쓰는 말

● 직원한테 기술을 가르쳐 줬는데 그 기술을 다른 회사로 가져가서 쓰다니 믿는 도끼에 발등 찍혔다.

9. 아니 땐 굴뚝에 연기 나랴

어떤 소문이 퍼질 때는 그럴 만한 이유가 있다는 뜻

● 연예인들은 자신들에 대한 열애설이 나올 때마다 강하게 부인하지만 아니 땐 굴뚝에 연기 나겠어요?

10. 배보다 배꼽이 크다

주된 목적으로 쓴 돈보다 그에 딸린 부수적인 것으로 돈을 더 많이 썼을 때 쓰는 말

● 배보다 배꼽이 크다고 5만 원 짜리 치마에 어울리는 모자를 샀는데 모자 값은 10만 원이었다.

1. 가 : 미영 씨가 이것을 한국말로 번역할 수 있을까요?

　　나 : 물론이죠. 미영 씨는 일본에서 오래 산 데다가 경험도 많으니 이런 일은 미영

　　　　씨에게 .... 일 거예요.

2. 가 : 너는 날마다 그렇게 늦잠만 자서 어떡하니? 회사에 취직한 후에도 늦잠 잘래?

　　나 : 그 때 가면 안 그렇겠죠, 뭐.

　　가 : .... 는다고/ㄴ다고/다고 내일부터 조금씩 일찍

　　　　일어나는 연습 좀 해.

3. 가 : 어서 점심 먹으러 가자.

　　나 : 오늘 입학했는데 학교 구경부터 하고 먹자.

　　가 : .... 는다고/ㄴ다고/다고 밥부터 먹어야 제대로

　　　　구경하지.

4. 가 : 컴퓨터 전문가이신 김 선생님이 큰 실수를 하셨어요.

　　나 : .... 는다고/ㄴ다고/다고 그럴 수도 있지요.

5. 가 : 어제 남대문 시장에 갔다가 가방이 너무 싸서 친구 생일 선물로 미국에

　　　　부쳤어요. 그런데 가방은 3만 원 짜리인데 소포 값이 5만원 들었어요.

　　나 : .... 군요.

6. 가 : 올해는 임금을 인상하지 않겠다던데 사실이에요?

　　나 : 그럴 리가요? 연초에 사장님이 직원들 앞에서 월급을 인상해주기로

　　　　약속했잖아요.

　　가 : .... 겠어요? 직원들 사이에서 소문이 파다해요.

7. 가 : 다음 주말에 친구들과 동해안 여행을 가기로 했어. 물론 언니 자동차를
　　　 가지고.

　　나 : 애는, ＿＿＿＿＿＿＿＿＿＿＿＿＿＿＿ 는다고/ㄴ다고/다고 언제 내가 차를
　　　 빌려준다고 했니?

8. 가 : 영수 엄마는 옆집에 사는 아줌마와 친하게 지내서 큰돈을 빌려 줬는데,
　　　 그 아줌마가 돈을 가지고 도망갔대.

　　나 : ＿＿＿＿＿＿＿＿＿＿＿＿＿＿었네/았네/였네.

9. 가 : 저 마네킹이 입은 옷이 예쁘지 않아?

　　나 : 예쁘긴 한데 너무 비싸서 ＿＿＿＿＿＿＿＿＿＿＿＿＿＿이네/네.

10. 가 : 엄마가 아빠하고 싸움을 크게 하신 후로 나한테 용돈을 안 주서.

　　나 : 그래? 완전히 ＿＿＿＿＿＿＿＿＿＿＿＿＿은/ㄴ 거네.

제7과 미신

7과 1항

어휘

1. 다음 [보기]에서 알맞은 말을 골라 빈 칸에 쓰십시오.

> [보기] 중계방송   결승전   응원   부상   출전   운

   오늘 드디어 한국 팀과 일본 팀의 아시아 축구 경기 ❶ __**결승전**__ 이/가 열립니다. 양국 국민들의 열띤 ❷ _____ 속에서 열리게 될 이번 경기에는 한국 팀의 박순영 선수가 ❸ _____ 으로/로 인해 ❹ _____ 을/를 못하게 되었다고 합니다. 오늘 과연 어느 팀에게 ❺ _____ 이/가 따라줄까요? 이 경기는 YBC가 단독으로 ❻ _____ 할 예정입니다.

2. 다음 [보기]에서 알맞은 말을 골라 빈 칸에 쓰십시오.

> [보기] 복   불행   운수   재수   행운

❶ 가 : 오늘 우리 가게의 과일이 해가 지기도 전에 다 팔렸어요.
   나 : 그래요? __**운수**__ 어/가 좋은 날이네요.

❷ 가 : 내 친구가 다른 사람들을 잘 도와주더니 복권에 당첨됐어.
   나 : 착한 일을 하면 _____ 을/를 받는 법이잖아.

❸ 가 : 오늘 지갑도 잃어버리고 집에 오다가 미끄러져서 넘어졌어.
   나 : 그렇게 _____ 이/가 없는 일이 두 번이나 생기다니……

❹ 가 : 그동안 정들었는데 이렇게 헤어지다니 정말 섭섭하네요.
   나 : 앞으로 하시는 모든 일에 _____ 이/가 있기를 바래요.

❺ 가 : 교통사고가 났는데 크게 다치지는 않았어요.
   나 : 큰일 날 뻔 했군요. 정말 _____ 중 다행이에요.

따라

3. 다음을 보고 문장을 완성하십시오.

지난 주말	모처럼 가족들과 외식을 하러 갔는데 식당에 자리가 없었다.
지난 수요일	보통 평일에는 미용실에 사람이 없었는데 사람이 많았다.
지난 토요일	보통 주말 오전에는 차가 많이 막히지 않았는데 차가 많이 막혔다.
오늘 아침	보통 출퇴근 시간에는 3분마다 버스가 오는데 한참을 기다려도 버스가 안 왔다.
오늘	회사일이 많아서 정신없이 바쁜데 전화까지 많이 걸려 온다.
오늘 저녁	요즘 저녁에 술 먹자고 하는 사람이 없었는데 오늘 한잔하자는 사람이 많았다.

❶ 지난 주말에 모처럼 가족들과 외식을 하러 나갔는데 __그 날__ 따라 __식당에 자리가 없었다.__

❷ 지난 수요일에 미용실에 갔는데 _____ 따라 _____

❸ 지난 도요일에 차를 갖고 나갔는데 _____ 따라 _____

❹ 아침에 버스가 자주 오는데 _____ 따라 _____

❺ 회사일로 정신없이 바쁜데 _____ 따라 _____

❻ 요즘 저녁에 술 먹자고 하는 사람이 없었는데 _____ 따라 _____

4. '따라' 를 사용해 다음 대화를 완성하십시오.

❶ 가 : 왜 이렇게 자장면 배달이 늦었어요?
　　나 : 죄송합니다. __오늘__ 따라 __주문이 많아서요.__

❷ 가 : 약속 시간이 다 돼 가는데 택시가 안 잡히네요.
　　나 : 여기는 택시가 잘 잡히는 곳인데 오늘따라 _____

❸ 가 : 지난주에 열렸던 축구 결승전에서 져서 너무 아까웠어요.
　　나 : 네, _____ 따라 _____

❹ 가 : 지난주에 회사 설명회를 했다던데 발표를 잘 하셨어요?
　　나 : 아니요, _____ 따라 _____

❺ 가 : 선생님, 수업이 1시에 끝나는데 교실에서 늦게 나오셨네요.
　　나 : _____

❻ 가 : 지난 일요일에 송별회에 온다고 하시더니 왜 안 왔어요?
　　나 : _____

-을걸 그랬다

5. 다음 글을 읽고 문장을 완성하십시오.

> 오늘은 회사 면접시험이 있는 날이다. ❶ <u>지하철을 탔더라면 안 늦었을 텐데 택시를 탔더니 차가 너무 밀려서 한 10분 정도 늦었다.</u> 면접을 보러 온 사람들을 보니까 다들 정장 차림을 하고 왔다. ❷ <u>나도 정장을 입었더라면 더 좋은 인상을 줄지도 모른다는 생각이 들었다.</u> 시험장에 들어가기 전에 너무 긴장돼서 ❸ <u>친구라도 데리고 왔으면 좋았을 거라는 생각도 들었다.</u> 면접관이 영어로 질문하는데 나만 대답을 잘 못했다. ❹ <u>영어 공부를 열심히 하지 않은 것이 후회가 됐다.</u> 또 ❺ <u>목소리도 너무 작았던 것 같아서 자신 없는 모습을 보였을까 봐 걱정된다.</u> 그리고 ❻ <u>이 회사에 대한 정보도 더 많이 알아두었더라면 더 좋은 점수를 받았을 것 같다.</u>

❶ _____지하철을 탈걸_____ 을/ㄹ걸 그랬어요.
❷ _____ 을/ㄹ걸 그랬어요.
❸ _____ 을/ㄹ걸 그랬어요.
❹ _____ 을/ㄹ걸 그랬어요.
❺ _____ 을/ㄹ걸 그랬어요.
❻ _____ 을/ㄹ걸 그랬어요.

6. '-을걸 그랬다' 를 사용해 다음 문장을 완성하십시오.

❶ 짐이 너무 많아서 옮기기가 힘들겠군요. **차를 가지고 올걸** 을/ㄹ걸 그랬어요.

❷ 영수 씨가 무슨 오해를 했는지 제가 한 농담에 기분이 상한 것 같았어요.
_____ 을/ㄹ걸 그랬어요.

❸ 미선 씨의 부탁을 들어준다고 말은 했는데 좀 부담이 되네요. _____
을/ㄹ걸 그랬어요.

❹ 어제 사물놀이 공연이 아주 흥겨웠다면서요? _____
을/ㄹ걸 그랬어요.

❺ 전공이 제 적성에 안 맞는 것 같아요. _____

❻ 내일 김장하려고 배추를 샀는데 값이 많이 올랐던데요. _____

7과 2항

어휘

1. 다음 [보기]에서 알맞은 말을 골라 빈 칸에 쓰십시오.

> [보기]   미신   뒤떨어지다   과학적   근거   신경 쓰다

❶ 다른 사람에게 (**뒤떨어지**   )지 않도록 열심히 노력하세요.

❷ 거울을 깨면 재수 없는 일이 생길 거라는 (   )을/를 믿는
사람들이 많다.

❸ 자신의 의견을 주장할 때는 그것을 뒷받침하기 위한 (   )을/를
내놓아야 한다.

❹ 운동 경기에서 자기가 한 실수에 대해 너무 (   )다가 보면
경기를 망칠 수가 있다.

❺ 인간은 언어를 학습할 수 있는 선천적인 능력을 가지고 태어난다는 사실이
(   ) 으로/로 증명되었다.

2. 다음 [보기]에서 알맞은 단어를 골라 빈 칸에 쓰십시오.

> [보기]   비과학적   신   귀신   금기   민간신앙

옛날부터 사람들은 돌, 나무 같은 자연이나 동물을 ❶ ___ **신** ___ 으로/**로**
생각하고 믿는 ❷ _____ 을/를 가지고 있었다. 그리고 색깔이 붉은
팥죽을 먹으면 무서운 ❸ _____ 을/를 쫓아버릴 수 있다고 믿기도 하고
빨간색으로 이름을 쓰면 사람이 죽는다고 하여 이런 행동을 ❹ _____ 하고
있다. 이것들은 모두 ❺ _____ 인 미신이지만 사람들 사이에서 오랫동안
지켜져 오고 있다.

-는다더라

3. 다음 그림을 보고 대화를 완성하십시오.

❶ 가 : 우리 팀이 결승전에서
　　　이겼다더라 ~~는다더라/~~
　　　~~ㄴ다더라/다더라~~.

　나 : 그래? 몇 대 몇으로 이겼대?

❷ 가 :
　　　＿＿＿＿＿＿＿＿＿＿＿＿
　　　는다더라/ㄴ다더라/다더라.

　나 : 그래요? 무슨 테러가
　　　일어났는데요?

❸ 가 :
　　　＿＿＿＿＿＿＿＿＿＿＿＿
　　　는다더라/ㄴ다더라/다더라.

　나 : 그래? 연말이라 바쁜가 보지?

❹ 가 :
　　　＿＿＿＿＿＿＿＿＿＿＿＿
　　　는다더라/ㄴ다더라/다더라.

　나 : 그래요? 선배는 갈 거예요?

❺ 가 :
　　　＿＿＿＿＿＿＿＿＿＿＿＿
　　　는다더라/ㄴ다더라/다더라.

　나 : 그래요? 우리 같이 가 볼까요?

❻ 가 :
　　　＿＿＿＿＿＿＿＿＿＿＿＿
　　　는다더라/ㄴ다더라/다더라.

　나 : 얼마 안 남았네요. 고향에 가는
　　　것은 포기 해야겠어요.

4. '-는다더라/ㄴ다더라/다더라'를 사용해 다음 대화를 완성하십시오.

❶ 가 : 미선 씨는 요즘 어떻게 지낸대요? 소식 들으셨어요?

　나 : _____얼마 전에 회사를 옮겼다더라_____ ~~는다더라/ㄴ다더라/~~
~~다더라~~.

❷ 가 : 영수 씨가 교통사고를 당했다면서요? 그 얘기를 듣고 깜짝 놀랐어요.

　나 : _____ 는다더라/
ㄴ다더라/다더라.

❸ 가 : 요즘 위염 때문에 약을 먹고 있는데 무슨 음식이 위염에 좋아?

　나 : _____ 는다더라/
ㄴ다더라/다더라.

❹ 가 : 내가 좋아하는 김정훈 선수가 이번 경기에 출전할까?

　나 : _____ 는다더라/
ㄴ다더라/다더라.

❺ 가 : 단독 주택이 살기 좋을까? 아파트가 살기 좋을까?

　나 : _____

❻ 가 : 중부 지방에 폭설이 내렸다던데 피해가 어느 정도래요?

　나 : _____

－네 －네 해도

5. 다음에 대해 설문 조사한 결과를 보고 문장을 완성하십시오.

❶ 국제결혼

"문화가 달라서 서로 이해를 못해요."	32명
"가족과 떨어져 살아서 외로워요."	28명
기타	40명

　__문화가 달라서 서로 이해를 못하__ 네 __가족과 떨어져 살아서 외롭__ 네 해도
사랑만 있다면 문제가 없을 것 같아요.

❷ 커피

"커피를 마시면 잠이 안 와요."	41명
"건강에 안 좋아요."	52명
기타	7명

네 .... 네 해도 다들 커피를 마셔요.

❸ 학생 식당

"서비스가 나빠요."	27명
"줄을 오래 서야 돼요."	55명
기타	18명

네 .... 네 해도 가깝고 싸니까 다들 학생 식당으로 가요.

❹ 가수 김수연 씨

"춤을 잘 못 춰요."	33명
"감정 표현을 잘 못해요."	29명
기타	38명

네 .... 네 해도 저는 김수연 씨가 가창력이 있어서 좋아요.

❺ 신촌

"교통이 복잡해요."	26명
"술집이 많아서 시끄러워요."	41명
기타	33명

네 .... 네 해도 저는 신촌에 정이 들어서 신촌에서 살고 싶어요.

❻ 영화 '○○○'

"배우가 연기를 못해요."	38명
"내용이 비현실적이에요."	31명
기타	31명

네 .... 네 해도 저는 그 영화가 재미있어서 보라고 권하고 싶어요.

6. '-네 -네 해도'를 사용해 다음 대화를 완성하십시오.

❶ 가 : 어려운 일이 생길 때 다른 사람은 안 도와줘도 형제들은 도와주는 것
　　　 같아요.
　　나 : ___**밉**___ 네 ___**곱**___ 네 해도 역시 자기 형제밖에 없어요.

❷ 가 : 이번 6급 졸업 여행에 반 전원이 간다더라.
　　나 : _____ 네 _____ 네 해도 다들 가는군요.

❸ 가 : 영수 씨는 신이 없다고 하더니 하는 일이 잘 안 되니까 신을 믿는 것
　　　 같아요.
　　나 : _____ 네 _____ 네 해도 _____

❹ 가 : 최근 들어 인터넷 쇼핑 이용률이 급증했다더라.
　　나 : _____ 네 _____ 네 해도 _____

❺ 가 : 우리 누나가 맞벌이를 하다가 둘째 아이를 낳고 직장을 그만두었어.
　　나 : _____

❻ 가 : 흡연 피해의 심각성을 알리고 금연 캠페인까지 벌였는데도 흡연율이
　　　 줄지 않아요.
　　나 : _____

YONSEI KOREAN WORKBOOK 4

어휘

1. 다음 [보기]에서 알맞은 말을 골라 빈 칸에 쓰십시오.

> [보기] 사주   운명   더러   재물   사업   설마

❶ (**재물**   ) 운이 있는 사람은 가만히 있어도 돈이 생긴다.

❷ 사람들이 나(   ) 외향적이라고 하지만 사실은 내성적인 면이 많다.

❸ 정직하기로 소문난 김 부장님이 (   ) 그런 거짓말을 했겠어?

❹ (   )이/가 정해진 것이라고 믿고 점을 보러 가는 사람들이 있다.

❺ 비과학적이네 시대에 뒤떨어지네 해도 (   )을/를 보는 사람은 여전히 많다.

❻ 영수 씨는 불경기로 인해 하던 (   )이/가 안 돼서 그만두고 다른 일을 찾기로 했다.

2. 다음 [보기]에서 알맞은 말을 골라 빈 칸에 쓰십시오.

> [보기] 사망   임신   진학   출산   출생   취업

김영선 씨는 1973년 부산에서 ❶ **출생** 하여 초, 중, 고등학교 시절을 계속 그곳에서 보냈다. 그러다가 서울에 있는 대학교에 ❷   하게 되어 그 후 서울에서 살게 되었다. 그러던 중 아버지가 교통사고로 ❸   하여 집안 사정이 어려워져서 대학을 중퇴하고 ❹   을/를 했다. 직장에서 지금의 남편을 만나 결혼하게 됐다. 결혼한 지 3개월 만에 ❺   을/를 하게 돼서 첫 아들 ❻   와/과 동시에 다니던 회사를 그만두었다. 평범한 주부로 생활하던 김영선 씨는 뒤늦게 작가의 길에 들어서게 되었다.

–는 김에

3. 다음 상황에 맞게 문장을 완성하십시오.

➊ 가족들이 다 모이기가 어려운데 오랜만에 가족들이 모여서 사진을 찍었다.

___**가족들이 다 모인**___ ~~는~~/~~은~~/~~ㄴ~~ 김에 ___**가족 사진을 찍었다.**___

➋ 내 우산만 사려고 백화점에 갔는데 너무 싸게 팔아서 어머니 것도 하나 샀다.

_____ 는/은/ㄴ 김에 어머니 것도 하나 샀다.

➌ 복사하러 가는데 친구가 부탁해서 친구 것도 복사했다.

_____ 는/은/ㄴ 김에 친구 것도 복사했다.

➍ 은행에 볼 일을 보러 왔다가 환전도 했다.

_____ 는/은/ㄴ 김에 _____

➎ 슈퍼에 라면만 사러 갔는데 또 오기가 귀찮을 것 같아서 음료수도 미리 샀다.

_____ 는/은/ㄴ 김에 _____

➏ 청소를 하다가 유리창도 같이 닦으면 좋겠다고 생각해서 유리창도 닦았다.

_____ 는/은/ㄴ 김에 _____

4. '–는 김에'를 사용해 다음 대화를 완성하십시오.

➊ 가 : 어제 개봉한 영화 '영원한 사랑'이 볼 만하다더라.
　 나 : 그래? ___**말이 나온**___ ~~는~~/~~은~~/~~ㄴ~~ 김에 ___**지금 인터넷으로 예매하자.**___

➋ 가 : 아무 연락도 없이 웬일이세요?
　 나 : _____ 는/은/ㄴ 김에 잠깐 들렀어요.

➌ 가 : 과자를 사러 매점에 가는 길인데 부탁할 거 없어요?
　 나 : 그럼 _____ 는/은/ㄴ 김에 _____

❹ 가 : 택배로 보내주셔도 되는데 직접 가지고 오셨어요?

　　나 : ＿＿＿＿＿＿＿＿＿＿＿＿＿＿＿＿＿ 는/은/ㄴ 김에 ＿＿＿＿＿＿＿＿＿＿

❺ 가 : 웬 쇼핑을 이렇게 많이 하셨어요? 짐이 한 가득이네요.

　　나 : ＿＿＿＿＿＿＿＿＿＿＿＿＿＿＿＿＿＿＿＿＿＿＿＿＿＿＿＿＿＿＿＿＿＿

❻ 가 : 화장실만 수리한다고 하시더니 부엌까지 수리하셨네요.

　　나 : ＿＿＿＿＿＿＿＿＿＿＿＿＿＿＿＿＿＿＿＿＿＿＿＿＿＿＿＿＿＿＿＿＿＿

설마 –는 건 아니겠지요?

5. 다음 상황에 맞게 문장을 완성하십시오.

❶ 도둑이 남의 집에서 물건을 훔치고 있는데 주인이 들어올까 봐 걱정된다.

　"설마 ＿＿＿＿＿＿＿＿ 주인이 들어오는 ＿＿＿＿＿＿＿＿ 는/은/ㄴ 건 아니겠지?"

❷ 세탁기를 수리해야 되는데 수리비가 많이 나올까 봐 걱정된다.

　"설마 ＿＿＿＿＿＿＿＿＿＿＿＿＿＿＿＿＿＿＿＿＿ 는/은/ㄴ 건 아니겠지?"

❸ 판매자가 소비자와 말다툼을 하고 나서 소비자가 자기를 고발할까 봐 걱정한다.

　"설마 ＿＿＿＿＿＿＿＿＿＿＿＿＿＿＿＿＿＿＿＿＿ 는/은/ㄴ 건 아니겠지?"

❹ 세입자가 집주인을 만나러 가기 전에 주인이 월세를 올려 달라고 할까 봐 걱정한다.

　"설마 ＿＿＿＿＿＿＿＿＿＿＿＿＿＿＿＿＿＿＿＿＿ 는/은/ㄴ 건 아니겠지?"

❺ 머리를 잘라야 하는데 단골 미용실이 오늘 문을 닫았을까 봐 걱정된다.

　"설마 ＿＿＿＿＿＿＿＿＿＿＿＿＿＿＿＿＿＿＿＿＿ 는/은/ㄴ 건 아니겠지?"

❻ 어제 산 제품을 환불하고 싶은데 환불을 안 해 줄까 봐 걱정된다.

　"설마 ＿＿＿＿＿＿＿＿＿＿＿＿＿＿＿＿＿＿＿＿＿ 는/은/ㄴ 건 아니겠지?"

6. 다음 글을 읽고 '설마 –는 건 아니겠지요?'를 사용해 문장을 만드십시오.

오늘은 친구와 약속이 있었다. 시간 여유가 있어서 ❶ <u>어제 산 옷을 바꾸러 옷가게에 들렀다.</u> 마음에 드는 옷이 없어서 환불을 하고 약속 장소로 향했다. ❷ <u>옷가게에서 일찍 나왔는데도 차가 많이 막혔다.</u> 30분이나 늦게 약속 장소에 도착했더니 ❸ <u>친구는 보이지 않았다.</u> 그런데 조금 후에 친구가 늦어서 미안하다고 말하면서 나타났다. 우리는 영화를 보러 극장에 갔는데 ❹ <u>줄이 굉장히 길었다.</u> ❺ <u>한참 기다려서 표를 사고 자리에 앉았는데 핸드폰이 없었다.</u> 다행히 친구가 의자 밑에 떨어진 핸드폰을 찾아주었다. 오랜만에 친구와 즐거운 시간을 보내다 보니 어느새 12시가 돼 버렸다. ❻ <u>지하철이 끊길 시간이 다 돼서 나는 지하철역으로 뛰어갔다.</u>

❶ 설마 _____ 옷을 안 바꿔 주는 _____ 는/은/ㄴ 건 아니겠지요?

❷ 설마 _____ 는/은/ㄴ 건 아니겠지요?

❸ 설마 _____ 는/은/ㄴ 건 아니겠지요?

❹ 설마 _____ 는/은/ㄴ 건 아니겠지요?

❺ _____

❻ _____

어휘

1. 다음 [보기]에서 알맞은 말을 골라 빈 칸에 쓰십시오.

> [보기]   떨리다   상관   길몽   한턱내다   합격

오늘은 대학교 입학시험 날이다. 그런데 아침에 내가 용을 타고 하늘을 나는 꿈을 꿔서 사람들한테 애기했더니 시험을 잘 볼 ❶ **길몽** 이라고/~~라고~~ 한다. 꿈하고 시험 결과는 전혀 ❷ _____ 이/가 없겠지만 그래도 중요한 시험이어서 무척 ❸ _____ 었는데/았는데/였는데 긴장이 좀 덜해졌다. 시험에 아직 ❹ _____ 하지 않았는데도 꿈 애기를 들은 친구들은 벌써부터 ❺ _____ 라고 야단이다.

2. 다음 [보기]에서 알맞은 말을 골라 빈 칸에 쓰십시오.

> [보기]   선잠   숙면   악몽   태몽   해몽   흉몽

❶ 친구가 (**악몽**)을/를 꿨는지 자다가 벌떡 일어났다.

❷ 보통 돼지꿈은 길몽이고 이가 빠지는 꿈은 (_____)이다/다.

❸ 아기가 (_____)을/를 잤는지 깨고 나서 짜증을 많이 낸다.

❹ 불을 너무 환하게 켜고 자면 (_____)을/를 취할 수 없다고 한다.

❺ 보통 여자들이 임신하면 (_____)을/를 꾸는데 우리 어머니는 안 꾸셨다고 한다.

❻ 어제 밤에 내가 꾼 꿈이 하도 이상해서 점쟁이한테 (_____)을/를 해 달라고 했다.

-도 -이지만

3. 다음 상황에 맞게 대화를 완성하십시오.

❶ 잃어버린 지갑 속의 돈보다도 신분증과 카드가 들어있어서 더 걱정된다.

가 : 돈을 그렇게 많이 잃어버려서 속상하겠어요.
나 : **돈**도 **돈이지만** ~~이지만/지만~~ **신분증과 카드가 들어있어서 더 걱정돼요.**

❷ 새로 구한 집이 교통이 좋기도 하지만 주변 환경이 깨끗해서 마음에 든다.

가 : 새로 구하신 집은 교통이 좋다면서요?
나 : _____도 _____이지만/지만 주변 환경이 깨끗해서 마음에 들어요.

❸ 승진을 하려면 실력도 갖춰야 하지만 운도 따라야 한다고 생각한다.

가 : 승진을 하려면 실력을 갖춰야겠지요?
나 : _____도 _____이지만/지만 _____

❹ 영화의 내용도 감동적이었지만 배우들이 연기를 잘 해서 인기가 많다.

가 : 어제 우리가 본 영화는 내용이 참 감동적이었지?
나 : _____도 _____이지만/지만 _____

❺ 남편의 첫인상도 좋았지만 남을 배려하는 태도에 마음이 더 끌렸다.

가 : 남편분의 첫인상에 끌려서 결혼하셨어요?
나 : _____도 _____이지만/지만 _____

❻ 혈압이 높은 것도 걱정되지만 두통이 더 견디기가 어렵다.

가 : 혈압이 높으신데 평소에 건강에 문제가 없었어요?
나 : _____도 _____이지만/지만 _____

4. '-도 -이지만'을 사용해 다음 대화를 완성하십시오.

❶ 가 : 그림을 잘 그리려면 관찰력이 있어야겠지요?

　　나 : **관찰력**도 **관찰력이지만** <del>이지만/지만</del> **상상력이 뛰어나야 해요.**

❷ 가 : 교통 위반을 한번 하면 벌금이 보통 몇 만원은 나온다더라.

　　나 : ＿＿＿＿도 ＿＿＿＿＿＿＿이지만/지만 안전을 위해서 교통 규칙을 지켜야지.

❸ 가 : 지금 다니는 회사 월급이 적다고 하시더니 드디어 직장을 옮기시는군요.

　　나 : ＿＿＿＿도 ＿＿＿＿＿＿이지만/지만 ＿＿＿＿＿＿＿＿＿

❹ 가 : 유기농 식품을 자주 사 드시던데 일반 식품보다 더 맛있나요?

　　나 : ＿＿＿＿도 ＿＿＿＿＿＿＿이지만/지만 ＿＿＿＿＿＿＿

❺ 가 : 백화점을 자주 이용하시던데 백화점 물건이 확실히 질이 더 좋지요?

　　나 : ＿＿＿＿＿＿＿＿＿＿＿＿＿＿＿＿＿＿＿＿＿＿

❻ 가 : 영수 씨 부탁을 거절하신 걸 보니 많이 바쁘신가 봐요.

　　나 : ＿＿＿＿＿＿＿＿＿＿＿＿＿＿＿＿＿＿＿＿＿＿

-는다면야

5. 다음 조건 중의 하나를 골라서 대화를 완성하십시오.

❶

시간	장소	날씨

　　가 : 회사 야유회는 예정대로 가나요?

　　나 : **비가 오지 않는다면야** <del>는다면야/ㄴ다면야/다면야</del> **가겠지요.**

❷

어학 실력	여권 소지	본인의 희망

　　가 : 사장님, 내일 유럽으로 출장 갈 사람이 필요한데 김영수 씨가 어떨까요?

　　나 : ＿＿＿＿＿＿＿＿＿＿＿는다면야/ㄴ다면야/다면야 출장을 보내지요.

❸

효과	치료비	통증

　　가 : 그 치료를 받고 병이 나은 사람들이 많다던데 치료를 안 받으세요?

　　나 : ＿＿＿＿＿＿＿＿＿는다면야/ㄴ다면야/다면야 ＿＿＿＿＿＿＿

가격	디자인	성능

가 : 우리 회사 제품을 구입하시겠어요?

나 : .... 는다면야/ㄴ다면야/다면야 ....

교통	집값	주변 환경

가 : 어떤 하숙집을 소개해 드릴까요?

나 : .... 는다면야/ㄴ다면야/다면야 ....

월급	승진 기회	회사 분위기

가 : 어제 입사 설명회 했던 그 회사에 취직하는 건 어때?

나 : .... 는다면야/ㄴ다면야/다면야 ....

6. '-는다면야' 를 사용해 다음 대화를 완성하십시오.

❶ 가 : 아버지, 제가 1등하면 뭐 해 주실 거예요?
　나 : **1등만 한다면야** <del>는다면야/ㄴ다면야/다면야</del> 해 달라는 것을 다 해 주지.

❷ 가 : 영수 씨의 잘못을 용서 안 하실 생각이세요?
　나 : .... 는다면야/ㄴ다면야/다면야 ....

❸ 가 : 이 일에서 성공하려면 온갖 힘든 일을 다 견뎌내야 하는데요.
　나 : .... 는다면야/ㄴ다면야/다면야 ....

❹ 가 : 구입한 제품을 교환하려면 배송비를 따로 지불해야 되는데요.
　나 : .... 는다면야/ㄴ다면야/다면야 ....

❺ 가 : 그 학원은 잘 가르치기는 하는데 집에서 좀 멀어요.
　나 : ....

❻ 가 : 우리 회사는 출장도 자주 가야 되고 일도 많은데 괜찮겠어요?
　나 : ....

어휘 연습

1. 빈칸에 알맞은 어휘를 쓰십시오.

[보기]	고려하다	상징하다	숭배하다	화합하다

❶ 서양에서는 7이 행운을 ....는/은/ㄴ 숫자라고 생각하는데 동양에서는 3을 행운의 숫자로 생각한다.

❷ 우리 집에 오시는 손님이 위가 안 좋다는 것을 ....어서/아서/여서 음식을 준비할 때 맵고 짠 음식은 뺐다.

❸ 고대사회에서는 태양이나 호랑이, 코끼리와 같은 동물을 ....는/은/ㄴ 민간신앙이 존재했다.

❹ 조선시대에 어느 왕은 정치적인 생각이 다른 사람들에게 서로 .... 으라는/라는 뜻으로 '탕평채'라는 음식을 만들어 내놓았다.

2. 빈칸에 알맞은 어휘를 골라 쓰십시오.

[보기]	귀신	떡	살림	선물	신문	유혹	자리	적	집

❶	..............을/를 돌리다
❷	..............을/를 마련하다
❸	..............을/를 물리치다

3. 서로 관계있는 것끼리 연결하십시오.

❶ 해조류 •   • 보리, 쌀, 콩, 팥

❷ 견과류 •   • 밤, 은행, 잣, 호두

❸ 육류 •   • 김, 다시마, 미역, 파래

❹ 곡류 •   • 닭고기, 돼지고기, 쇠고기, 양고기

더 생각해 봅시다

4. 여러분 나라의 음식 중에서 특별한 의미가 담겨 있는 음식이 있으면 소개해 봅시다.

음식 이름	음식에 담겨 있는 의미
한국의 엿이나 찹쌀떡	입학시험이나 입사시험에서 합격하기를 바라는 마음

5. 대화를 듣고 질문에 답하십시오.

1) 다음 중 정희가 본 사주 내용이 아닌 것은 무엇입니까? (　　　)

　❶ 대체로 복이 많은 편이다.

　❷ 결혼은 늦게 하는 것이 좋다.

　❸ 노력하지 않아도 재물 운이 따른다.

　❹ 정희의 성격에 어울리는 직업은 사업가, 기자, 연예인 같은 직업이다.

2) 정희의 생각은 무엇입니까? (　　　)

　❶ 사주는 시대에 뒤떨어진 미신이다.

　❷ 미신은 아무런 과학적 근거가 없다고 생각한다.

　❸ 운명을 만들어가는 것은 자기의 노력과 전혀 상관이 없다.

　❹ 사람에 따라 정해진 운명이 세상의 모든 일과 상관이 있다.

3) 다음 (　　)안에 들어갈 단어를 쓰십시오.

　미선은 정희가 (　　　　　　　　　　) 사고방식을 갖고 있다고 생각한다.

6. 다음을 읽고 질문에 답하십시오.

오늘의 ㉠ _____

🐭	쥐띠	72년생 싸움이 오래가면 심신이 피곤하니 양보하는 마음을 가져라. 84년생 작은 일에 신경 쓰지 마라.
🐮	소띠	73년생 일이 생겨도 서두르지 말 것. 빨리 한다고 해서 다 잘 하는 것은 아니다. 85년생 너무 열심히 하는 것도 문제다. 너무 욕심을 부리면 안 된다.
🐯	호랑이띠	74년생 복잡하고 시끄러우나 좋은 결과를 낳을 운수이다. 86년생 과거를 돌아보고 현실을 똑바로 보면 명예의 운이 따른다.
🐰	토끼띠	75년생 재물 운이 있으니 주위를 살펴라. 87년생 명예에 대한 지나친 욕심은 버려라.
🐲	용띠	76년생 늘 옆에 있어주는 친구에게 감사의 마음을 가져라. 지혜로운 친구의 충고에 귀 기울일 필요가 있다. 88년생 의욕이 넘치니 자신감이 붙는 날이다.
🐍	뱀띠	77년생 기분도 좋고 하는 일도 잘 된다. 자신감을 가지고 움직이면 된다. 89년생 변화를 할수록 이득이 많이 생긴다. 생각을 바꾸면 인생이 달라진다.
🐴	말띠	78년생 기대가 크면 실망도 큰 법이다. 기대가 크다 보니 사업이 안 풀린다. 90년생 재물은 노력의 대가에서 찾아라.
🐑	양띠	67년생 참고 노력하는 것이 인생이다. 고생 끝에 낙이 온다. 79년생 능력을 발휘하면 결과도 좋아진다.
🐵	원숭이띠	68년생 건강에 신경을 써야 한다. 성공하는 사람은 강한 체력을 갖췄다. 80년생 자기 일이나 열심히 하면 된다. 남의 일에는 관심을 끊어라.
🐔	닭띠	69년생 앞날을 위해서 좋은 계획을 세울 것. 이사, 여행 마음껏 움직일 것. 움직인만큼 얻는 것이 많아진다. 81년생 일에 최선을 다 하면서 진행하라. 새 일을 찾아서 활동하면 좋다.
🐶	개띠	70년생 친구나 동료의 문제로 입을 손해를 조심해라. 어려워도 신용은 끝까지 지켜라. 82년생 과거의 실수는 잊어야 한다.
🐷	돼지띠	71년생 주위 사람의 도움으로 인해 일이 이루어진다. 그렇다고 해서 일을 남에게 미루지 마라. 83년생 고래 싸움에 새우등 터지니 조심해라.

1) ㉠ _____ 에 들어갈 말로 적당한 것은 무엇입니까?

　　❶ 사주　　　　　　　　　　　　❷ 운세

　　❸ 궁합　　　　　　　　　　　　❹ 금기

2) 각 띠의 운세의 내용과 같으면 O표, 다르면 X표 하십시오.

　　❶ 쥐띠 – 싸움을 중단하기 위해서는 양보를 해야 한다.　　　　　（　　　）

　　❷ 소띠 – 서둘러서 일을 해결하는 것이 좋다.　　　　　　　　　（　　　）

　　❸ 호랑이띠 – 과거보다는 현실을 더 중요시해야 한다.　　　　　（　　　）

　　❹ 토끼띠 – 명예 운이 있으니 거기에 신경 써라.　　　　　　　（　　　）

　　❺ 용띠 – 지혜로운 친구가 충고하면 잘 들어라.　　　　　　　（　　　）

　　❻ 뱀띠 – 이득을 얻으려면 변화하도록 해라.　　　　　　　　（　　　）

　　❼ 말띠 – 노력하지 않아도 재물 운이 따른다.　　　　　　　　（　　　）

　　❽ 양띠 – 참고 고생하면 좋은 결과가 있다.　　　　　　　　　（　　　）

　　❾ 원숭이띠 – 강한 체력을 갖춰야 성공할 수 있다.　　　　　　（　　　）

　　❿ 닭띠 – 이사라든가 여행 같은 것은 계획해도 좋다.　　　　　（　　　）

　　⓫ 개띠 – 실수로 친구나 동료에게 손해를 끼칠 수 있다.　　　（　　　）

　　⓬ 돼지띠 – 주위의 힘이 강한 사람들 때문에 피해를 입을 수 있다.　（　　　）

말하기 • 쓰기 연습

7. 배운 문법을 사용해 친구에게 질문하고 대답하십시오.

질문	친구 1	친구 2
❶ 운이 나빴던 날이 있었어요? 무슨 일이 있었어요? (-따라, -을걸 그랬어요)		
❷ 요즘에 무슨 새로운 소식이나 중요한 정보가 없어요? (-다더라) 미신에 대해 어떻게 생각하세요? (-네 -네 해도, -도 -이지만)		
❸ 계획한 일이 아니었는데 그냥 한 일이 있었어요? (-는 김에) 뭔가 걱정되는 일이 있어요? 있다면 무엇인가요? (설마 -는 건 아니겠지요?)		
❹ 성공의 조건이 뭐라고 생각하세요? (-는다면야)		

8. 다음 글을 읽고 여러분은 꿈에 대해 어떻게 생각하는지 써 보십시오. 여러분은 어떤 꿈을 많이 꿉니까? 꿈과 관련된 경험을 써 보십시오.

누구나 꿈을 꾼 적이 있을 것입니다. 보통 꿈을 안 꾼다고 하는 사람은 정말로 안 꾸는 것일까요? 아니면 꾸고도 아침에 일어나서 잊어버리는 것일까요? 사람들은 보통 전날 꾼 꿈에 영향을 받게 됩니다. 길몽을 꾼 사람은 기분이 좋아서 복권을 사기도 하고 흉몽을 꾼 사람은 그 날 재수가 안 좋은 일이 생길까 봐 조심하기도 합니다. 여러분은 지난밤에 꾼 꿈에 신경을 많이 쓰는 편입니까?

속담 2

1. 빈 수레가 더 요란하다

별로 아는 지식이나 가진 것이 없으면서도 더 아는 척 하거나 가진 척 하며 떠들고 잘난척한다는 뜻

● 빈 수레가 더 요란하다고 저 사람은 전문가도 아니면서 왜 저렇게 아는 척을 할까?

2. 누워서 침 뱉기

다른 사람 탓을 하거나 욕을 해도 그것이 결국 자기 자신을 욕하는 것이나 다름없다는 뜻

● 다른 사람 앞에서 자기 자식을 그렇게 욕하다니, 그건 누워서 침 뱉기야.

3. 호랑이도 제 말 하면 온다

어떤 자리에서 이야기에 오른 그 사람이 마침 나타났을 때 쓰는 말

● 호랑이도 제 말 하면 온다더니 영수 이야기를 하고 있었는데 마침 영수가 들어왔다.

4. 제 눈의 안경

보잘 것 없는 사람(것)이라도 제 마음에 들면 좋게 보인다는 뜻

● 제 눈의 안경이라고 내 친구는 항상 자기 남편이 최고라고 자랑을 한다.

5. 바늘 도둑이 소 도둑 된다

사소한 나쁜 버릇도 자꾸 되풀이하게 되면 나중에는 큰일을 저지를 수 있다는 뜻

● 바늘 도둑이 소 도둑 된다고 그 사람은 어렸을 때 사소한 거짓말을 많이 하더니 결국 사기꾼이 되어 감옥에 갔다.

6. 꼬리가 길면 밟힌다

범죄 행위나 못된 행동을 한두 번 할 때는 다른 사람들이 모르고 지나가지만 자주 하면 결국 잡히게 된다는 뜻

● 꼬리가 길면 밟힌다고 자꾸 그렇게 부모님을 속이다가는 언젠가는 들키게 되어 있어.

7. 돌다리도 두들겨 보고 건너라

비록 잘 알아서 틀림없는 일이라도 조심하고 다시 확인하여 하라는 뜻

●제주도 항공권 예약이 되었는지 다시 한 번 확인해 봐. 돌다리도 두들겨 보고 건너라는 말이 있잖아.

8. 윗물이 맑아야 아랫물이 맑다

윗사람이 모범을 보여야 아랫사람이 그것을 본받는다는 뜻

●윗물이 맑아야 아랫물이 맑다고 저 집은 부모의 행동이 올바르지 않으니까 아이들도 빗나가는 거지.

9. 소 잃고 외양간 고친다

이미 실패하거나 일이 잘못된 뒤에 때늦게 문제점을 고쳐도 아무 소용이 없다는 뜻

●동물원은 호랑이가 사자에게 물려 죽은 후에야 소 잃고 외양간 고치는 격으로 안전 펜스를 높이겠다는 대책을 내놓았다

10. 콩 심은 데 콩 나고 팥 심은 데 팥 난다.

모든 일은 원인에 따라 결과가 생긴다는 뜻. 심은 대로 거둔다, 뿌린 대로 거둔다는 뜻

●콩 심은 데 콩 나고 팥 심은 데 팥 난다고 저 사람은 놀기만 하더니 결국 시험에서 떨어졌다.

속담 2 연습

1. 가 : 민수 씨는 자동차 전문가도 아니면서 전문가들보다 더 아는 척을 해요.

   나 : _____ 는다더니/ㄴ다더니/다더니 지식이 짧은 사람들이
   더 떠들며 자랑하는군요.

2. 가 : 편의점 도둑이 잡혔대요. 벌써 세 번이나 같은 방법으로 도둑질을 했대요.

   나 : _____ 는다더니/ㄴ다더니/다더니 결국 잡히는군요.

3. 가 : 남편이 너무 게으르고 책임감도 없어. 이웃집 사람들과 얘기해 보니 다른
   집 남편들은 안 그렇다던데…….

   나 : _____ 이라고/라고 어떻게 다른 사람들한테 자기 남편을
   그렇게 말할 수 있니?

4. 가 : 어제 보니까 영수 씨가 친구들과 뭔가 심각한 표정으로 얘기를 하던데 무슨
   일이 있는 걸까요?

   나 : _____ 이라더니/라더니 마침 저기 영수 씨가 오네요.

5. 가 : 서류를 완성했어요. 어제 두 번이나 검토했으니까 바로 사장님께 드리는 게
   어때요?

   나 : _____ 으라고/라고 실수가 있을지 모르니까 다시 한번
   봅시다.

6. 가 : 여긴 기초적인 교통 안전 시설물조차 설치되지 않았네. 위험한 길인데…….

   나 : 사고가 여러 번 나야 안전시설을 설치하려는 건지, _____
   지 말고 미리미리 위험에 대비하면 좋을 텐데.

7. 가 : 아이가 편의점에서 자꾸 과자를 말도 없이 가져 와요.

　　나 : 별 생각 없이 그랬겠지요. 하지만 ＿＿＿＿＿＿＿＿＿＿＿＿＿ 는다고/
　　　　ㄴ다고/다고 더 잘못되기 전에 가르쳐야 할 것 같은데요.

8. 가 : 영수는 항상 자기 여자친구가 예쁘고 똑똑하다고 자랑만 해.

　　나 : ＿＿＿＿＿＿＿＿＿＿＿＿＿＿＿＿＿ 이라고/라고 영수 눈에는 자기
　　　　여자친구가 예쁘게만 보이는 거야.

9. 가 : 저 아이는 어른들한테 통 인사를 안 해요. 말도 함부로 하고요.

　　나 : ＿＿＿＿＿＿＿＿＿＿＿＿＿＿＿ 는다고/ㄴ다고/다고 평소에 부모가
　　　　예의를 안 지키더니 역시 아이도 버릇이 없군요.

10. 가 : 한국어 능력 시험 결과가 나왔는데 친구는 합격을 했지만 나는
　　　　떨어졌어.

　　나 : ＿＿＿＿＿＿＿＿＿＿＿＿＿＿＿ 는다고/ㄴ다고/다고 친구는 열심히
　　　　공부했는데 너는 이번 학기에 놀기만 했잖아.

제8과 생활 경제

8과 1항

어휘

1. 다음 [보기]에서 알맞은 단어를 찾아 빈 칸에 쓰십시오.

> [보기] 쑥스럽다   흔하다   단돈   대단하다   형편   대신

❶ 요즘은 각종 공과금을 낼 때 은행에 가는 (**대신**) 인터넷 뱅킹을 이용하는 사람들이 많다.

❷ 우리 대학교는 (   )이/가 어려운 학생들을 위해 장학금 제도를 실시하고 있다.

❸ 예에는 귀했던 휴대전화가 요즘은 누구나 사용하는 (   )는/은/ㄴ 물건이 되었다.

❹ 당연히 해야 할 일을 했는데 이렇게 칭찬을 받으니 (   )을/ㄹ 뿐이다.

❺ 바자회에서 갖고 싶었던 겨울 코트를 (   ) 만원에 사서 너무 기뻤다.

❻ 그 친구는 회사에 다니면서 한국어도 배우고 봉사 활동까지 열심히 하니 정말 (   ) 는다/ㄴ다/다.

2. 다음 [보기]에서 알맞은 말을 골라 빈 칸에 쓰십시오.

> [보기] 구매   수입   저축   절약   지출   과소비

마리아 : 신문을 보니까 요즘 전 세계적으로 경제가 어려워지는 것 같던데 이럴 때일수록 ❶ __**절약**__ 하는 생활 습관이 필요한 것 같아요.

미 선 : 맞아요, 저도 아르바이트로 버는 ❷ _____ 은/는 그대로인데 예전보다 생활비가 많이 들어서 ❸ _____ 을/를 줄이려고 노력하고 있어요.

마리아 : 그런데 저는 백화점에 가면 세일하는 물품들을 무조건 ❹ _____ 하는 습관이 있어요. 백화점에서는 비싼 물건들도 카드로 쉽게 살 수 있으니까 자꾸 ❺ _____ 을/를 하게 돼요.

미 선 : 저도 그런 편이어서 오늘 적금을 하나 들었어요. 꾸준히 ❻ _____ 하는 습관을 길러 보려고요.

–을/ㄹ 따름이다

3. 다음 [보기]에서 알맞은 표현을 골라 문장을 완성하십시오.

[보기] 부끄럽다 뿌듯하다 어깨가 무겁다 죄송하다 기쁘다 섭섭하다

❶ 한국에서 10년간 영어를 가르친 외국인 교수	"고향처럼 정든 한국을 떠난다고 생각하니 **섭섭할** 을/~~ㄹ~~ 따름이에요."
❷ 기부금을 낸 김 할머니	"다른 분들에 비해 적은 돈인데 기부상까지 받으니 오히려 _____ 을/ㄹ 따름이에요."
❸ 경복궁 안내원 할아버지	"이 나이에도 한국 문화를 외국 사람들에게 알릴 수 있어서 정말 _____ 을/ㄹ 따름입니다."
❹ 인기상을 탄 야구 선수	"상을 받으니 앞으로 팀을 위해서 더 잘해야겠다는 생각에 _____ 음/ㄹ 따름입니다."
❺ 한국의 첫 우주인 여성	"우주 여행의 꿈을 이룰 수 있어서 _____ 을/ㄹ 따름이에요."
❻ 대통령	"1년간 열심히 노력은 했지만 경제 상황이 나빠서 국민들께 _____ 을/ㄹ 따름입니다."

4. '–을 따름이다' 를 사용해 다음 대화를 완성하십시오.

❶ 가 : 지난번에 도와 주셔서 고마워요. 어려운 부탁을 해서 정말 미안해요.
　　나 : 아니에요, 많이 도와 드리지 못해 오히려 제가 _____**미안할**_____ 을/~~ㄹ~~
　　　　따름이에요.

❷ 가 : 꽤 큰 교통 사고였는데도 다치지 않으셔서 다행이에요.
　　나 : 네, 하지만 피해자와 합의할 생각을 하니 정말 _____ 을/ㄹ
　　　　따름이에요.

❸ 가 : 아이가 해외 유학을 간다던데 기분이 어떠세요?
　　나 : 아이를 오랫동안 못 본다는 생각에 _____ 을/ㄹ
　　　　따름이에요.

❹ 가 : 부장으로 승진하신 것을 진심으로 축하합니다.

　　나 : 감사합니다. ＿＿＿＿＿＿＿＿＿＿＿＿＿＿＿＿＿＿＿ 을/ㄹ 따름이에요.

❺ 가 : 대학 졸업을 축하해. 사회인이 되는 기분이 어때?

　　나 : ＿＿＿＿＿＿＿＿＿＿＿＿＿＿＿＿＿＿＿＿＿＿＿＿＿＿

❻ 가 : 생일 축하해. 생각해서 골라봤는데 선물이 네 마음에 안 들면 어떡하지?

　　나 : ＿＿＿＿＿＿＿＿＿＿＿＿＿＿＿＿＿＿＿＿＿＿＿＿＿＿

–으니만큼

5. 다음 문장을 완성하십시오.

환율, 전년에 비해 10%나 올라...

❶ 원-달러 환율이 급격하게 오르고 있다. 이에 따라 기업들의 수출에 어려움이 생기고 있는데........
❷ 원유 가격도 계속 상승함에 따라 항공사들이 일제히 항공료를 인상하기로 했다...
이에 따라 ❸정부는 오늘 긴급 경제 안정 정책을 발표하고 국민의 경제적 어려움을 줄이는 데 최선을 다하겠다고 밝혔다…….

해외 여행 관광객 수 감소해

관광공사에 따르면 올해 해외 여행 관광객 수가 전년보다 20% 이상 감소한 것으로 나타났다. 이는 환율이 오르면서 ❹여행 경비가 많이 들기 때문으로…….

한강 주위 저층 아파트 재개발 하기로 해

주택 공사는 한강변 낡은 저층 아파트를 ❺한강이 보이는 전망 좋은 20층 이상 고층 아파트로 재개발한다고 밝혔다. 한편 주거 환경 및 전망권 침해와 교통 불편을 이유로 ❻주변 아파트 주민들은 재개발 정책에 반대하고 있다.

❶ 원-달러 환율이 계속 오르니만큼 ~~으니만큼/니만큼~~ 수출에 어려움이 있을 것 같다.

❷ ＿＿＿＿＿＿＿＿＿＿＿＿＿＿＿ 으니만큼/니만큼 항공료도 계속 오를 것이다.

❸ ⟋⟍⟍⟍⟍⟍⟍⟍⟍⟍⟍ 으니만큼/니만큼 국민들의 경제적 어려움이 줄 것으로 보인다.

❹ ⟋⟍⟍⟍⟍⟍⟍⟍⟍⟍⟍ 으니만큼/니만큼 해외 여행객 수는 계속 줄어들 것이다.

❺ ⟋⟍⟍⟍⟍⟍⟍⟍⟍⟍⟍ 으니만큼/니만큼 재개발 아파트 가격은 높을 것이다.

❻ ⟋⟍⟍⟍⟍⟍⟍⟍⟍⟍⟍ 으니만큼/니만큼 재개발 사업이 어려움을 겪을 것이다.

6. '-으니만큼' 을 사용해 다음 대화를 완성하십시오.

❶ 가 : 경쟁률이 높았는데 이렇게 입사하게 되어서 정말 기쁩니다.
　나 : <u>어렵게 입사했으니만큼</u> ~~으니만큼/니만큼~~ 열심히 일하시기를 바랍니다.

❷ 가 : 신제품 광고가 제대로 되지 않아 잘 팔릴지 걱정이 됩니다
　나 : ⟋⟍⟍⟍⟍⟍⟍⟍⟍ 으니만큼/니만큼 한번 써 본 소비자는 제품을 다시
　살 겁니다.

❸ 가 : 물가가 너무 많이 올라서 생활비가 갈수록 많이 들어요.
　나 : ⟋⟍⟍⟍⟍⟍⟍⟍⟍ 으니만큼/니만큼 쓸 데 없는 소비를 줄여야 해요.

❹ 가 : 이번 시합에서 우리 팀이 우승할 수 있을까요?
　나 : ⟋⟍⟍⟍⟍⟍⟍⟍⟍ 으니만큼/니만큼 ⟋⟍⟍⟍⟍⟍⟍⟍⟍⟍⟍⟍⟍

❺ 가 : 열심히 노력하기는 했는데 대학원에 입학할 수 있을지 걱정입니다.
　나 : ⟋⟍⟍⟍⟍⟍⟍⟍⟍⟍⟍⟍⟍⟍⟍⟍⟍⟍⟍⟍⟍⟍⟍⟍⟍⟍⟍⟍⟍⟍⟍⟍⟍⟍⟍

❻ 가 : 요즘 경제가 너무 안 좋아서 투자를 해도 될지 모르겠어요.
　나 : ⟋⟍⟍⟍⟍⟍⟍⟍⟍⟍⟍⟍⟍⟍⟍⟍⟍⟍⟍⟍⟍⟍⟍⟍⟍⟍⟍⟍⟍⟍⟍⟍⟍⟍⟍

어휘

1. 다음 [보기]에서 알맞은 말을 골라 빈 칸에 쓰십시오.

> [보기]　자금　　　대여하다　　　위험부담　　　주식　　　단기간

❶ (　　**주식**　　)에 투자하려면 투자할 회사의 발전 가능성을 잘 알아봐야 한다.

❷ 음식점을 차리려고 은행에서 돈을 빌려 사업 (　　　　　　　　)을/를 마련했다.

❸ 아이들은 금방 자라니까 책이나 완구류는 (　　　　　　　)어/아/여 쓰는 게 경제적이다.

❹ 한국어 실력이 (　　　　　　　)에 좋아질 거라는 기대는 하지 말아야 한다.

❺ 해외 금융 시장에 투자하는 것은 환율 변동에 따른 (　　　　　)이/가 있으므로 조심해야 한다.

2. 다음 [보기]에서 알맞은 말을 골라 빈 칸에 쓰십시오.

> [보기]　식비·외식비　　문화·레저비　　경조사비　　교육비　　세금·공과금　　교통비

날짜	지출액	지출 내역	
	6,000원	택시비	❶ (　　**교통비**　　)
	7,000원	영화비	❷ (　　　　　)
	5,000원 4,000원	점심 값 커피 값	❸ (　　　　　)
12월 27일	100,000원	학원 수강료	❹ (　　　　　)
	25,000원	전기 요금	❺ (　　　　　)
	50,000원	친구 결혼 축의금	❻ (　　　　　)
	총지출 197,000원		

-자면

3. 다음 문장을 완성하십시오.

①

대학상담실 관계자

"한국어 능력 시험……"

외국 학생이 <u>우리 대학교에 입학하</u> 자면 한국어 능력 시험을 봐야 합니다.

②

경제인

"경제 발전…… 정부도, 국민도, 기업도……"

_____ 자면 정부, 국민, 기업이 모두 노력해야 합니다.

③

교육전문가

"학교 교육이 질……교육 정책 바꿔야……"

_____ 자년 교육 성책이 바뀌어야 한다고 생각합니다.

④

국회의원

"기업의 수출량…… 수출법을 바꿔야……"

_____ 자면

⑤

사장

"회사의 이미지…… 제품의 디자인 개발에 신경을 써야"

_____ 자면

⑥

근로자 대표

"기업과 근로자 간의 문제 해결…… 정기적으로 대화를 해야……"

_____ 자면

4. '-자면' 을 사용해 다음 대화를 완성하십시오.

❶ 가 : 이 보고서가 과연 실현 가능성이 있을까요?

　나 : <u>　**이 보고서대로 실행하**　</u> 자면 예산을 많이 늘려야 합니다.

❷ 가 : 요즘 경기가 안 좋아서 다들 돈을 모으기 힘들어해요.

　나 : <u>　　　　　　　　　　　　</u> 자면 소비를 줄이고 될 수 있는 대로 절약해야 해요.

❸ 가 : 전세계적으로 환경 오염 문제가 심각해지고 있어요.

　나 : <u>　　　　　　　　　　</u> 자면 전세계적으로 협력해서 대책을 마련해야 합니다.

❹ 가 : 회사원이 보통 집을 장만하려면 시간이 얼마나 걸려요?

　나 : <u>　　　　　　　　　</u> 자면<u>　　　　　　　　　　　　　　　　</u>

❺ 가 : 자동차 부품을 다 교체해야 하는데 돈이 얼마나 들까요?

　나 : <u>　　　　　　　　　　　　　　　　　　　　　　　　　　　</u>

❻ 가 : UN과 같은 국제기구에 취직하고 싶어하는 학생들은 어떤 준비를 해야 합니까?

　나 : <u>　　　　　　　　　　　　　　　　　　　　　　　　　　　</u>

–는 –대로

5. '–는 –대로'를 사용해 다음 문장을 완성하십시오.

> 하숙집 아주머니　"물가 인상으로 음식 재료값이 많이 들어서 힘들어요."
> 하숙생　　　　　"물가 때문에 하숙비가 올라서 힘들어요."

❶ <u>　하숙집 아주머니는　</u> 은/는 <u>　아주머니　</u> 대로 <u>　하숙생은　</u> 은/는
<u>　하숙생　</u> 대로 **물가가 올라서 힘든 점이 있어요.**

> 전업 주부　　　"아이들 돌보고 집안일 하느라 자기 시간이 없어요."
> 맞벌이 주부　　"일이 바빠서 자기 시간이 없어요."

❷ <u>　　　　　　</u> 은/는 <u>　　　　　　</u> 대로 <u>　　　　　　</u> 은/는 <u>　　　　　　</u> 대로
자기 시간이 없어요.

> 직장인　　"일정한 시간에 일하니까 계획을 세워서 살 수 있어서 좋아요."
> 프리랜서　"원하는 시간에 일할 수 있어서 좋아요."

❸ <u>　　　　　　</u> 은/는 <u>　　　　　　</u> 대로 <u>　　　　　　</u> 은/는 <u>　　　　　　</u> 대로
좋은 점이 있어요.

> 경영자　　"직원들의 근로 환경 개선을 위해 노력하고 있습니다."
> 직원들　　"회사의 발전을 위해 노력하고 있습니다.

❹ <u>　　　　　　</u> 은/는 <u>　　　　　　</u> 대로 <u>　　　　　　</u> 은/는 <u>　　　　　　</u> 대로
<u>　　　　　　　　　　　　　　　　　　　　　</u>

> 부모　　"생활비와 아이들 교육 문제로 고민이 많아요."
> 자녀　　"진로 문제, 친구 문제로 고민이 많아요."

❺ <u>　　　　　　　　　　　　　　　　　　　　　</u>
<u>　　　　　　　　　　　　　　　　　　　　　</u>

> 자가용 출퇴근자　"출퇴근 시간에 막히고 기름값도 많이 들어서 불만이 많아요."
> 대중교통 이용자　"차가 제시간에 오지 않고 사람들이 너무 많아서 불만이 많아요."

❻ <u>　　　　　　　　　　　　　　　　　　　　　</u>
<u>　　　　　　　　　　　　　　　　　　　　　</u>

6. '–는 –대로'를 사용해 다음 대화를 완성하십시오.

❶ 가 : 대형차를 타다가 소형차로 바꾸니까 불편하지 않아요?

　　나 : ___소형차는___ 은/는 ___소형차___ 대로 좋은 점이 있어요. 주차하기도 편하고요.

❷ 가 : 친구가 요즘 약속을 지키지 않을 때가 많아서 화가 나요.

　　나 : .... 은/는 .... 대로 무슨 이유가 있었을 거예요.

❸ 가 : 사장님이 지난번 회의에서 왜 화를 냈는지 이해가 되지 않아요.

　　나 : .... 은/는 .... 대로 화를 내신 이유가 있을 거예요.

❹ 가 : 외동딸은 좋을 것 같아요. 전 형제가 많아서 부모님의 관심을 덜 받았거든요.

　　나 : .... 은/는 .... 대로 ....

❺ 가 : 단체 여행은 제약이 많아서 자유 여행보다 재미가 없을 것 같은데요.

　　나 : ....

❻ 가 : 경제가 어려울 때 가장 힘든 건 중소기업이에요. 대기업은 괜찮겠지만요.

　　나 : ....

어휘

1. 다음 [보기]에서 알맞은 말을 골라 빈 칸에 쓰십시오.

[보기] 신용카드   결제   무절제하다   한도   교훈

금융감독원은 최근 무분별한 은행의 **①** __신용카드__ 발급으로 신용불량자가 늘고 있다고 밝혔다. 따라서 은행들은 대학생이나 수입이 불확실한 사람들에게 신용카드의 현금 서비스 이용액을 월 100만원으로 제한하고 카드 월 사용액 **②** ＿＿＿＿＿＿ 을/를 줄여서 카드 사용자 들의 **③** ＿＿＿＿＿＿ 은/ㄴ 카드 사용을 막기로 했다. 은행 관계자는 "대학생들이 생각 없이 현금 대신 카드를 사용하다가 대금 **④** ＿＿＿＿＿ 을/를 하지 못해서 신용불량자가 되어 취직에 어려움을 당하는 경우가 있는데 앞으로는 이런 일을 **⑤** ＿＿＿＿＿ 으로/로 해서 카드 사용 을 자제해야 할 것"이라고 말했다.

2. 다음 [보기]에서 알맞은 말을 골라 빈 칸에 쓰십시오.

[보기] 면제   적립   할부   할인   가맹점   일시불   연회비

① ＿＿가맹점＿＿ **500여 곳 국내 최대!! 포인트가 쌓인다!!**
환전도 무료로!

새로 나온 연세 Y카드는 놀이 공원, 백화점, 영화관 등 국내 가맹점이 500여 곳으로 최대 규모이며 가맹점에서 쇼핑하면 쇼핑 금액의 최대 7%를 포인트로 **②** ＿＿＿＿＿ 해 드립니다. 이 포인트는 현금처럼 사용할 수 있습니다. 또 백화점 쇼핑 시 최대 6개월 무이자 **③** ＿＿＿＿ 이/가 가능하고 **④** ＿＿＿＿＿ 으로/로 구입하면 포인트를 두 배로 드립니다. 매년 내야 하는 **⑤** ＿＿＿＿＿ 도 3년간 무료입니다. 또 은행에서 환전할 때 내야 하는 수수료를 **⑥** ＿＿＿＿＿＿＿ 해 드립니다. 커피 전문점, 패스트 푸드점에서 최대 20% **⑦** ＿＿＿＿＿ 을/를 받을 수 있습니다.

-는 바람에

3. 다음 문장을 완성하십시오.

영수가 잘못한 일	이유
출근 시간에 늦었다.	차가 많이 밀렸다.
친구에게 전화를 못했다.	휴대전화가 갑자기 고장났다.
보고서를 완성하지 못했다.	컴퓨터에 이상이 생겼다.
버스에서 앞사람의 발을 밟았다.	갑자기 뒷사람이 밀었다.
중요한 서류를 집에 놔두고 왔다.	아침에 서둘러 나왔다.
영화표를 예매하지 못했다.	회사에서 급하게 해야 할 일이 생겼다.

❶ "죄송합니다, ＿＿＿차가 많이 밀리＿＿＿는 바람에 늦었어요."

❷ "미안해, ＿＿＿＿＿＿＿＿＿＿＿＿는 바람에 전화를 못했어."

❸ "죄송합니다, ＿＿＿＿＿＿＿＿＿＿＿＿는 바람에 보고서를 완성하지 못했습니다."

❹ "미안해요, ＿＿＿＿＿＿＿＿＿는 바람에 ＿＿＿＿＿＿＿＿＿＿＿＿＿＿"

❺ "죄송합니다, ＿＿＿＿＿＿＿＿＿는 바람에 ＿＿＿＿＿＿＿＿＿＿＿＿＿＿"

❻ "미안해, ＿＿＿＿＿＿＿＿＿는 바람에 ＿＿＿＿＿＿＿＿＿＿＿＿＿＿"

4. '-는 바람에'를 사용해 다음 대화를 완성하십시오.

❶ 가 : 저런, 거실 창문이 깨졌네요. 무슨 일이 있었어요?

　나 : 네, ＿＿＿어제 강풍이 부＿＿＿는 바람에 창문이 깨졌어요.

❷ 가 : 왜 다리를 다쳤어요? 어제 무슨 일이 있었어요?

　나 : 네, 친구가 갑자기 ＿＿＿＿＿＿＿＿＿는 바람에 문에 부딪쳐서 다리를
　　　다쳤어요.

❸ 가 : 왜 이렇게 비싼 옷을 산 거예요? 별로 입을 것 같지도 않은데…….

　나 : 옷 가게 직원이 ＿＿＿＿＿＿＿＿＿는 바람에 저도 모르게 사고
　　　말았어요.

❹ 가 : 왜 영수한테 내 이야기를 한 거야? 비밀로 해 달라고 부탁했잖아.

나 : 미안해. 영수가 자꾸 _____는 바람에 _____

❺ 가 : 수업 시간에 왜 이렇게 늦게 왔어요? 또 늦게 일어난 거예요?

나 : 아니요, _____

❻ 가 : 그렇게 갑자기 급정거를 하면 어떡해요? 사고가 날 뻔 했잖아요.

나 : 죄송합니다. _____

–었으면야

5. 다음 글을 읽고 문장을 완성하십시오.

> 김 모 씨는 지난 주말에 고속도로에서 앞에 가던 ❶<u>트럭이 급정거하는 바람에</u> 트럭과 충돌하는 큰 교통사고를 당했다. 김 모 씨는 안전 벨트를 매고 있어서 큰 부상을 당하시 않았으나, 뒷좌석에 타고 있던 아이는 ❷<u>안전벨트를 매지 않아서</u> 큰 부상을 당했다. 사고 당시 119에 응급 신고를 했으나 ❸<u>주말 교통 정체로 구급차가 1시간 후에 도착하는 바람에</u> 아이의 부상 상태가 심해져서 수술까지 하게 되었다. 트럭 운전자는 "❹<u>심한 안개로</u> 신호등이 보이지 않았고 ❺<u>앞차가 급정거를 하는 바람에</u> 사고를 내고 말았다."고 말했다. ❻<u>사고를 낸 트럭은 보험에 가입되어 있지 않아서</u> 보상금을 받는 데 문제가 많을 것으로 보인다.

❶ <u>트럭이 급정거하지 않았으면야</u> <s>었으면야/았으면야/였으면야</s> 사고가 났겠어요?

❷ _____었으면야/았으면야/였으면야 아이가 부상을 당하지 않았을 텐데요.

❸ _____었으면야/았으면야/였으면야 아이가 수술까지 했겠어요?

❹ _____었으면야/았으면야/였으면야 운전자가 신호등을 봤을 텐데요.

❺ _____었으면야/았으면야/였으면야 트럭 운전자가 사고를 내지 않았겠지요.

❻ _____었으면야/았으면야/였으면야 보상금을 받는 데 문제가 없겠지요.

6. '-었으면야' 를 사용해 다음 대화를 완성하십시오.

❶ 가 : 어제 모임이 즐거웠는데 왜 오지 않았어요? 그렇게 일이 늦게 끝났어요?

　나 : 네, **일이 일찍 끝났으면야** ~~었으면야/았으면야/였으면야~~ 모임에 가서 즐겁게
　　　놀고 얼마나 좋았겠어요?

❷ 가 : 왜 이렇게 옷을 얇게 입고 오셨어요? 어제 일기 예보를 보지 않았어요?

　나 : 그러게요, ＿＿＿＿＿＿＿＿＿＿＿었으면야/았으면야/였으면야 이렇게
　　　추위로 고생하지 않았을 텐데요.

❸ 가 : 주말에 본 공연이 정말 재미있더라. 너도 표를 미리 좀 예매하지 그랬어?

　나 : 그러게 말이야, ＿＿＿＿＿＿＿＿＿＿었으면야/았으면야/였으면야 나도
　　　볼 수 있었을 텐데 아쉬워.

❹ 가 : 식당에서 일하는 아르바이트가 그렇게 힘들 줄 몰랐어요?

　나 : 네, ＿＿＿＿＿＿＿ 었으면야/았으면야/였으면야 ＿＿＿＿＿＿＿＿

❺ 가 : 어제 술을 많이 마시고 과장님과 다투셨다던데 왜 그런 실수를 하셨어요?

　나 : ＿＿＿＿＿＿＿＿＿＿＿＿＿＿＿＿＿＿＿＿＿＿＿

❻ 가 : 왜 차를 가지고 나오셨어요? 주말에는 서울광장 주위가 복잡한 걸 모르세요?

　나 : ＿＿＿＿＿＿＿＿＿＿＿＿＿＿＿＿＿＿＿＿＿＿＿

어휘

1. 다음 [보기]에서 알맞은 말을 골라 빈 칸에 쓰십시오.

[보기] 조르다　　판단력　　나무라다　　타이르다　　자극하다　　웬만하다

❶ 술을 마시면 (**판단력**)이/가 흐려지기 때문에 절대로 음주 운전을
해서는 안 된다.

❷ 지하철역에서 학교까지 멀지도 않은데 ( )으면/면
걸어갑시다.

❸ 학생들의 예의 없는 태도에 화가 난 노인이 큰 소리로 학생들을
( ) 었다/았다/였다.

❹ 아이가 새로 나온 게임기를 사 달라고 매일 ( )는 바람에
결국 사 주고 말았다.

❺ 다이어트 중이었는데도 고기 굽는 냄새가 내 식욕을 ( )
어서/아서/여서 결국 먹고 말았다.

❻ 선생님은 학생에게 수업 시간에 문자메시지를 보내지 말라고 조용히
( ) 었다/았다/였다.

2. 다음 [보기]에서 알맞은 말을 골라 빈 칸에 쓰십시오.

[보기] 광고주　　온라인광고　　광고모델　　공익광고　　기업

가 : 이번에 우리 ❶ **기업** 에서 출시한 새 핸드폰을 소비자에게
효과적으로 광고하고 싶어서 왔습니다.

나 : 잘 오셨습니다. 저희 회사는 금연 캠페인, 교통질서 지키기 등
❷ 을/를 주로 만들어 온 광고대행사입니다. 또한 광고를
만들 때 ❸ 의 요구사항과 광고 의도를 충분히 듣고 그것을
바탕으로 해서 광고를 만들려고 노력하고 있습니다. 이 핸드폰의 특징이
무엇인가요?

가 : 20대가 선호하는 얇고 세련된 디자인에 인터넷과 MP3 기능을 갖춘
제품입니다.

나 : 그러면 ❹ 으로는/로는 젊고 세련되고 활달한 이미지의
연예인이 좋겠군요. 또 젊은 세대들을 위해 TV나 신문 광고뿐만 아니라
❺ 에도 신경을 써야 할 것 같습니다.

-으나마나

3. 다음 문장을 완성하십시오.

❶ 어머니가 만드신 음식이니까 분명히 <u>먹어 보나마나</u> <s>으나마나/나마나</s> 맛있을 거예요.

❷ 이 옷은 너무 커서 _____ 으나마나/나마나 나한테 안 맞을 거예요.

❸ 두 사람이 똑같이 생긴 걸 보니까 _____ 으나마나/나마나 쌍둥이일 거예요.

❹ 이렇게 추운 날씨에는 옷이 너무 얇아서 _____ 으나마나예요/나마나예요.

❺ 음식 양이 너무 적어서 _____ 으나마나예요/나마나예요.

❻ 우리 집은 하숙생들이 많아서 항상 청소를 해도 _____ 으나마나예요/나마나예요.

4. '-으나마나'를 사용해 다음 대화를 완성하십시오.

❶ 가 : 윗집 아이들이 너무 시끄러운데 조용히 하라고 얘기해 보자.
  나 : 항상 얘기해도 안 들었으니까 이번에도 <u>말해 보나마나</u> <s>으나마나/나마나</s> 안 들을 거야.

❷ 가 : 제주도에 가려고 하는데 여행사에 알아보면 비행기 표가 있을까요?
  나 : 요즘 휴가철이라 _____ 으나마나/나마나 비행기 표가 없을 거예요.

❸ 가 : 갑자기 김치찌개가 먹고 싶은데 지금 가면 먹을 수 있을까?
  나 : 지금? 밤 11시니까 _____ 으나마나/나마나 _____

❹ 가 : 영수가 나한테 고민을 털어놓고 싶다고 하는데 무슨 문제일까요?
  나 : 요즘 여자 친구 문제로 고민하던데 _____ 으나마나/나마나 _____

❺ 가 : 월세가 너무 비싸서 가격이 좀 싼 집을 찾아볼까 하는데 이 근처에 있을까?
  나 : _____

❻ 가 : 식물성 화장품이 좋다는 말을 많이 들었는데 제 피부에 잘 맞을까요?
  나 : _____

5. 다음 글을 읽고 문장을 완성하십시오.

> "저는 시골의 가난한 집안 막내로 태어났습니다. ❶ **가정 형편이 어려워서 초등학교만 겨우 마친 후** 농사일을 하다가 혼자 열심히 공부해서 요리사 자격증을 땄습니다. 고등학교를 졸업하고 한식집에서 일하던 중 ❷ **사장님께서 제가 성실하게 일하는 것을 보시고 한식집 책임자로 위임하셔서 성공할 수 있었습니다.** 중국과 일본에 체인점까지 냈는데 1년 전 ❸ **갑자기 경제가 어려워져서 사업에 실패를 겪었습니다.** 하지만 ❹ **좋은 재료와 변함없는 정성으로 만든 음식은 손님들이 알더군요.** 올해 저희 한식집은 20억 원의 매출액을 기록했는데 매출의 20%를 가난한 사람들에게 기부했습니다. ❺ 저처럼 **가난을 경험한 사람이 어려운 사람들의 형편을 더 잘 이해할 수 있지요.** 여러분, 꿈을 포기하지 마십시오. ❻ **열심히 노력하면 누구든 꿈을 이룰 수 있습니다.**"

❶ _____ 가정 형편이 어려우면 공부하기 힘들

게 마련이지요.

❷ 성실하게 일하면 _____ 게 마련이에요.

❸ 경제가 어려우면 _____ 게 마련이지요.

❹ _____ 게 마련이지요.

❺ _____ 게 마련이에요.

❻ _____ 게

마련이지요.

6. '-게 마련이다' 를 사용해 다음 대화를 완성하십시오.

❶ 가 : 한국에 와서 오랜만에 운전을 했더니 좀 이상해요. 어색하기도 하고요.

　　나 : 운전도 하다가 안 하면 <u>　실력이 줄　</u> 게 마련이에요. 조심하세요.

❷ 가 : 10년 동안 아주 잘 쓴 청소기인데 요즘 자주 고장이 나요.

　　나 : 아무리 좋은 제품이라도 오래 쓰면 ＿＿＿＿＿＿＿＿＿＿＿＿＿＿ 게

　　　　마련이에요.

❸ 가 : 그렇게 착한 영수 씨도 어제는 그 친구의 심한 말을 듣고 화를 내더라.

　　나 : 아무리 착한 사람이라도 심한 말을 들으면 ＿＿＿＿＿＿＿＿＿＿ 게

　　　　마련이에요.

❹ 가 : 남자 친구와 2년 이상 떨어져 있으니까 사이가 옛날같지 않아요. 연락도

　　　　뜸해지고요.

　　나 : 눈에서 멀어지면 ＿＿＿＿＿＿＿＿＿＿＿＿＿＿＿＿＿＿ 게

　　　　마련이에요.

❺ 가 : 요즘 백화점 매출이 줄고 있대요. 경제가 어려워지니 사람들이 소비를

　　　　줄이나 봐요.

　　나 : ＿＿＿＿＿＿＿＿＿＿＿＿＿＿＿＿＿＿＿＿＿＿＿＿＿＿＿＿＿＿

❻ 가 : 사장이 회사 돈을 부정하게 사용하다가 결국 감옥에 가게 되었어요.

　　나 : ＿＿＿＿＿＿＿＿＿＿＿＿＿＿＿＿＿＿＿＿＿＿＿＿＿＿＿＿＿＿

어휘 연습

1. 의미가 비슷한 것끼리 연결하십시오.

❶ 쿠폰족 •   • 아껴 쓰는 생활을 하는 사람들

❷ 리필족 •   • 고가의 유명 제품을 선호하는 사람들

❸ 명품족 •   • 할인이나 무료 서비스를 받을 수 있는 표를 이용해 싸게
                      물건을 구입하거나 음식을 먹는 사람들

❹ 알뜰족 •   • 패밀리 레스토랑 같은 곳에서 서비스 음식을 여러 번 달
                      라고 하거나 음료를 계속 다시 채워 달라고 하는 사람들

2. 빈칸에 알맞은 어휘를 쓰십시오.

[보기]	과감하다	신중하다	합리적이다	철저하다

❶ 그 사람은 시간 관리를 ....게 하는 사람이다.

❷ 그렇게 중요한 일은 잘 생각해 보고 ....게 결정해야 합니다.

❸ 질이 좋은 제품을 적당한 가격에 구입하는 ....인/ㄴ 소비생활이
   필요하다.

❹ 현대사회에 잘 적응하기 위해서는 새로운 변화를 망설이지 말고 ....게
   받아들여야 한다.

3. 두 어휘의 관계가 보기와 같은 것을 고르십시오. (   )

[보기]	지속하다 – 중단하다

❶저렴하다 – 싸다

❷지나치다 – 심하다

❸쓸데없다 – 소용없다

❹절약하다 – 낭비하다

더 생각해 봅시다

4. 사람들의 성향을 표현하는 새로운 말들이 생기고 있습니다. 그 사람들을
'OO족' 이라고 하는데 다음 단어들은 어떤 성향의 사람들을 표현하는
말인지 생각해 봅시다.

용어	의미
웰빙족	
캥거루족	
나홀로족	

5. 다음을 듣고 질문에 답하십시오.

1) 신용 카드의 장점이 무엇인지 쓰십시오.

❶ ....

❷ ....

❸ ....

2) 신용 카드 사용의 문제점이 아닌 것은 무엇입니까? (   )

❶ 과소비를 하기 쉽다.

❷ 도난이나 분실의 위험이 있다.

❸ 신용 불량자가 카드를 소지할 수 있다.

❹ 개인 정보의 유출로 범죄에 악용될 수 있다.

3) 올바른 카드 사용법에 대한 내용과 같은 것에 ○표, 다른 것에 ×표 하십시오.

❶ 카드사에서 제공하는 할인 쿠폰을 최대한 이용한다.　　　　(　　　)

❷ 자신의 소득 수준에 맞춰서 카드를 사용해야 한다.　　　　(　　　)

❸ 신용 포인트를 높이기 위해 카드는 여러 개를 사용하는 것이 좋다.

(　　　)

❹ 무이자 할부 서비스가 있으니까 물건은 무조건 할부로 구매하는 것이

좋다.　　　　(　　　)

6. 다음을 읽고 질문에 답하십시오.

김정민 씨는 매달 200만원의 월급을 받지만 항상 돈이 부족하다고 느꼈다. 그는 그동안 인터넷으로 간단하게 매일 수입, 지출을 기록해 왔지만 하루의 일과를 정리하는 수준일 뿐이었다. 그러던 어느 날 여자 친구로부터 과소비를 한다는 지적을 받고 수입, 지출 내역을 꼼꼼히 살펴보았더니 쓰지 않아도 될 돈을 생각 없이 쓰고 있었다는 걸 알 수 있었다.

가장 결정적인 부분이 유흥비, 쇼핑, 취미 생활비 등이었다. 그는 한 달에 술값으로 50만원, 쇼핑 40만원, 당구장 등에서 20만원, 총 110만원 정도를 지출해 왔다. 게다가 무이자 할부가 가능하다는 이유로 카드 결제를 주로 하는 바람에 늘 수입보다 지출이 많아서 현금 서비스를 이용했다. 그래서 그는 우선 가계부를 쓰기로 했다. 또한 당구장 이용을 자제하고 불필요한 쇼핑과 모임도 줄이기로 했다. 또 될 수 있는 대로 카드 대신 현금으로 결제하려고 노력했다. 그 결과 김 씨는 현재의 소득으로 한 달에 50만원 정도의 저축을 할 수 있게 되었다.

김정민 씨는 이렇게 말한다. "과소비를 줄이고 자신의 소득에 맞는 합리적인 소비를 하자면 무엇보다 자신의 소비 내역을 알 수 있도록 가계부를 쓰고, 신용 카드 사용을 월 수입의 20%를 넘지 않도록 하며, 소득의 30%는 꼭 저축을 하도록 해야 합니다."

1) 위 글의 제목으로 알맞은 것은 무엇입니까? (   )

   ❶ 올바른 가계부 쓰는 방법   ❷ 소득과 지출 내역 확인 방법

   ❸ 합리적인 소비를 하는 방법   ❹ 신용 카드와 현금 결제의 장단점

2) 위 글의 내용과 **다른** 것은 무엇입니까? (   )

   ❶ 김 씨는 자신의 소득에 비해 지출이 많은 편이었다.
   ❷ 김 씨는 여자 친구가 권해서 가계부를 쓰게 되었다.
   ❸ 김 씨는 현금 대신 무이자 할부가 가능한 카드 결제를 이용해 왔다.
   ❹ 김 씨는 가계부를 쓰기 시작해 한 달에 50만원씩 저축을 하게 되었다.

3) 김정민 씨가 말한 과소비를 줄이는 방법이 무엇인지 쓰십시오.

   ❶ ....

   ❷ ....

   ❸ ....

7. 배운 문법을 사용해 친구에게 질문하고 대답하십시오.

질문	친구 1	친구 2
❶ 과소비를 하고 실수하거나 후회한 경우를 말해 보십시오. (–는 바람에, –었으면야)		
❷ 친구의 소비 생활에 대해 듣고 조언해 보십시오. (–자면, –대로, –으니만큼)		
❸ 친구와 서로 칭찬을 하고 그 칭찬에 대답해 보십시오. (–을 따름이다)		
❹ 신문에 실린 경제, 성치 기사 등에 대한 자신의 의견을 말해 보십시오. (–으나마나, –게 마련이다)		

8. 다음 글을 읽고 김 씨의 소비 생활의 문제점과 해결책을 써 보십시오. 또 자신의 경제 생활과 비교해 보고 친구와 이야기해 보십시오.

> 회사원 김 씨는 지난달 서울 도심의 원룸으로 이사했다. 월세는 비싸지만 시설이 좋고 출퇴근하기가 편해서이다. 식사는 밖에서 해결하는 편이라서 집에서는 전혀 요리를 하지 않는다. 운동을 좋아해서 회사 근처 헬스클럽에서 운동을 하고 있다. 주말에는 수상 스키 동호회원들과 수상 스키를 즐기기도 한다. 또 현금보다는 세금 계산이 편한 카드 결제를 주로 하는 편이다. 김 씨의 이번 달 소득은 260만원이었고, 원룸 월세 70만원, 식비 외식비 50만원, 운동 레저비 60만원, 쇼핑비 등으로 총 260만원을 지출했다.

관용어 1

1. 옷이 날개다
옷이 좋으면 사람이 한층 돋보이다(특별하게 보이다)
● 옷이 날개라더니 영수가 정장을 입으니 정말 멋있어 보인다.

2. 발이 넓다
사귀어 아는 사람이 많아서 활동하는 범위가 넓다
● 그 사람은 발이 넓어서 모르는 사람이 없다.

3. 하늘의 별따기
하기에 너무나 어렵다
● 그 대학교는 경쟁률이 높아서 입학하기가 하늘의 별따기다.

4. 길눈이 어둡다
가 본 길을 찾아가지 못할 만큼 길을 잘 기억하지 못하다
● 나는 길눈이 어두워서 길을 찾아 갈 때 꼭 물어 봐야 한다.

5. 눈 감아 주다
남의 잘못을 알고도 모르는 척 넘어 가다
● 교통 규칙을 위반한 초보운전자가 교통경찰에게 한번만 눈 감아 달라고 사정했지만 소용없었다.

6. 눈이 높다
질이 좋고 수준이 높은 것을 잘 고를 줄 알고 그런 물건을 선호하다
● 우리 언니는 눈이 높아서 선물을 해 줘도 웬만한 건 좋아하지도 않는다.

7. 손이 크다
씀씀이가 후하고 크다
● 우리 어머니는 손이 커서 손님이 오시면 언제나 음식을 푸짐하게 차리신다.

8. 손을 잡다
서로 뜻을 같이 하여 협력하기로 하다
● 이번에 두 회사가 손을 잡고 신제품을 개발하기로 했다.

9. 손을 떼다
습관적으로 하던 일을 그만두다
● 김영수 씨는 국회의원 선거에서 떨어진 후 정치에서 손을 떼기로 결심한 것 같아요.

10. 발을 끊다
서로 오가지 않거나 관계를 끊다
● 명수는 올해부터 자주 가던 게임방에 발을 끊기로 했다.

관용어 1 연습

1. 가 : 이번에 UN에서 세계 환경 문제에 대한 회의가 있었지요?

　　나 : 네, 이번 회의에서 각국 정부가 ＿＿＿＿＿＿＿＿＿＿＿고 환경 문제를 해결하기로 했답니다.

2. 가 : 그 회사는 취직하기가 그렇게 어렵다면서?

　　나 : 응, 그 회사는 지원자가 많아서 취직 시험에 합격하는 게 ＿＿＿＿＿＿＿＿이야/야.

3. 가 : 민수는 아직도 도박을 하는 거야?

　　나 : 아니, 이제 완전히 도박에서 ＿＿＿＿＿＿＿＿＿었다던데/ 았다던데/였다던데.

4. 가 : 우리 집이 어디 있는지 몰라요? 지난번에도 우리 집에 놀러 왔었잖아요?

　　나 : 제가 좀 ＿＿＿＿＿＿＿＿＿어서/아서/여서 길을 잘 못 찾아요.

5. 가 : 수진 씨 생일 선물로 이 스카프가 어떨까?

　　나 : 수진 씨는 ＿＿＿＿＿＿＿＿＿어서/아서/여서 색상이나 디자인을 까다롭게 보는 편인데, 좀 더 좋은 제품이 있는지 찾아보자.

6. 가 : 민수가 술을 완전히 끊었다던데 사실이야?

　　나 : 응, 평소에 그렇게 잘 가던 단골 술집에도 ＿＿＿＿＿＿＿＿＿었대/았대/ 였대.

7. 가 : 우와, 어머니께서 김치를 100포기나 담그셨어요?

　　나 : 네, 우리 엄마가 워낙 ＿＿＿＿＿＿＿＿＿어서/아서/여서 음식을 많이 하시는 편이에요.

8. 가 : 마리아 씨가 평소엔 청바지만 입더니 오늘 드레스를 입었네요.

　　나 : ＿＿＿＿＿＿＿＿＿이라고/라고 평소와 달라 보여요. 정말 여성스럽고 예쁘지요?

9. 가 : 아침에 배가 아파서 잠깐 약국 앞에 주차했다가 주차 단속에 걸리고 말았어.

　　나 : 저런, 벌금을 냈어?

　　가 : 아니, 급한 사정을 얘기했더니 다행히 경찰관이 ＿＿＿＿＿＿＿＿＿ 어/아/여 줬어.

10. 가 : 논문에 필요한 설문지를 돌리고 싶은데 아는 사람이 별로 없어.

　　나 : 영수한테 부탁해 봐. 영수는 ＿＿＿＿＿＿＿＿＿어서/아서/여서 한국 친구며 외국인 친구며 모르는 사람이 없던데.

YONSEI KOREAN WORKBOOK 4

제 9과 명절과 축제

9과 1항

어휘

1. 다음 [보기]에서 알맞은 표현을 골라 빈 칸에 쓰십시오.

> [보기] 장손 차례 떡국 덕담 친지 관심사

❶ 설날에 (**떡국**)을/를 한 그릇 먹으면 나이를 한 살 더 먹는다는 의미가 있다.

❷ 보통 설날에 어른들께서 (   )을/를 해 주신다.

❸ 내 친구는 (   )이라서/라서 제사를 일 년에 열 두 번이나 지낸다.

❹ 가족 (   )을/를 모시고 부모님의 회갑 잔치를 열려고 합니다.

❺ 명절이 되면 사람들은 (   )을/를 지내러 고향으로 내려간다.

❻ 10대들의 (   )을/를 조사해 봤더니 머리 모양, 핸드폰, 인터넷 게임 등으로 나타났다.

2. 다음 [보기]에서 알맞은 말을 골라 빈 칸에 쓰십시오.

> [보기] 설빔 성묘 세배 귀성객 세뱃돈

가 : 설날은 어떻게 보냈어?

나 : 엄마가 해 주신 ❶ __**설빔**__ 을/를 차려 입고 고향에 갔다 왔는데 가는 날부터 버스 터미널에 ❷ _____들이 어찌나 많던지…….

가 : 그럼 고향에 가서 친지들께 ❸ _____도 드렸겠네?

나 : 물론이지. ❹ _____을/를 받은 것으로 뭐 할까 생각중이야.

가 : ❺ _____도 다녀왔어?

나 : 응, 할아버지 산소에 가니 할아버지가 그리워지더라.

–으라고

3. 관계있는 문장을 연결해서 한 문장으로 만드십시오.

❶ 친구들과 나눠 먹습니다.　　•　　• 따뜻한 위로를 해 줬어요.

❷ 시합에서 우리 팀이 이깁니다.•　　• 요구했어요.

❸ 국이 싱거우면 넣습니다.　　•　　• 어머니가 도시락을 싸 줬어요.

❹ 비밀로 하지 말고 공개합니다.•　　• 열심히 응원하고 있어요.

❺ 너무 슬퍼하지 않습니다.　　•　　• 아이들한테 놀이터를 마련해 줬어요.

❻ 마음껏 뛰어놉니다.　　•　　• 식탁 위에 소금을 놓아뒀어요.

❶ **친구들과 나눠 먹으라고** ~~으라고/라고~~ **어머니가 도시락을 싸 줬어요.**

❷ ＿＿＿＿＿＿＿＿＿＿ 으라고/라고 ＿＿＿＿＿＿＿＿＿＿

❸ ＿＿＿＿＿＿＿＿＿＿ 으라고/라고 ＿＿＿＿＿＿＿＿＿＿

❹ ＿＿＿＿＿＿＿＿＿＿ 으라고/라고 ＿＿＿＿＿＿＿＿＿＿

❺ ＿＿＿＿＿＿＿＿＿＿ 으라고/라고 ＿＿＿＿＿＿＿＿＿＿

❻ ＿＿＿＿＿＿＿＿＿＿ 으라고/라고 ＿＿＿＿＿＿＿＿＿＿

4. '–으라고' 를 사용해 대화를 완성하십시오.

❶ 가 : 영수 씨가 내일 취직 시험을 보지요?
　 나 : 네, 그래서 **시험에 붙으라고** ~~으라고/라고~~ **떡과 엿을 선물했어요.**

❷ 가 : 용돈이 부족하다고 하시더니 어머니가 돈을 주셨군요.
　 나 : ＿＿＿＿＿＿＿＿＿＿ 으라고/라고 용돈을 주셨어요.

❸ 가 : 언니가 생일에 전자 사전을 사 줬다면서요?
　 나 : ＿＿＿＿＿＿＿＿＿＿ 으라고/라고 ＿＿＿＿＿＿＿＿

❹ 가 : 미선 씨가 왜 전화번호를 가르쳐 줬어요?
　 나 : ＿＿＿＿＿＿＿＿＿＿ 으라고/라고 ＿＿＿＿＿＿＿＿

❺ 가 : 지난 어버이날에 무슨 선물을 해 드렸어요?
　 나 : ＿＿＿＿＿＿＿＿＿＿＿＿＿＿＿＿＿＿＿＿

❻ 가 : 정희 씨가 이번 약속을 또 잊어버리면 어떡하죠?
　 나 : ＿＿＿＿＿＿＿＿＿＿＿＿＿＿＿＿＿＿＿＿

–는다든가

5. 다음의 상황에 맞게 문장을 완성하십시오.

❶

집값 상승 이유	
쾌적한 환경	번화한 동네

<u>환경이 쾌적하다든가</u> ~~는다든가/ㄴ다든가/다든가~~ <u>동네가 번화하다든가</u> ~~는다든가/ㄴ다든가/다든가~~ 하면 집값이 올라가요.

❷

승진 조건	
유창한 외국어	뛰어난 업무 능력

_____ 는다든가/ㄴ다든가/다든가 _____ 는다든가/ㄴ다든가/다든가 하면 승진이 빨리 돼요.

❸

출산 장려 정책	
경제적 지원	보육 시설 확대

_____ 는다든가/ㄴ다든가/다든가 _____ 는다든가/ㄴ다든가/다든가 하면 출산율이 올라가지 않을까요?

❹

소비자 피해 사례	
늦은 배송	하자가 있는 제품

_____ 는다든가/ㄴ다든가/다든가 _____ 는다든가/ㄴ다든가/다든가 하는 소비자가 피해를 입는 일이 가끔 생겨요.

❺

여가를 보내는 방법	
독서	휴식

_____ 는다든가/ㄴ다든가/다든가 _____ 는다든가/ㄴ다든가/다든가 _____

❻

우수 인재 확보	
채용 설명회 실시	연봉 인상

_____ 는다든가/ㄴ다든가/다든가 _____ 는다든가/ㄴ다든가/다든가 _____

6. '–는다든가' 를 사용해 다음 대화를 완성하십시오.

❶ 가 : 식사할 때 실례가 되는 행동으로 어떤 것이 있을까요?

　　나 : ___소리를 내서 먹는다든가___ 는다든가/ㄴ다든가/다든가　코를 푼다든가

　　는다든가/ㄴ다든가/다든가 하는 것은 실례가 돼요.

❷ 가 : 사람들이 금기시하는 것으로 뭐가 있어요?

　　나 : ＿＿＿＿＿＿＿＿＿＿＿＿＿＿＿＿＿＿＿ 는다든가/ㄴ다든가/다든가

　　는다든가/ㄴ다든가/다든가 하는 것이 있어요.

❸ 가 : 친구와 싸우고 나서 화해하는 방법 좀 가르쳐 주세요.

　　나 : ＿＿＿＿＿＿＿＿＿＿＿＿＿＿＿＿＿＿＿ 는다든가/ㄴ다든가/다든가

　　＿＿＿＿＿＿＿＿＿ 는다든가/ㄴ다든가/다든가

❹ 가 : 실업률을 줄일 수 있는 방법으로는 뭐가 있을까요?

　　나 : ＿＿＿＿＿＿＿＿＿＿＿＿＿＿＿＿＿＿＿ 는다든가/ㄴ다든가/다든가

　　＿＿＿＿＿＿＿＿＿ 는다든가/ㄴ다든가/다든가

❺ 가 : 옛날부터 내려오는 미신에는 어떤 것들이 있습니까?

　　나 : ＿＿＿＿＿＿＿＿＿＿＿＿＿＿＿＿＿＿＿＿＿＿＿＿

❻ 가 : 집안이 좀 어둡고 답답한데 어떻게 하면 실내 분위기가 달라질까요?

　　나 : ＿＿＿＿＿＿＿＿＿＿＿＿＿＿＿＿＿＿＿＿＿＿＿＿

어휘

1. 다음 [보기]에서 알맞은 단어를 골라 빈 칸에 쓰십시오.

> [보기] 너 나 할 것 없이 추석 귀성 행렬 붐비다 열대 지방 내내

❶ 콘서트 장은 인기 가수의 공연을 보러 온 사람들로 (**붐볐어요**)~~였어요/~~ ~~왔어요/였어요.~~

❷ 연휴 (   ) 비가 내려서 지루했어요.

❸ 고속도로의 (   )은/는 끝이 보이지 않을 만큼 길었다.

❹ 나라의 경제를 살리려고 요즘 (   ) 열심히 일하고 있다.

❺ (   )은/는 음력 8월 15일로 한국의 큰 명절 중의 하나이다.

❻ 내가 출장을 간 곳은 숨이 막힐 정도로 더워서 마치 (   ) 같았다.

2. 공통으로 들어가는 단어를 [보기]에서 고르십시오.

> [보기] 햇–   맨–   맏–   첫–

❶ __햇__ : ☐ 곡식   ☐ 감자   ☐ 고구마   ☐ 과일

❷ _____ : ☐ 사랑   ☐ 인상   ☐ 눈   ☐ 출발

❸ _____ : ☐ 아들   ☐ 딸   ☐ 사위   ☐ 며느리

❹ _____ : ☐ 손   ☐ 입   ☐ 밥   ☐ 주먹

왜 -지 않겠어요?

3. 다음은 기자가 인터뷰하는 내용입니다. 대화를 완성하십시오.

기　자 : 오늘은 올림픽 대회 수영 종목에서 금메달을 딴 이세훈 선수와
　　　　 감독을 만나서 이야기를 나눠 보도록 하겠습니다. 감독님, 기분이
　　　　 어떠세요? 정말 기쁘시죠?

감　독 : ❶ 왜 ___기쁘___ 지 않겠어요? 이 날을 얼마나 기다려 왔는데요.

기　자 : 우리 나라를 세계에 알렸으니 이세훈 선수가 자랑스럽기도 하겠어요.

감　독 : ❷ 왜 _____ 지 않겠어요? 저를 믿고 따라 준 것이 고맙기도 하고요.

기　자 : 이세훈 선수, 우승을 축하드립니다. 부모님 생각도 나셨을 것 같은데요.

이세훈 : ❸ 왜 _____ 지 않겠어요? 저를 위해 너무 고생하신 분들인걸요.

기　자 : 이 선수 때문에 수영 선수가 되려는 아이들이 많은데……. 훈련이 굉장히
　　　　 힘들죠?

이세훈 : ❹ 왜 _____ 지 않겠어요? 하지만 높은 꿈을 이루기 위해 참는 거죠.

기　자 : 다음 세계 선수권 대회의 1위 자리도 욕심이 나지 않으세요?

이세훈 : ❺ 왜 _____ 지 않겠어요? 운동선수라면 누구나 바랄 것 같아요.

기　자 : 뒤따라오는 선수들이 두렵지는 않으세요?

이세훈 : ❻ 왜 _____ 지 않겠어요? 앞으로도 계속 노력해야죠.

4. '왜 -지 않겠어요?' 를 사용해 다음 대화를 완성하십시오.

❶ 가 : 날마다 음식을 해 드시는 게 귀찮지 않으세요?
　 나 : 왜 ___귀찮___ 지 않겠어요? __하지만 건강을 위해서는 참아야죠.__

❷ 가 : 친구가 그렇게 집에 자주 찾아오면 공부에 방해가 되지 않나요?
　 나 : 왜 _____ 지 않겠어요? 하지만 친한 친구니까 어쩔 수 없어요.

❸ 가 : 험한 산꼭대기까지 오르는 일은 위험하지 않아요?
　 나 : 왜 _____ 지 않겠어요? _____

❹ 가 : 자식이 힘든 일에 부딪치면 도와주고 싶지 않아요?
　 나 : 왜 _____ 지 않겠어요? _____

❺ 가 : 유학 생활을 한 지 2년이 다 돼 가는데 외롭지 않으세요?
　 나 : _____

❻ 가 : 올해도 휴가를 반납하고 봉사활동을 다녀오셨는데 고생스럽지 않으세요?
　 나 : _____

−으로 봐서는

5. 다음 표를 보고 대화를 완성하십시오.

	현재 상태	예상
시험 점수	65점	진학 불가능
옷차림	양복과 구두	회사원
현재 기분 상태	좋음	화해 가능
요즘 분위기	심각함, 차가움	해결 불가능
시합 성적	5전 5승	결승전 진출
말투	부자연스러운 억양	외국사람

❶ 가 : 선생님, 제가 원하는 학교에 진학할 수 있을까요?

　나 : ___시험 점수로___ 으로/로 봐서는 ___어려울 것 같아요.___

❷ 가 : 우리 옆집에 혼자 사는 사람은 직업이 뭘까요?

　나 : _____ 으로/로 봐서는 회사원인 것 같아요.

❸ 가 : 내가 영수 씨한테 사과하면 받아줄까?

　나 : _____ 으로/로 봐서는 _____

❹ 가 : 두 나라 간의 무역 문제가 해결이 잘 될까요?

　나 : _____ 으로/로 봐서는 _____

❺ 가 : 우리 팀이 결승전에 올라갈 수 있을까요?

　나 : _____ 으로/로 봐서는 _____

❻ 가 : 우리가 아까 만난 사람은 한국 사람이 아닌 것 같죠?

　나 : _____ 으로/로 봐서는 _____

6. '−으로 봐서는'을 사용해 다음 대화를 완성하십시오.

❶ 가 : 민호 씨한테 속아서 피해를 입은 사람이 많대요.

　나 : ___겉으로___ 으로/로 봐서는 ___좋은 사람인 것 같은데요.___

❷ 가 : 의사 선생님, 제가 언제쯤 완전히 회복할 수 있을까요?

　나 : _____ 으로/로 봐서는 내일이라도 퇴원할 수 있겠어요.

❸ 가 : 영수 씨와 정호 씨 중에서 누구한테 일을 맡기는 게 좋을까요?

　나 : _____ 으로/로 봐서는 _____

❹ 가 : 정희 씨가 그러던데 영회 씨가 옛날에 무용수였대요.

　나 : 그래요? _____ 으로/로 봐서는 _____

❺ 가 : 이번 홍수로 인해 생긴 피해가 언제쯤 복구될까요?

　나 : _____

❻ 가 : 지금 주식에 투자하면 위험 부담이 없을까요?

　나 : _____

어휘

1. 다음 [보기]에서 알맞은 말을 골라 빈 칸에 쓰십시오.

> [보기] 단오제   세계 문화유산   지정되다   넘다   막상   흥미롭다

❶ 한국에서는 명절 때마다 축제가 열리는데 (**단오제**)도 그 중의 하나이다.

❷ 현재 인터넷 사용자가 3천 6백만 명이 (   )었다/았다/였다.

❸ 해외 유학이 꿈이었는데 (   ) 고향을 떠나려고 하니 걱정이 앞서요.

❹ 석굴암은 불국사와 함께 1995년에 (   )으로/로 공동 등재되었다.

❺ 우연히 찾은 블로그에 (   )는/은/ㄴ 이야기가 있어서 소개하려고 합니다.

❻ 설악산이 국립공원으로 (   )는/은/ㄴ 후 많은 관광객의 사랑을 받고 있다.

2. 다음 [보기]에서 알맞은 말을 골라 빈 칸에 쓰십시오.

> [보기] 굿   농악   가면극   가장행렬   불꽃놀이   시가행진

　　이번 주말에 단오를 맞이하여 강릉에서 축제가 열립니다. 5월 23일에는 여러 사람의 모습으로 분장한 사람들이 ❶ _____**가장행렬**_____ 을/를 벌여 여러분의 눈을 즐겁게 해 줄 것이며 이어서 귀신을 쫓는 의식인 ❷ _____ 이/가 한판 벌어질 예정입니다. 24일에는 배우들이 탈 같은 것을 쓰고 춤과 연기를 보여줄 ❸ _____ 공연이 있으며, 밤에는 밤하늘을 화려하게 수놓을 ❹ _____ 이/가 펼쳐질 것입니다. 마지막 날에는 올 한 해 농사의 풍년을 기원하는 ❺ _____ 놀이가 행해질 것입니다. 그리고 공연에 참가한 예술인들과 시민들이 모두 함께 거리에서 하는 ❻ _____ 도 준비되어 있습니다.

–던가요?

3. 다음은 미선의 일기입니다. 대화를 완성하십시오.

> 지난 주말에 봉평 메밀꽃 축제에 다녀왔다. ❶ **날씨가 화창해서** 봉평은 주말 내내 축제를 즐기려는 사람들로 ❷ **많이 붐볐다.** 메밀꽃밭의 경치는 역시 듣던 대로 ❸ **볼 만했고** 메밀꽃밭에서 벌어진 ❹ **농악은 아주 흥겨웠다.** 게다가 그곳에서 맛본 메밀 막국수와 메밀 부침개는 ❺ **내 입에 맞았다.** 그리고 이효석 문학관에서 소설 '메밀꽃 필 무렵'에 대한 설명도 들었는데 아주 ❻ **유익했다.**

미선 : 지난 주말에 봉평 메밀꽃 축제에 다녀왔어요.

정희 : 그래요? ❶ _____거기도 날씨가 화창하_____ 던가요?

미선 : 네. 다행히 날씨가 아주 화창했어요.

정희 : ❷ _____ 던가요?

미선 : 주말이어서 그런지 많이 붐볐어요.

정희 : ❸ _____ 던가요?

미선 : 역시 듣던 대로 볼 만하더군요. 아 참, 그리고 농악도 구경했어요.

정희 : ❹ _____ 던가요?

미선 : 아주 흥겹던데요. 그리고 메밀 막국수와 메밀 부침개도 먹어 봤어요.

정희 : ❺ _____ 던가요?

미선 : 제 입에 맞던데요. 그리고 이효석 문학관에서 소설에 대한 설명도 들었어요.

정희 : ❻ _____ 던가요?

미선 : 네, 소설의 배경을 잘 이해할 수 있게 돼서 아주 유익했어요.

4. '–던가요?' 를 사용해 다음 대화를 완성하십시오.

❶ 가 : 지난 설날에 고향에 내려가서 어른들께 세배를 드리고 왔어요.

　　나 : _____어른들께서 무슨 덕담을 해 주시_____ 던가요?

❷ 가 : 지난 주말에 가면극 공연을 보고 왔어요.

　　나 : _____ 던가요?

❸ 가 : 지난달에 산 제품을 교환하러 백화점에 갔다 왔어요.

　나 : _____ 던가요?

❹ 가 : 오늘 제 친구가 약혼자를 소개해 줬어요.

　나 : _____ 던가요?

❺ 가 : 이사를 해야 해서 도시 근교로 집을 보러 갔다 왔어요.

　나 : _____

❻ 가 : 사주 카페에 사주를 보러 갔다 왔어요.

　나 : _____

-도록²

5. 다음 [보기]의 문장을 사용해 대화를 완성하십시오.

[보기]	눈이 빠지다	귀가 닳다	죽다
	손이 발이 되다	입이 닳다	입에 침이 마르다

❶ 가 : 너는 다른 사람한테 폐를 끼치는 일이 없는 것 같아.

　나 : 어렸을 때부터 어머니한테서 다른 사람한테 절대로 폐를 끼치면 안
　　　된다는 말을 ___**귀가 닳**___ 도록 들었거든.

❷ 가 : 아이한테 크리스마스 선물로 게임기를 사 준다고 하셨다면서요?

　나 : 네, 그래서 우리 아이가 _____ 도록 크리스마스를 기다리고
　　　있답니다.

❸ 가 : 다음에는 절대로 약속을 어기지 않을게. 한번만 용서해 줘.

　나 : _____ 도록 빌어도 소용없어.

❹ 가 : 아까 봤던 영화는 정말 감동적이었지?

　나 : 응, _____ 도록 사랑하는 두 남녀 주인공이 결국 헤어지게
　　　돼서 너무 슬펐어.

❺ 가 : 미선 씨는 미모와 학식도 갖춘데다가 예의도 바르다면서?

　나 : 응. 다들 _____ 도록 칭찬하잖아.

❻ 가 : 주식 투자에 실패해서 손해를 많이 봤어.

　나 : 주식 투자는 위험부담이 많으니까 조심하라고 내가 _____
　　　도록 말했는데 또 내 말을 듣지 않았구나.

6. '-도록' 을 사용해 다음 대화를 완성하십시오.

❶ 가 : 지금 누구를 기다리고 계세요?

　　나 : 　　**친구가 약속 시간이 다 되**　　도록　　**오지 않네요.**　

❷ 가 : 안색이 안 좋은 것 같은데 어디 아프세요?

　　나 : 친구가 어제 우리 집에 왔는데 　　　　　　　　　　　도록 얘기하느라고
　　　　한숨도 못 잤어요.

❸ 가 : 시험이 얼마 남지 않았는데 아이가 공부를 열심히 해요?

　　나 : 열심히 하기는요, 　　　　　　　　　　　도록 밖에서 놀기만 해요.

❹ 가 : 영수 씨는 여자 앞에만 있으면 수줍어하더라.

　　나 : 응, 그래서 　　　　　　　　　　　도록 데이트를 한 번도 못해 봤잖아.

❺ 가 : 유학을 간 미선 씨한테서 연락이 가끔 오나요?

　　나 : 웬걸요, 　　　　　　　　　　　　　　　　　　　　　　　　　

❻ 가 : 어제 회의가 있었다던데 무슨 결정이 났어요?

　　나 : 아니요,

9과 4항

1. 다음 [보기]에서 알맞은 말을 골라 빈 칸에 쓰십시오.

[보기] 따로따로   어버이날   기념일   챙기다   근로자

❶ 친구들이 내 생일만 되면 꽃이나 선물을 사 주면서 생일을 꼭 (**챙겨**) ~~어/아/여~~ 준다.

❷ 한국에서는 (   )에 부모님께 카네이션 꽃을 선물하는 풍습이 있다.

❸ 더운 날씨에도 해외 각지에서 열심히 일하고 있는 해외 (   )들이 있다.

❹ 재활용 쓰레기는 종이와 병, 플라스틱 등을 (   ) 분리해서 모아야 한다.

❺ 요즘 젊은이들은 각종 (   )이/가 돌아오면 너 나 할 것 없이 선물을 주고받는다.

2. 다음 [보기]에서 알맞은 말을 골라 빈 칸에 쓰십시오.

[보기] 기념관   기념식   기념전   기념품   기념사진   기념우표

올해에도 한글날을 맞이하여 한글날 ❶ _____**기념식**_____ 이/가 10월 9일 오전 10시 서울문화회관 대강당에서 열렸다. 이 날 한글 발전에 기여한 수상자들의 ❷ _____ 촬영과 함께 참석한 사람 모두에게 작은 ❸ _____ 을/를 나눠 줬다. 그리고 새로 지은 세종대왕 ❹ _____ 개관식이 많은 손님들을 모신 가운데 진행되었다. 한편 10월 1일부터 31일까지는 경복궁 내 민속박물관에서 한글날 ❺ _____ 이/가 열리는데, 한글을 주제로 한 다양한 작품 약 250점이 전시될 예정이다. 이번에 발행된 ❻ _____ 도 판매될 것이라고 한다.

그리고 보니

3. 다음 상황에 맞게 대화를 완성하십시오.

❶ 다음 주가 정희 씨의 결혼기념일이다.

미선 : 정희 씨는 언제 결혼하셨어요?
정희 : 결혼한 지 3년 됐어요. 그러고 보니 <u>**결혼기념일이 얼마 안 남았군요.**</u>

❷ 매달 15일이 정희 씨가 하숙비를 내는 날인데 아직 안 냈다.

미선 : 월말인데 그동안 시간이 없어서 하숙비를 아직도 안 냈어요.
정희 : 그러고 보니 _____

❸ 날마다 일찍 오던 영수 씨가 오늘 안 보인다.

미선 : 오늘 영수 씨가 회사 일이 있어서 모임에 못 온대요.
정희 : 그러고 보니 _____

❹ 영미 씨가 유명 연예인 김소라와 닮은 것 같다.

미선 : 영미 씨가 김소라와 많이 닮지 않았어요?
정희 : 그러고 보니 _____

❺ 정희 씨는 소금을 넣는 것을 깜박 잊었다.

미선 : 음식 맛이 왠지 싱겁네요. 뭐 안 넣으신 것 아니에요?
정희 : 그러고 보니 _____

❻ 길거리에 짧은 치마를 입은 여자들이 많다.

미선 : 작년 이맘때는 긴 치마가 유행이더니 요즘은 짧은 치마가 유행이래요.
정희 : 그러고 보니 _____

4. '그러고 보니' 를 사용하여 다음 대화를 완성하십시오.

❶ 가 : 요즘 인터넷 쇼핑에 푹 빠졌어요.

　　나 : 그러고 보니 　　　그 신발도 못 보던 신발이네요.

❷ 가 : 이 옷이 유명 디자이너가 만든 옷이래요.

　　나 : 그러고 보니 ＿＿＿＿＿＿＿＿＿＿＿＿＿＿＿＿＿＿＿

❸ 가 : 한국에서는 내일이 어버이날이래요.

　　나 : 그러고 보니 ＿＿＿＿＿＿＿＿＿＿＿＿＿＿＿＿＿＿＿

❹ 가 : 오늘이 근로자의 날이라서 대부분의 회사가 다 쉬어요.

　　나 : 그러고 보니 ＿＿＿＿＿＿＿＿＿＿＿＿＿＿＿＿＿＿＿

❺ 가 : 요즘 영수 씨가 건강에 신경을 많이 쓴대요.

　　나 : ＿＿＿＿＿＿＿＿＿＿＿＿＿＿＿＿＿＿＿＿＿＿＿＿＿

❻ 가 : 밤새도록 시험 공부하느라고 잠을 못 잤어요.

　　나 : ＿＿＿＿＿＿＿＿＿＿＿＿＿＿＿＿＿＿＿＿＿＿＿＿＿

그렇다고 –을 수는 없지요

5. 다음 글을 읽고 대화를 완성하십시오.

> 명절이 반드시 즐겁기만 한 것이 아닌 것 같다. 명절만 되면 너 나 할 것 없이 고향으로 내려간다. ❶ 고속도로는 귀성 차량으로 밀려서 차 안에 오랜 시간 있다 보니 몸은 너무 피곤하다. 게다가 ❷ 여자들은 음식 준비가 여간 힘들고 귀찮은 것이 아니다. ❸ 혼기를 놓친 사람들은 고향 친지들한테서 결혼을 언제 하냐는 소리를 귀가 닳도록 지겹게 듣는다. ❹ 맛있는 음식을 앞에 두고 이것저것 먹다 보면 금방 살이 찌게 마련이다. 그리고 ❺ 부모님이며 친지들이며 선물할 사람이 많아서 경제적으로 부담스럽기만 하다. ❻ 명절에도 회사에 나가야 하는 사람들은 명절이라서 더 우울하다.

❶ 가 : 차를 오래 타서 피곤하겠어요.

　　나 : 그렇다고 　　　고향에 안 갈 　　　　　을/를 수는 없지요.

❷ 가 : 차례 음식은 손이 많이 가서 준비하기가 힘드시지요?
　　나 : 그렇다고 _____ 을/ㄹ 수는 없지요.

❸ 가 : 결혼을 언제 하냐는 소리가 지겹지 않으세요?
　　나 : 그렇다고 _____ 을/ㄹ 수는 없지요.

❹ 가 : 명절 음식은 열량이 높아서 이것저것 먹다 보면 살이 금방 찌게 되는 것 같아요.
　　나 : 그렇다고 _____ 을/ㄹ 수는 없지요.

❺ 가 : 선물을 줘야 할 사람이 많아서 경제적으로 부담이 돼요.
　　나 : 그렇다고 _____ 을/ㄹ 수는 없지요.

❻ 가 : 명절인데 회사에서 일해야 하니 우울하겠어요.
　　나 : 그렇다고 _____ 을/ㄹ 수는 없지요.

6. '그렇다고 -을 수는 없지요' 를 사용해 다음 대화를 완성하십시오.

❶ 가 : 기름값이 많이 오른 것 같던데 요즘도 차를 가지고 다니세요?
　　나 : 그렇다고 　**차를 안 갖고 다닐**　 ~~을/ㄹ~~ 수는 없지요.

❷ 가 : 두통약을 먹으면 소화가 안 되지 않아요?
　　나 : 그렇다고 _____ 을/ㄹ 수는 없지요.

❸ 가 : 신부가 준비하는 혼수 중에 불필요한 게 너무 많은 것 같아요.
　　나 : 그렇다고 _____ 을/ㄹ 수는 없지요.

❹ 가 : 약속 시간이 6시라면서 지금 퇴근 안 해도 돼요?
　　나 : 그렇다고 _____ 을/ㄹ 수는 없지요.

❺ 가 : 친구가 집들이에 아무 선물도 준비하지 말고 그냥 오라고 했다면서요?
　　나 : _____

❻ 가 : 아이가 장난감을 갖고 싶어서 사 달라고 조르는데 사 주는 게 편하지 않아요?
　　나 : _____

어휘 연습

1. 다음 표현에 맞는 의미를 연결하십시오.

❶ 막을 열다 • • 배를 잡고 크게 웃다

❷ 배꼽을 잡다 • • 공연이나 행사를 시작하다

❸ 파편이 튀다 • • 깨진 조각이 여기저기에 흩어지다

❹ 비명을 지르다 • • 아주 기쁘거나 놀라서 큰 소리를 내다

2. 빈칸에 알맞은 어휘를 쓰십시오.

[보기]　　　우스꽝스럽다　　　　투명하다　　　　유인하다　　　　무료하다

❶ ....는/은/ㄴ 유리창에 새들이 부딪치는 경우가 종종 있다.

❷ 장거리 운전을 할 때에는 ....음/ㅁ을 달래기 위해 음악을 듣는다.

❸ 사람들을 웃기려고 ....게 옷을 입은 코미디언들이 나와서 공연을 했다.

❹ 낚시꾼들은 떡밥을 준비하는데 이것은 물고기를 ....기 위해 뿌리는
미끼이다.

3. 다음 표현에 맞는 의미를 연결하십시오.

❶ 농촌 • • 배, 생선, 어부

❷ 어촌 • • 산, 나무, 산나물

❸ 산촌 • • 석탄, 광물, 광부

❹ 탄광촌 • • 논밭, 농작물, 농부

4. 봄, 여름, 가을, 겨울 각 계절에 따라 열리는 축제들을 알아보고 이야기해
봅시다.

계절	축제
봄	
여름	
가을	
겨울	
계절과 상관없이	

5. 다음을 듣고 질문에 답하십시오.

1) 제목으로 알맞은 것은 무엇입니까? (　　)

❶ 도자기의 역사
❷ 한국의 전통 공연
❸ 이천 도자기 축제 소개
❹ 가정의 달 5월의 행사 안내

2) 행사 내용과 **다른** 것은 무엇입니까? (　　)

❶ 호수를 따라 세계 여러 작품들이 전시되어 있다.
❷ 자신이 직접 만든 도자기를 현상에서 판매할 수 있다.
❸ 신발과 양말을 신지 않고 흙을 밟아 보는 체험도 있다.
❹ 차 문화와 관계있는 유럽과 한국의 도자기를 비교 감상할 수 있다.

3) 첫 날과 마지막 날에 하는 행사를 (　　　) 안에 쓰십시오.

첫 날 – 무용단의 (　　　　　　　　　) 공연, 유명 가수의 축하 공연

마지막 날 – 유명 가수의 공연, (　　　　　　　　)

6. 다음을 읽고 질문에 답하십시오.

해마다 5월이나 10월이 되면 각 대학교마다 대학 축제가 열린다. 한국의 대학 축제의 모습은 어떻게 변해 왔을까?

1950년대에서 60년대까지는 ㉠ **흥미로운 행사**가 많았다. 학식과 미모를 갖춘 5월의 여왕을 뽑는 대회라든가 남학생들과 여학생들이 한 자리에 모여 만남을 가지는 쌍쌍파티라든가 가장행렬, 포크 댄스, 마라톤, 체육 대회 같은 것이 있었다.

1970년대에는 낭만적인 서양 문화의 영향을 받은 행사와 함께 우리의 전통놀이인 민속 가면극, 탈춤 등이 행해졌다. 그리고 군사 문화의 영향으로 인해 군악대나 의장대가 앞에 서는 시가행진도 인기였다.

1980년대에는 대부분의 대학에서 축제를 '대동제'라는 이름으로 불렀다. 그것은 모두가 하나가 된다는 뜻이다. 축제에서 학생들이 모였다 하면 정치에 반대하는 시위를 하곤 했고, 축제의 성격은 획일적이 될 수밖에 없었다.

1990년대 이후부터는 축제가 ㉡ **다양한** 모습을 보였다. 축제가 열리면 붐비는 곳은 연예인을 초대해서 하는 공연이나 술과 안주를 파는 '장터'였다.

2000년대에 들어와서는 여러 가지 게임 경연 대회 같은 색다른 행사가 생겼고 연예인 초청 공연과 장터 등의 상업화에 대한 비판이 일기도 한다.

1980년대 중반에 대학을 다닌 사람들은 지금의 축제를 즐기는 신세대들을 보면서 부러워하기도 하고 신기해하기도 한다. 과연 어느 시대의 축제가 바람직한 대학 축제의 모습일까? 각 시대의 대학 축제의 장점은 살리고 문제점은 줄여 가면서 대학 축제가 발전해 나가야 할 것이다.

1) 위 글의 중심 내용은 무엇입니까? (   )

❶ 대학 축제의 역사
❷ 대학 축제의 목적
❸ 대학 축제의 행사 내용
❹ 바람직한 대학 축제의 모습

2) ㉠ **흥미로운 행사**의 예로 말한 것을 모두 쓰십시오.

3) ㉡ **다양한**과 반대되는 뜻을 가진 단어를 하나 찾아서 쓰십시오.

4) 위 글의 내용과 다른 것은 무엇입니까? (   )

❶ 1970년대에 전통 문화를 찾으려는 대학 축제 행사로 가면극, 탈춤 등이
있었다.
❷ 1980년대에 정치에 반대하는 시위를 하기 위해서 대학 축제에 모였다.
❸ 1990년대의 대학 축제에서 인기가 있는 것은 가수 공연과 장터였다.
❹ 2000년대에는 대학생들이 상업적 이익을 얻으려고 인기 가수를 부르기도
한다.

YONSEI KOREAN WORKBOOK 4

7. 배운 문법을 사용해 친구에게 질문하고 대답하십시오.

질 문	친 구 1	친 구 2
❶ 여러분 나라의 명절이나 생일 풍습을 소개해 보십시오. (–으라고, –는다든가, –도록)		
❷ 명절 풍습을 따르는 것이 귀찮지 않으세요? (왜 –지 않겠어요? 그렇다고 –을 수는 없지요)		
❸ 세계 경제가 언제쯤 좋아질까요? (–으로 봐서는)		
❹ 여러분의 여행 경험담을 이야기해 보십시오. (그러고 보니, –던가요?)		

8. 다음 글을 읽고 지금까지 지켜지거나 사라져 가는 풍습들에 대해 어떻게 생각하는지 몇 가지 풍습을 예로 들어 써 보십시오. 계속 지켜져야 된다고 생각합니까? 아니면 바뀌어져야 된다고 생각합니까?

> 한국에서는 명절에 고향에 돌아가서 가족과 친지들을 만나고 차례를 지내는 풍습이 있다. 가족과 친지들을 위해 맛있는 음식을 준비하고 오랜만에 만난 사람들과 이야기도 나누며 즐거운 시간을 보낸다. 그리고 조상들을 위해 상을 차리고 절을 올리면서 그들을 기억한다. 그리고 돌, 회갑, 칠순이나 결혼식에는 잔치를 크게 열어 여러 사람이 같이 축하해 준다. 그런데 점점 시대가 변함에 따라 이런 형식도 더 간단해지거나 사라져 가기도 한다. 지나치게 형식적이고 부담이 되는 풍습은 없어져도 되겠지만 사람들 간의 정을 나눌 수 있는 아름다운 전통은 지켜져야 할 것이다.

관용어 2

1. 낯을 가리다

낯선 사람을 보면 피하거나 불편해하다

● 제가 낯을 가리는 편이어서 처음 보는 사람하고는 얘기를 잘 못해요.

2. 귀에 못이 박이다

듣기가 싫을 정도로 같은 말을 계속 되풀이할 때 쓰는 말

● 그 말은 너무 자주 들어서 이젠 귀에 못이 박였다.

3. 눈 코 뜰 새가 없다

아주 정신없이 바쁘다

● 밀린 회사 일을 하느라고 눈 코 뜰 새가 없다.

4. 엎드리면 코 닿는다

아주 가까운 곳에 있다

● 학교가 엎드리면 코 닿을 데에 있어서 편하다.

5. 낯이 두껍다

부끄러워하지 않다

● 큰 죄를 짓고도 아무렇지 않게 사람들 앞에 나서다니 정말 낯이 두껍다.

6. 입이 무겁다

비밀을 잘 지키다

● 영수 씨는 입이 무거우니까 영수 씨한테는 말해도 돼.

7. 귀를 기울이다

주의하여 잘 듣다

● 내 친구는 내가 해 준 충고에 전혀 귀를 기울이지 않다가 결국 크게 실패했다.

8. 금이 가다

안 좋은 사이가 되다

● 돈 문제로 좋았던 관계에 금이 갔다.

9. 맛이 가다

맛이 상하다

● 날씨가 더워져서 그런지 음식이 쉽게 맛이 간다.

10. 어깨가 무겁다

부담감이나 책임감이 느껴지다

● 장남이어서 가족들을 책임져야 하니까 어깨가 무겁다.

관용어 2 연습

1. 가 : 요즘 우리 어머니가 나한테 공부하라고 .... 도록
　　　말씀하셔서 괴로워.

　　　나 : 하루에 몇 번이나 말씀하시는데?

　　　가 : 나하고 눈 마주칠 때마다.

2. 가 : 저는 기숙사에 살아요.

　　　나 : 어학당 바로 뒤에 있는 국제학사 말입니까? ....
　　　　을/ㄹ 데에 사시는 군요.

3. 가 : 김 선생님께 이번 일에 대해 이야기해도 될까요?

　　　나 : 김 선생님은 .... 은/ㄴ 분이니까 이야기해도 될
　　　　거예요.

4. 가 : 이번에 부장님으로 승진되셔서 기쁘시겠어요.

　　　나 : .... 을/ㄹ 따름입니다.

5. 가 : 아기가 아주 귀엽네요.

　　　나 : 그런데 .... 어서/아서/여서 낯선 사람만 보면 울어요.

6. 가 : 수박을 왜 버리려고 그래?

　　　나 : 먹어 봤더니 .... 은/ㄴ 것 같아서…….

7. 가 : 요즘 어떻게 지내세요?

　　　나 : 대학원 수업이며 회사일이며 집안일이며 할 일이 많아서 ....
　　　　어요/아요/여요.

8. 가 : 어떤 정치가가 훌륭한 정치가일까요?

나 : 국민들 말에 .... 을/ㄹ 줄 아는 사람이 훌륭한 정치가지요.

9. 가 : 다들 줄 서 있는데 저 사람이 새치기를 하는군요.

나 : 정말 .... 네요.

10. 가 : 정희 씨가 남자 친구하고 헤어졌나 보지? 같이 붙어 다니는 모습을 못 봤어.

나 : 집안 문제로 두 사람 사이에 .... 은/ㄴ 지 오래 됐어.

제10과 현대를 살아가는 사람들

10과 1항

어휘

1. 다음 [보기]에서 알맞은 말을 골라 빈 칸에 쓰십시오.

> [보기] 쫓기다   충분히   회의   의식적   버릇   도대체

❶ 매일 8시간 이상 자니까 수면을 (충분히) 취하는 편이다.

❷ 그 친구와 사소한 문제로 다투게 된 후 (   )으로/로 그 친구를 피하게 된다.

❸ 친구가 이유 없이 자주 변덕을 부리는데 (   ) 그 친구의 진심을 알 수가 없다.

❹ 나는 주위 사람들로부터 다리를 떠는 (   )을/를 고치라는 충고를 많이 듣는다.

❺ 열심히 일했는데도 인정을 못 받으니 과연 내가 뭘 위해 살았는지

   인생에 (   )이/가 든다.

2. 다음 [보기]에서 알맞은 단어를 찾아 빈 칸에 쓰십시오.

> [보기] 과로사   우울증   경쟁하다   도전하다   몰두하다   불안하다

　우리나라 40대 직장인의 ❶ ＿＿＿과로사＿＿＿ 비율이 OECD국가 중 가장 높은 것으로 나타났다. 실제로 40대 직장인들은 업무에 대한 스트레스 및 조기 퇴직 등으로 자신의 미래에 대해 ❷ ＿＿＿＿＿＿＿ 어/아/여 하는 것으로 나타났다. 또한 다른 동료들에게 뒤떨어지지 않기 위해 ❸ ＿＿＿＿＿ 다 보니 항상 스트레스가 쌓이고 심한 경우 자신의 열등감으로 인해 ❹ ＿＿＿＿＿ 에 걸리기도 한다. 이에 대해 이성철 정신과 전문의는 "직장 스트레스는 일에만 지나치게 ❺ ＿＿＿＿＿＿＿ 는/은/ㄴ 사람들에게 생기는 정신적인 병이므로, 이런 사람들은 주말에 취미 생활을 통해 또 다른 삶의 보람을 찾는 것이 중요하며 새로운 일에 ❻ ＿＿＿＿＿＿＿ 어/아/여 보는 것도 자신감 회복에 도움이 된다."고 충고했다.

-게

3. 다음 문장을 완성하십시오.

❶ 오늘 무슨 일이 있나? ___아주머니가 음식을 많이 만드시___ 게.

❷ 아주머니, 오늘 누구 생일이에요? _____게요.

❸ 영희야, _____? _____게.

❹ 정미야, _____? _____게.

❺ 미선 씨, _____? _____게요.

❻ 마리아, _____? _____게.

4. '-게'를 사용해 다음 문장을 완성하십시오.

❶ 제시간에 퇴근하는 영수 씨가 아직도 퇴근하지 않고 남아 있다.
→ 일이 안 끝났나? ___영수 씨가 아직도 회사에 남아 있___ 게.

❷ 지난주에 친구에게 메일을 보냈는데 아직도 답장이 없다.
→ 친구가 아직도 내 메일을 못 봤나? _____게.

❸ 평소에 자주 오는 마을 버스가 30분이 넘도록 오지 않는다.

→ 버스가 고장이 났나? .... 게.

❹ 평소에 친절하신 부장님이 오늘은 화를 많이 내신다.
→ 부장님한테 무슨 일이 있었나? .... 게.

❺ 서울광장에 많은 사람들이 모여 있다. TV 카메라도 많이 보인다.
→ .... ? ....

❻ 인터넷 사이트에 비밀번호를 입력했는데도 로그인이 안 된다.
→ .... ? ....

-을까 보다

5. 관계 있는 문장을 연결해서 한 문장으로 만드십시오.

❶ 어제 산 옷이 마음에 안 든다. ●	● '외식이나 할까?'
❷ 월급은 많지만 일이 힘들다. ●	● '다른 것으로 바꿀까?'
❸ 집에서 음식 준비하기 귀찮다. ●	● '생일 파티에 가지 말까?'
❹ 주식 값이 자꾸 떨어진다. ●	● '솔직히 말해 버릴까?'
❺ 친구에게 비밀로 한 게 미안하다. ●	● '주식을 팔아버릴까?'
❻ 친구의 생일선물 준비를 안 했다. ●	● '회사를 그만둘까?'

❶ _____어제 산 옷이 마음에 안 드는데 다른 것으로 바꿀까_____ 을까/ㄹ까 봐요.

❷ 월급은 많지만 일이 힘들어서 .... 을까/ㄹ까 봐요.

❸ .... 을까/ㄹ까 봐요.

❹ .... 을까/ㄹ까 봐요.

❺ .... 을까/ㄹ까 봐요.

❻ .... 을까/ㄹ까 봐요.

6. '-을까 보다'를 사용해 다음 대화를 완성하십시오.

❶ 가 : 이번 선거에서 어느 후보에게 투표하실 생각이에요?
　　나 : 글쎄요, 특별히 마음에 드는 후보도 없고 하니까 **투표를 하지 말까**
　　　　~~을까/ㄹ까~~ 봐요.

❷ 가 : 중국어를 배우신다면서요? 중국어 실력이 많이 늘었어요?
　　나 : 늘기는요. 아무리 열심히 해도 중국어 실력이 늘지 않아서

　　　　　　　　　　　　　　　　　　　　　　　　　　　　　　

❸ 가 : 요즘 많이 바쁘실 텐데 승진 축하 파티는 어떻게 하실 생각이에요?
　　나 : 다들 업무가 많아서 바쁘니까 　　　　　　　　　　　　　　　

❹ 가 : 자동차로 출퇴근하시니까 기름값이 많이 들지요?
　　나 : 네, 그래서 　　　　　　　　　　　　　　　　　　　　　　

❺ 가 : 회사 근처 오피스텔에 사니까 가까워서 좋겠어요.
　　나 : 하지만 　　　　　　　　　　　　　　　　　　　　　　　

❻ 가 : 과장님 때문에 아직도 그렇게 스트레스를 많이 받아요?
　　나 : 　　　　　　　　　　　　　　　　　　　　　　　　　　

어휘

1. 다음 [보기]에서 알맞은 단어를 골라 빈 칸에 쓰십시오.

| [보기] | 보상 | 심하다 | 키우다 | 만능 | 물질 |

❶ 이번에 출시된 신제품은 영상 통화, TV 시청 등이 되는 (**만능**) 휴대전화이다.

❷ 옛날에 비하면 요즘 사람들은 정신적인 것보다 (   )적인 가치를 중요하게 생각하는 경향이 있다.

❸ 회사의 육아 시설이 부족해 맞벌이 부부들이 어린 자녀를 (   )는/은/ㄴ 데 어려움이 많다.

❹ 회사의 잘못으로 제품에 하자가 있는 경우에는 구매자에게 (   )을/를 해 줘야 한다.

❺ 현대 사회는 돈으로 모든 것을 해결하려는 경향이 갈수록 (   )어지고/ 아지고/여지고 있다.

2. 다음 [보기]에서 알맞은 말을 골라 빈 칸에 쓰십시오.

| [보기] | 민주주의 | 이기주의 | 민족주의 | 인본주의 | 물질만능주의 | 외모지상주의 |

❶ 대한민국의 건국 사상은 '인간이 모든 것의 중심이 된다'는 (인본주의   )에 기본을 두고 있다.

❷ 현대사회의 문제점 중의 하나는 다른 사람에게 피해를 주면서까지 자신의 이익을 지키려는 (   )이/가 심해지고 있다는 것이다.

❸ 한국은 국민의 자유와 권리를 중요시하는 (   ) 국가로서 국민은 선거를 통해 정치에 직접 참여할 수 있다.

❹ 실력보다는 외모로 사람을 판단하는 (   )이/가 심해져서 무리하게 성형 수술을 하는 사례가 늘고 있다.

❺ 경제 상황이 악화되고 일자리가 줄면서 한국인들 사이에서도 외국인 근로자들의 국내 취업에 반대하거나 차별하는 (   ) 문제가 심각해지고 있다.

❻ 돈으로 모든 것을 보상할 수 있다는 (   )은/는 현대 사회가 낳은 위험한 현상 중의 하나다.

-는 셈이다

3. 다음 문장을 완성하십시오.

❶ 재고 의류 파격 세일

→ 50만 원짜리 정장을 10만원에 샀으니 거의 **공짜로 산** <del>는/은/</del>ㄴ 셈이다.

❷ 월급 5% 올라, 생활비 10% 이상 올라

→ 월급이 올랐지만 생활비가 더 많이 나가니 ＿＿＿＿＿＿ 는/은/ㄴ 셈이다.

❸ 우리 회사 올해 수출 목표 20억, 실제 수출 달성액 19억

→ 요즘 같은 경제 상황에 이만큼 했으면 ＿＿＿＿＿＿ 는/은/ㄴ 셈이다.

❹ 우리나라 축구팀, 세계 최강팀에 아쉽게 1-0으로 패함.

→ 우리 팀이 졌지만 ＿＿＿＿＿＿＿＿＿ 는/은/ㄴ 셈이다.

❺ 환율, 1년 전보다 30% 이상 올라

→ 학비는 작년보다 올랐지만 생활비는 ＿＿＿＿＿＿＿＿＿

❻ 인터넷 전화 이용시 인터넷 통신 이용 요금 2만원 부담, 국내 전화비 무료

→ ＿＿＿＿＿＿＿＿＿＿＿＿＿＿＿＿＿＿＿＿＿＿＿＿＿＿

4. '-는 셈이다'를 사용해 다음 대화를 완성하십시오.

❶ 가 : 지난달보다 월급이 10만원이나 올랐어요.

나 : 하지만 지난달에 업무가 많아 야근까지 한 걸 계산해 보면 **월급을 적게 받은** <del>는/은/</del>ㄴ 셈이에요.

❷ 가 : 와, 한 달 만에 체중이 3kg 줄었다면서? 살이 빠져서 좋겠다.

나 : 저녁도 안 먹고 매일 2시간씩 운동한 걸 생각하면 ＿＿＿＿＿＿ 는/은/ㄴ 셈이에요.

❸ 가 : 이번에 주가 상승으로 100만 원 이상 이익을 봤다지요? 축하해요.

나 : 하지만 작년에 손해 본 것과 고생한 것을 계산하면 ＿＿＿＿＿ 는/은/ㄴ 셈이에요.

❹ 가 : 아침을 굶으면 열량 섭취를 너무 적게 하는 거 아니에요?

나 : 저녁에 ＿＿＿＿＿＿＿＿＿＿＿＿＿＿＿＿ 는/은/ㄴ 셈이에요.

❺ 가 : 이번에 과장으로 승진하셨다면서요? 승진이 빠르신 거지요?

나 : ＿＿＿＿＿＿＿＿＿＿＿＿＿＿＿＿＿＿＿＿＿＿＿＿

❻ 가 : 이번 기말 듣기 시험에서 90점을 받았다면서? 중간 시험 때보다 성적이 오른 거지?

나 : ＿＿＿＿＿＿＿＿＿＿＿＿＿＿＿＿＿＿＿＿＿＿＿＿

-이라야

5. 다음 문장을 완성하십시오.

> B 영화 미성년자 관람불가

❶ _____만 19세 이상이라야_____ ~~이라야/라야~~ B 영화를 볼 수 있다.

> 주식회사 <대한 무역> 경력 사원 모집

❷ _____ 이라야/라야 <대한 무역>에 입사 원서를 낼 수 있다.

> 대학생 신용 카드 발급 제한 – 직장인에게만 허용

❸ _____ 이라야/라야 신용 카드를 발급받을 수 있다.

> 청소년 주류 판매 금지

❹ _____ 이라야/라야 _____

> 호텔 카지노 내국인 출입 금지

❺ _____ 이라야/라야 _____

> 연소득 800만원 이하 세금 감면

❻ _____ 이라야/라야 _____

6. '-이라야'를 사용해 다음 대화를 완성하십시오.

❶ 가 : 새 영화 시사회에 누구나 다 들어 갈 수 있어요?
　 나 : __초대권을 가진 사람이라야__ ~~이라야/라야~~ 입장이 가능합니다.
❷ 가 : 지역 주민이 아닌데 이 도서관에서 책을 빌릴 수 있을까요?
　 나 : 아니요, _____ 이라야/라야 도서 대출이 가능합니다.
❸ 가 : 배달 경력이 없는 초보자도 여기서 아르바이트를 할 수 있어요?
　 나 : 아니요, _____ 이라야/라야
❹ 가 : 이 놀이 기구는 아무나 이용할 수 있어요?
　 나 : 아니요, _____ 이라야/라야
❺ 가 : 회사 광고 모델 모집 공고를 보고 왔는데 전문 모델이 아니어도 괜찮아요?
　 나 : _____
❻ 가 : 백화점에 주차하려고 하는데요. 구매 고객한테만 무료 주차 쿠폰을 줍니까?
　 나 : 네, _____

어휘

1. 다음 [보기]에서 알맞은 말을 골라 빈 칸에 쓰십시오.

> [보기] 굳이   지나치다   염증   보약   영양제   챙기다

❶ 인터넷 뱅킹을 이용하면 (**굳이**   ) 은행에 가지 않아도 된다.

❷ 자극적인 음식과 불규칙한 식사로 위에 (   )이/가 생겨서 속이 아프다.

❸ 체력이 떨어지는 아이들에게는 몸을 보호하고 튼튼하게 하는 (   )
을/를 먹이는 것이 좋다.

❹ 우리 언니는 다른 사람의 일에 (   )게 신경을 쓰고 간섭을 하는 편이다.

❺ 평소 인스턴트 음식을 자주 먹는 편이라서 부족한 영양을 보충하기 위해
매일 (   )을/를 복용한다.

2. 다음 [보기]에서 알맞은 말을 골라 빈 칸에 쓰십시오.

> [보기] 건강 보조 식품   채식   비만   만성피로   건강 검진   성인병

　나는 평소에 건강을 생각해서 비타민제 등 ❶ **건강 보조 식품** 을/를 꼭 챙겨
먹는다. 하지만 요즘 회사일이 많고 생활이 불규칙해지다 보니 항상 졸리고
온몸에 힘이 없는 ❷ .... 증상이 계속되었다. 걱정이 되어서 오늘
병원에 가서 혈압과 피 검사 등 ❸ .... 을/를 받았다. 의사 선생님은
검사 결과를 보시고는 내게 평균 체중보다 5kg나 더 나가니 ❹ .... 인
축에 든다고 하셨다. 또 불규칙한 식생활과 스트레스로 인해 당뇨, 고혈압 등
❺ .... 에 걸릴 위험이 있으니 조심하라고 하셨다. 앞으로는 운동을
규칙적으로 하고 육식보다는 비타민이 풍부한 ❻ .... 중심의 식사를
해야겠다.

YONSEI KOREAN WORKBOOK 4

-으로는

3. 다음을 보고 문장을 완성하십시오.

전문가의 말	"경제 사정이 좋아지기 어렵겠습니다."
신문 보도	"이번 지진으로 300명 이상이 사망했습니다."
소문	"두 사람이 사귀는 것이 틀림없다."
건강 검진 결과	"건강에 특별한 이상은 없다."
현재 경기 상황	"2 – 0으로 우리 팀이 이기고 있습니다."
정부 발표	"일자리를 늘려 실업 문제를 해결하도록 하겠습니다."

❶ ___전문가의 말로는___ 으로는/로는 ___올해 경제 사정이 좋아지기 어렵겠대요.___

❷ .... 으로는/로는 ....

❸ .... 으로는/로는 ....

❹ .... 으로는/로는 ....

❺ .... 으로는/로는 ....

❻ .... 으로는/로는 ....

4. '-로는' 을 사용해 다음 대화를 완성하십시오.

❶ 가 : 큰일났어. 중요한 서류를 어디에 두었는지 생각이 안 나.
　 나 : **직장 동료 말로는** 으로는/로는 네가 서류를 가방에 넣었다던데. 한번 찾아 봐.

❷ 가 : 기름 없이 전기로만 달리는 자동차가 일반화되려면 얼마나 기다려야 할까?
　 나 : .... 으로는/로는 전기 자동차가 일반화되기에 시간이 더 필요하대.

❸ 가 : 이번에 출시된 차가 성능도 좋고 가격도 저렴하다던데 너도 이번에 차를 구입하지 그래?
　 나 : .... 으로는/로는 차를 구입할 여유가 없을 것 같아.

❹ 가 : 앞차가 갑자기 서는 바람에 교통사고가 난 거니까 앞차 운전자 잘못이에요.
　 나 : .... 으로는/로는 당신이 앞차와의 차간 거리를 유지하지 않고 과속으로 달렸다던데요.

❺ 가 : 과장님이 이번 프로젝트를 언제까지 끝내야 한대요?
　 나 : ....

❻ 가 : 이번 입사 지원자 중에서 누가 우리 회사에 적합한 사람인 것 같습니까?
　 나 : ....

–을 필요가 없다

5. '– 을 필요가 없다' 를 사용해 다음 문장을 만드십시오.

❶ 로봇 청소기 덕분에 <u>**힘들게 청소할**</u> 을/ㄹ 필요가 없다

❷ 인터넷 뱅킹을 이용하면 ＿＿＿＿＿＿＿＿＿＿＿＿ 을/ㄹ 필요가 없다.

❸ 자동차 네비게이션을 이용하면 ＿＿＿＿＿＿＿＿＿＿ 을/ㄹ 필요가 없다.

❹ 홈쇼핑을 이용하면 ＿＿＿＿＿＿＿＿＿＿＿＿＿ 을/ㄹ 필요가 없다.

❺ 사이버 대학교에 등록하면 ＿＿＿＿＿＿＿＿＿＿＿＿＿＿＿＿

❻ 번호 키를 설치하면 ＿＿＿＿＿＿＿＿＿＿＿＿＿＿＿＿＿＿＿＿

6. '–을 필요가 없다'를 사용해 다음 대화를 완성하십시오.

❶ 가 : 이 백화점 카드를 사용하려면 연회비를 내야 합니까?
　 나 : 아니요, 손님은 VIP고객이니까 <u>**연회비를 낼**</u> 을/ㄹ 필요가
　　　 없습니다.

❷ 가 : 입사 원서를 직접 회사에 가서 제출해야 합니까?
　 나 : 아니요, 직접 ＿＿＿＿＿＿＿＿＿＿ 을/ㄹ 필요가 없이 인터넷으로
　　　 제출하시면 됩니다.

❸ 가 : 아파트에 살면 관리비 외에 전기세, 난방비를 따로 내요?
　 나 : 아니요, 관리비에 포함되어 있으니까 ＿＿＿＿＿＿＿＿＿＿ 을/ㄹ
　　　 필요가 없어요.

❹ 가 : 민수가 내게 한 말 때문에 좀 신경이 쓰여. 나한테 안 좋은 감정이
　　　 있는 걸까?
　 나 : 민수는 원래 농담이 심한 편이니까 ＿＿＿＿＿＿＿＿＿＿ 을/ㄹ
　　　 필요가 없어요.

❺ 가 : 이번에 이사하셨는데 이삿짐을 싸느라고 힘들지 않았어요?
　 나 : ＿＿＿＿＿＿＿＿＿＿＿＿＿＿＿＿＿＿＿＿＿＿＿＿＿＿＿

❻ 가 : 이 컴퓨터는 스피커가 내장되어 있어요? 아니면 따로 스피커를
　　　 구입해야 하는데…….
　 나 : ＿＿＿＿＿＿＿＿＿＿＿＿＿＿＿＿＿＿＿＿＿＿＿＿＿＿＿

어휘

1. 다음 [보기]에서 알맞은 단어를 골라 빈 칸에 쓰십시오.

[보기] 단절   자살   증가하다   보급되다   터놓다   의사소통

❶ 조사 결과 그 사람의 죽음은 타살이 아니라 우울증으로 인한 (**자살**) 으로/로 밝혀졌다.

❷ 영수는 나의 모든 것을 솔직히 (   )고 말할 수 있는 유일한 친구다.

❸ 인터넷과 휴대전화가 널리 (   )으면서/면서 현대인들의 통신수단이 편리해졌다.

❹ 경제가 어려워지면서 청년 실업자수도 (   )고 있다.

❺ 처음 한국에 왔을 때 한국말이 서툴러서 주위 사람들과의 (   )에 어려움이 많았다.

❻ 바쁜 생활로 인한 부모와 자녀 간의 대화 (   )은/는 청소년 문제의 한 요인이다.

2. 다음 [보기]에서 알맞은 단어를 골라 빈 칸에 쓰십시오.

[보기] 따라서   예를 들면   또한   그 결과   우선   이외에도

　　외래어 표기법은 외국어와 외래어를 우리 글자로 어떻게 적을지를 규정한 것이다. 일반 한국인들은 외래어 표기법을 잘 모르다 보니 소리 나는 대로 적어 왔고 ❶　　　**그 결과**　　　 같은 어휘에도 여러 가지 표기가 나오게 되었다. ❷　　　　　　　　　　　 한국인의 발음 구조에 맞는 외래어 표기 규칙이 필요하게 되었다. 몇 가지 중요한 외래어 표기법을 살펴보자. ❸　　　　　　　　 된소리(ㄲ, ㄸ, ㅃ, ㅆ, ㅉ)는 쓰지 않는다. ❹　　　　　　　　　 'cafe'는 '까페'가 아니라 '카페'로, 'Paris'는 '빠리'가 아니라 '파리'로 쓴다. ❺　　　　　　　 받침에는 'ㄱ, ㄴ, ㄹ, ㅁ, ㅂ, ㅅ, ㅇ'만 쓴다. 'coffee shop'은 '커피숖'이 아니라 '커피숍'으로, 'disket'은 '디스켙'이 아니라 '디스켓'으로 써야 한다.

　　이미 한국 사람들이 많이 사용해서 굳어진 것은 그대로 사용하는 것을 원칙으로 한다. 'model'은 '모델'로, 'vitamin'은 '비타민'으로 써야 한다. ❻　　　　　　　 여러 가지 규칙이 있다.

–고자

3. '–고자' 를 사용해 다음 문장을 완성하십시오.

회사 측 결정	이 유
회사 내 어린이집 운영	여직원들의 육아 문제를 해결할 수 있다.
회사 셔틀 버스 운영	직원들의 교통비 부담을 줄일 수 있다.
회사 내 외국어 강의	직원들의 외국어 실력을 높일 수 있다.
문화 센터 운영	직원들의 문화 생활에 도움을 줄 수 있다.
최신식 기계 설치	생산량을 늘릴 수 있다.
사장님과의 모임 개최	직원들의 문제를 직접 들을 수 있다.

❶ 직원들의 육아 문제를 해결하 고자 회사 내 어린이집을 운영하기로 했다.

❷ ＿＿＿＿＿＿＿＿＿＿＿＿＿＿＿＿＿＿＿＿고자 회사 셔틀 버스를 운영하기로 했다.

❸ ＿＿＿＿＿＿＿＿＿＿＿＿＿＿＿고자 ＿＿＿＿＿＿＿＿＿＿＿＿＿＿＿＿

❹ ＿＿＿＿＿＿＿＿＿＿＿＿＿＿＿고자 ＿＿＿＿＿＿＿＿＿＿＿＿＿＿＿＿

❺ ＿＿＿＿＿＿＿＿＿＿＿＿＿＿＿＿＿＿＿＿＿＿＿＿＿＿＿＿＿＿＿＿＿＿

❻ ＿＿＿＿＿＿＿＿＿＿＿＿＿＿＿＿＿＿＿＿＿＿＿＿＿＿＿＿＿＿＿＿＿＿

4. '고자' 를 사용해 다음 대화를 완성하십시오.

입 사 지 원 서

이 름	에릭	연락처	010-123-4569
생년월일	1985년 10월 9일	취 미	태권도

학력	영국 XX 대학교 졸업
	경영학 전공
	한국 XX 대학교 대학원 석사

경력	해외 봉사 활동 다수
	현재 초등학교 대상 영어 교사
	한국문화 알리미 회장

금번 귀사 사원모집시험에 응시코자 하오니 전형하여 주시기 바랍니다.

2010년   1 월   10 일

지원자   에 릭   인 *eric*

---

❶ 면접 담당자 : 우리 <한국 무역>에 입사 지원서를 낸 이유를 말씀해 보세요.

에릭 :   **제 전공을 살려서 열심히 일해 보**   고자 이 회사에 입사 지원서를 제출했습니다.

❷ 면접 담당자 : 한국에서 석사 학위를 받았군요.

에릭 : 네, _____고자 한국 대학원에서 공부했습니다.

❸ 면접 담당자 : 태권도 3단이군요. 특별히 태권도를 배운 이유가 있습니까?

에릭 : 네, _____고자 태권도를 배웠습니다.

❹ 면접 담당자 : 해외 봉사 활동을 많이 하셨군요.

에릭 : 네, _____고자 _____

❺ 면접 담당자: 현재 하고 있는 봉사 활동에 대해 말씀해 보십시오.

에릭 : _____

❻ 면접 담당자: '한국 문화 알리미'라는 동아리를 만든 이유는 무엇입니까?

에릭 : _____

5. '-음에 따라' 를 사용해 다음 문장을 완성하십시오.

현대 생활의 좋은 점	생활수준 향상으로 점점 여가 생활 다양해져…
	의학 기술 발달로 점점 평균 수명 길어져…
	과학 기술 발달로 점점 생활이 편리해져…
현대 생활의 문제점	혼인율 감소로 점점 출산율 낮아져…
	직장에서의 과도한 업무로 점점 과로사 증가해…
	의사소통 단절로 점점 가족 문제, 청소년 문제 생겨나…

❶ 생활 수준이 향상됨에 음애/~~ㅁ애~~ 따라 여가 생활이 다양해졌다.

❷ _____ 음에/ㅁ에 따라 평균 수명이 길어졌다.

❸ _____ 음에/ㅁ에 따라 _____

❹ _____ 음에/ㅁ에 따라 _____

❺ _____

❻ _____

6. '-음에 따라' 를 사용해 다음 대화를 완성하십시오.

❶ 기자 : 이번에 주가가 많이 떨어졌는데요. 요즘 주식 시장 상황은 어떻습니까?

경제 전문가 : **주가가 하락함에** 음애/~~ㅁ애~~ 따라 주식 투자자가 많이 줄어들었습니다.

❷ 기자 : 한국과 중국 간의 교류가 활발해지면서 어떤 변화가 나타나고 있습니까?

경제 전문가 : _____ 음에/ㅁ에 따라 두 나라 유학생의 수가 급증하고 있습니다.

❸ 기자 : 왜 서울시 자전거 전용 도로를 만들게 되었습니까?

서울 시장 : _____ 음에/ㅁ에 따라 _____

❹ 기자: 환율이 계속 오르고 있는데 올해 외국인 관광객 수가 증가할 거라고 보십니까?

관광 공사 측: _____ 음에/ㅁ에 따라 _____

❺ 기자 : 예전에 비해 이 지역 교통 사고율이 높아진 이유가 무엇입니까?

교통 문제 전문가 : _____

❻ 기자 : 올해 가계 소비가 급격히 줄어든 이유가 무엇입니까?

경제 전문가 : _____

YONSEI KOREAN WORKBOOK 4

10과 5항

어휘 연습

1. 빈칸에 알맞은 어휘를 쓰십시오.

[보기]	보장	제적	처지	회의

1) 이 보험의 장점은 노후의 질병 치료까지 ....이/가 된다는 것이다.

2) 그분은 자신도 어려운 ....에 있으면서도 항상 다른 사람들을 돕는다.

3) 내 친구는 몇 년 동안 등록을 하지 않아서 결국 학교에서 ....이/가 되었다.

4) 정말 열심히 일했는데도 매번 동료들보다 승진이 늦으니까 직장생활에 정말 ....이/가 든다.

2. 이 글에서 다음과 비슷한 뜻을 가진 어휘를 찾아 쓰십시오.

1) 법률가 ....   2) 감옥 ....

3) 싸움 ....   4) 관계없다 ....

5) 앞으로의 길 ....

3. 칸에 알맞은 어휘를 쓰십시오.

| 거절 | 고통 | 대접 | 무시 | 보호 |
| 사랑 | 설득 | 이용 | 존경 | 주목 |

.... 받다	.... 당하다
보호받다,	고통당하다,

더 생각해 봅시다

4. 여러분이 기자가 되어 인터뷰할 대상을 정한 후 하고 싶은 질문을 만들어 보십시오.

인터뷰 대상	
인터뷰 질문	1.
	2.
	3.
	4.

YONSEI KOREAN WORKBOOK 4

5. 다음을 듣고 질문에 답하십시오.

1) 한국 텔레콤의 인터넷 통신 서비스의 좋은 점이 무엇입니까?

❶ ....

❷ ....

❸ ....

2) 글의 내용과 같은 것은 O표, 다른 것은 X표 하십시오.

❶ 이 사람은 만 19세 이상이다. 　　　　　　　　　　　　　　　（　　　）

❷ 계약 기간이 3년 이상이라야 이 서비스를 이용할 수 있다. 　（　　　）

❸ 이 사람은 현재 다른 인터넷 통신을 이용하고 있다. 　　　　（　　　）

❹ 이 사람은 한국 텔레콤 서비스에 가입하기로 결정했다. 　　（　　　）

6. 다음을 읽고 질문에 답하십시오.

> 최고의 실력을 갖춘 라이벌이 벌이는 승부는 항상 흥미롭다. 라이벌의 의미는 무엇일까?
>
> 라이벌이란 공동의 목표를 가진 경쟁자 가운데 실력이 비슷한 사람을 말한다. 이들은 목표를 향해 나란히 나아가면서 서로 끊임없이 경쟁한다. 인간이 사회를 이루며 살아감에 따라 경쟁은 피할 수 없다. 라이벌은 긴장을 늦출 수 없게 하는 가장 좋은 경쟁자다. 집중력을 발휘하게 해 한계 이상의 것까지 달성하게 하는 자극제가 되기도 한다. 또한 경쟁의 과정에서 자신도 몰랐던 내면의 도덕심, 윤리관 등의 정보가 드러나기 때문에 이를 통해 자신의 장단점을 객관화해서 개인적 능력을 발달시킬 수 있다. 경쟁적인 사람들이 경쟁을 회피하는 사람들보다 훨씬 빨리 발전하는 이유이다.
>
> 그러나 지나친 경쟁은 잘못된 결과를 가져오기도 한다. 라이벌 관계에 있는 사람을 질시하여 잘못된 수단과 방법으로 경쟁에서 이기려 하고 나아가 자신의 능력과 가치에 비관적인 마음을 갖세 되기도 한다.
>
> 올바른 경쟁 의식을 갖추기 위해서는 어린 시절부터 양심과 규칙에 대한 학습이 이뤄져야 한다. 또한 다른 사람에 대한 예절과 배려를 몸에 익히도록 해야 한다.

1) 라이벌이란 무엇인지 쓰십시오.

2) 라이벌이 갖는 좋은 점이 아닌 **것은** 무엇입니까? ( )

   ❶ 지나친 경쟁을 피할 수 있게 한다.
   ❷ 집중력을 발휘하게 한다.
   ❸ 개인적인 능력을 발달시킨다.
   ❹ 자신의 내면의 장단점을 발견할 수 있다.

3) 지나친 경쟁 의식의 문제점과 그 해결책을 쓰십시오.

문제점	
해결책	

7. 배운 문법을 사용해 친구에게 질문하고 대답하십시오.

질문	친구1	친구2
❶ 자신의 소비 습관이나 문제점을 이야기해 보십시오. (−을까 보다, −는 셈이다)		
❷ 자신의 나라에서의 술, 담배, 운전 등의 규정에 대해 말하고 친구에게도 물어 보십시오. (−이라야)		
❸ 스트레스와 건강에 대한 고민을 말해 보고 서로 충고해 주십시오. (−을 필요가 없다)		
❹ 현대 사회의 문제점과 그 이유에 대해 말해 보십시오. (−음에 따라, −으로는)		

8. 다음은 현대 사회의 문제 중 다문화 가정의 문제에 대한 글입니다. 글을 읽고 자신의 생각을 쓰고 말해 보십시오.

한국은 원래 단일 민족 국가였지만 국가 간 교류가 다양해 지면서 한국인이 외국인과 결혼해 가정을 이루는 다문화 가정이 점점 늘고 있다. 이처럼 다문화 가정이 늘어남에 따라 여러 가지 사회 문제가 생겨나고 있다. 다문화 가정 문제를 해결하기 위해서는 무엇보다 정부의 노력이 중요하다. 우선 한국인과 결혼한 외국인들이 한국 문화에 적응할 수 있도록 한국어 교육이나 문화 교육 프로그램을 더욱 늘려서 그들이 한국 생활에 더욱 잘 적응할 수 있게 만들어야 한다. 또한 다문화 가정에 대한 한국 사람들의 의식 변화도 필요하다. '한민족 한국인'이 아니라 나와 다른 '남'을 나와 같다고 생각하는 '다르지만 같은 한국인'이라는 의식이 보편화되어야 할 것이다.

복습문제 (6과-10과)

I. 다음 [보기]에서 알맞은 단어를 골라 빈 칸에 쓰십시오.

[보기] 숙면　　운　　쇠귀에 경 읽기　　왠지　　일과　　근거　　지출　　구매
　　　　아무튼　　악몽　　일단　　　　선잠　　과소비　　일석이조　　아무러면

1. 나는 이메일을 확인하는 것으로 하루 .... 을/를 시작해요.

2. 이렇게 열심히 공부했는데 .... 내가 시험에 떨어지겠어요?

3. 자기 전에 따뜻한 물로 샤워하거나 따뜻한 우유를 마시면 .... 을/를 취할 수 있다.

4. 두 사람이 사귄다는 말은 전혀 .... 이/가 없는 소문으로 밝혀졌다.

5. 요즘 교육비 .... 이/가 많아서 이번 휴가에는 여행을 못 갈 것 같다.

6. 민수는 자기가 .... 이/가 없어서 시험에 떨어졌다고 생각하는 것 같았다.

7. 영수가 너무 자신 있어 하는 모습을 보고 나는 .... 불안한 생각이 들었다.

8. 오빠에게 담배를 끊으라고 여러 번 얘기했지만 .... 이에요/ 예요.

9. 어렸을 때는 귀신이 나오는 .... 을/를 자주 꾸었지만 지금은 별로 그런 꿈을 꾸지 않아요.

10. .... 점심부터 먹고 나서 다시 그 문제에 대해 의논해 봅시다.

II. 다음 [보기]에서 알맞은 단어를 골라 빈 칸에 쓰십시오.

[보기] 타이르다　　흔하다　　빠뜨리다　　대여하다　　뒤떨어지다　　나무라다
　　　　신뢰하다　　마주보다　　몰두하다　　무절제하다　　쑥스럽다

1. 그 사람은 성실하고 책임감이 있어서 .... 을/ㄹ 수 있습니다.

2. 아버지는 연예인이 되고 싶다는 동생에게 대학에 진학해서 준비해도 늦지 않다고 조용히 .... 으셨다/셨다.

3. 도시에서는 그렇게 .... 는/은/ㄴ 편의점을 이곳에서는 하나도 찾아 볼 수 없었다.

4. 수험표를 .... 고 안 가져오면 시험을 볼 수 없으니 주의하시기 바랍니다.

5. 요즘은 자전거를 .... 어/아/여 주는 공원이 많아졌어요.

6. 김 교수님은 최근 다른 일은 안 하시고 오직 전기차 기술 개발에만 .... 고 계신다.

7. 최근 대형 서점에서는 한 권의 책이라도 더 판매하기 위해서 인기 작가와 독자들이 ＿＿＿＿＿＿＿고 대화를 나눌 수 있는 자리를 자주 마련하고 있다.

8. 그렇게 ＿＿＿＿＿＿＿게 돈을 쓰다가는 나중에 후회하게 될 거야.

9. 많은 사람들 앞에서 노래를 부르려고 하니까 여간 ＿＿＿＿＿＿＿지 않았다.

10. 우리 어머니는 시대에 ＿＿＿＿＿＿＿는다는/ㄴ다는/다는 말을 듣지 않으려고 요즘 열심히 컴퓨터를 배우세요.

Ⅲ. 밑줄 친 단어의 쓰임이 맞지 **않는** 것을 고르십시오.

1. (　　)
❶ 아버지는 소설책을 **즐겨 읽으시는** 편이다.
❷ 나는 평소에 청바지 같은 간편한 옷을 **즐겨 입는다.**
❸ 등산을 가기 전에는 꼭 일기예보를 **즐겨 봐야** 한다.
❹ 맵고 짠 음식을 **즐겨 먹어서** 그런지 요즘 속이 안 좋다.

2. (　　)
❶ 나는 **상식을 기르기** 위해 열심히 한국어 수업을 듣는다.
❷ 수진이는 어릴 때부터 책을 많이 읽어서인지 여러 분야의 **상식이 풍부하다.**
❸ 저 사람은 장례식장에 빨간 옷을 입고 왔네. 너무 **상식이 없는** 거 아니야?
❹ 찜질방에서 땀을 내면 살이 빠진다는 건 잘못된 **건강 상식이라던데** 사실이에요?

3. (　　)
❶ 최선을 다했으니 이제 결과는 **운에 맡길** 뿐이다.
❷ 은수 씨는 뭐든지 투자했다 하면 이익을 보니 **재물 운을 타고 난** 게 틀림없다.
❸ 제임스 씨가 이번에 시험도 보지 않고 대학에 들어갔다고? 정말 **운 좋은** 사람이야.
❹ 우리 팀은 실력이 뛰어나니까 이번 대회에서 **운이 있을** 거예요.

4. (　　)
❶ 위염이 있으면 될 수 있는 대로 커피나 매운 음식 같은 **자극적인 음식**을 피해야 한다.
❷ 기숙사 룸메이트가 밤마다 듣는 시끄러운 음악 소리가 **내 수면을 자극해서** 도대체 잘 수가 없다.
❸ 요즘은 인터넷이나 신문 등에서 **호기심을 자극하는** 광고나 기사를 흔히 볼 수 있다.
❹ 건조한 봄 날씨에는 황사로 인한 먼지와 도시의 매연이 **피부를 자극해서** 피부염이 생기기 쉽다.

5. ( )

❶ 민수 씨, 어디에 투자를 했는데 그렇게 단기간에 **이익을 냈어요?**

❷ 김 대리는 자기에게 **이익이 되지 않는** 일이라고 생각하면 절대 도와주지 않는 이기적인 사람이다.

❸ 한국 친구와 나는 언어 교환을 통해 서로 **이익을 주고받는** 사이다.

❹ 그동안 신제품 개발에 몰두한 결과 우리 회사는 이번에 신제품 판매로 10억 원이 넘는 **이익을 얻었다.**

IV. 다음 단어 중 3개 이상을 사용하여 문장이나 짧은 이야기를 만드십시오.

1.

[보기] 너 나 할 것 없이   굳이   지나치다   챙기다   영양제

2.

[보기] 얻다   꽤   신뢰하다   상식   덕을 보다   잘못하면

3.

[보기] 절약하다   무절제하다   신용카드   형편   웬만하다   현금

V. 다음 대화를 완성하십시오.

1. 가 : 생활비를 조금이라도 줄일 수 있는 좋은 방법이 없을까요?

　　나 : _____ 자면 _____

2. 가 : 영어를 잘 하면 좋은 회사에 취직할 수 있나요?

　　나 : _____ 만으로는 _____

3. 가 : 살을 빼겠다고 아무 것도 먹지 않고 하루 종일 물만 마시고 있어요.

　　나 : _____ 으면/면 _____ 는 수가 있어요.

4. 가 : 바쁘실 텐데 봉사활동을 참 열심히 하시는군요.

　　나 : _____ 는/은/ㄴ 축에 드나요? 저보다 더 열심히 하는 사람들이 얼마나 많은데요.

5. 가 : 회의 시간이 다 됐는데 영철 씨가 안 오네요. 어떻게 하죠?

　　나 : _____ 든 _____ 든

6. 가 : 사라 씨, 고향에 계시는 부모님하고 영상 채팅해 보셨어요?

　　나 : 네, 마치 _____ 는/은/ㄴ 것처럼 _____

7. 가 : 그 사람이 낮에는 일하고 밤에는 학교에 다니면서 힘들게 공부했는데 이번에 일등으로 졸업을 한대요.

　　나 : _____ 는다고/ㄴ다고/다고 참 잘 됐군요.

8. 가 : 한국 사람들은 보통 지하철이나 버스 같은 대중교통을 이용해요?

　　나 : _____ 는가/은/ㄴ가 하면 _____

9. 가 : 내일부터 백화점에서 전자제품을 30% 할인 판매한다더라.

　　나 : 그럴 줄 알았으면 _____ 을/ㄹ걸 그랬어.

10. 가 : 칠수야, _____ 는다더라/ㄴ다더라/다더라.

　　나 : 그럼 오늘은 지하철로 출근하는 게 좋겠군요.

11. 가 : 미선 씨, 한국 음식이 어때요?

　　　나 : .... 네 .... 네 해도 ....

12. 가 : 우체국에 가서 소포를 부쳐야 하는데 갈 시간이 없어요.

　　　나 : 걱정 마세요. 제가 .... 는/은/ㄴ 김에 ....

13. 가 : 지수에게 여기까지 오는 길을 자세히 가르쳐 줬는데, 왜 아직도 안 올까?

　　　나 : 설마 .... 는/은/ㄴ 건 아니겠지?

14. 가 : 저 가수는 춤을 잘 춰서 인기가 많은 것 같아요.

　　　나 : .... 도 .... 이지만/지만 ....

Ⅵ. 다음을 완성하십시오.

1. 오늘 아침에 중요한 회의가 있어서 집에서 일찍 나왔는데 .... 따라

....

2. 아르바이트 일도 힘들고 스트레스도 많이 쌓이는데 ....

　　 을까/ㄹ까 봐요.

3. 그 사람이 .... 는/은/ㄴ 게 틀림없어.

　　 그 소식을 들었다면 저렇게 가만히 있지 않을 텐데…….

4. 저는 월급의 반 이상을 저축하니까 .... 는/은/ㄴ

　　 축에 들어요.

5. 제가 뭘 바라고 한 일도 아닌데 이렇게 상을 주시니 ....

　　 을/ㄹ 따름입니다.

6. .... 는 바람에 선생님 설명을

　　 듣지 못했어요.

7. 부자들은 모두 행복할 것 같지만 .... 은/는 .... 대로

8. .... 는다면야/ㄴ다면야/다면야 경험이 없어도 그 일을 잘 할

　　 수 있을 거예요.

9. _____ 으니만큼/니만큼 계획을 잘 세워야 해요.

10. _____ 었으면야/았으면야/였으면야 이번과 같이 급한 일에 돈을 쓸 수 있었을 텐데.

11. _____ 으나마나/나마나 정호는 아직 자고 있을 거예요.

12. 시대가 바뀌면 _____ 게 마련이지요.

13. _____ 으라고/라고 친구들에게 초대장을 보냈어요.

14. 방학 때는 _____ 는다든가/ㄴ다든가 _____ 는다든가/ㄴ다든가 해요.

15. _____ 으로/로 봐서는 취업이 힘들어질 것 같습니다.

VII. 다음 문법 중 하나를 사용하여 밑줄 친 부분을 다시 쓰십시오.

> [보기]   –을 따름이다   –는 게 틀림없다   –음에 따라
>   –네 –네 해도   –는 바람에

1.

> 검찰은 수사를 통해 김 모 국회의원이 그동안 기업으로부터 부정한 자금을 받았다고 밝혔다. 김 모 국회의원은 기업으로부터 어떠한 자금도 받지 않았다고 주장하고 있지만 <u>여러 증거와 기업인들의 증언으로 봐서는 부정한 자금을 받은 게 분명하다.</u>

....

....

2.

> 산업화를 거치면서 가족 규모는 계속 작아지고 있다. 이를 '핵가족'이라고 하는데 <u>경제력을 갖춘 젊은이들이 미혼 상태에서 독립하는 경우가 많아지면서 1인만으로 구성된 가정도 적지 않다.</u>

....

....

3.

첨단 과학의 시대에도 사주 카페와 점집은 도시인들로 붐빈다. 사주나 점은 과학적인 근거가 없어서 신뢰할 수 없다고들 하고 또 재미로 즐길 뿐이라고들 하면서도 현대인들은 중요한 문제가 있으면 점을 보고, 날마다 신문에서 오늘의 운세를 확인한다.

....

....

4.

오랜만에 고등학교 때 선생님을 찾아 뵈었다. 선생님은 화사한 미소로 나를 반겨 주셨다. "공부하기 힘들 텐데 잊지 않고 찾아 와 줘서 정말 고맙다."고 말씀하시는 선생님께 오히려 내가 죄송하기만 했다. 이제부터는 자주 연락을 드려야지.

....

....

5.

오늘 친구와 같이 전자 상가에 가서 노트북을 구경했다. 점원이 무이자 12개월에 세일도 많이 하는 좋은 기회라면서 자꾸 권해서 그만 노트북을 구입하고 말았다. 따지고 보면 노트북은 당장 필요한 것도 아닌데다가 요즘 생활비 지출이 많아져서 형편도 안 좋은 편인데…… 앞으로는 무절제한 소비를 줄여야겠다.

....

....

듣기 지문
모범 답안

듣기 지문

1과 5번

유학 생활을 시작한 지 벌써 1년이 지났다. 아직 낯선 것이 많지만 이 곳 한국 생활에 점점 적응이 돼 가고 있다. 내 친구가 한국 사람이나 다름없다고 말한 적도 있다. 처음에 왔을 때는 누가 길이라도 물어볼까 봐 겁도 났지만 이제는 자유롭게 내 뜻을 표현할 수 있을 정도로 한국어 실력이 는 것 같다. 그리고 학교도 잘 선택한 것 같다. 학교 시설이나 쾌적한 환경 등 모든 것이 만족스럽다. 유학을 선택한 것에 대해 후회는 없지만 이런 저런 생각이 들기도 한다. 내가 유학을 안 왔더라면 어떻게 됐을까? 유학 생활이 내 인생에 어떤 영향을 끼칠까? 과연 내 인생에 도움이 되는 것일까?

가끔 부모님의 전화를 받으면 나한테 기대를 많이 하고 계신 것 같아서 좀 부담스럽다. 그리고 빨리 학위를 따야겠다는 생각에 시간에 쫓겨 초조하기만 하다. 이럴수록 정신 차리고 열심히 해야 할 텐데…… 그 동안 내 생활이 너무 무계획적이었던 것 같다. 계획대로 한다 한다 하는 게 제대로 지켜지지 않는다. 유학 생활을 성공적으로 끝마칠 수 있도록 앞으로 시간을 좀 더 효율적으로 쓰면서 생활해가야겠다.

2과 5번

『칭찬은 고래도 춤추게 한다』라는 책에서 작가는 아무리 성격이 나쁘고 이기적인 아이도 부모와 주위 사람들의 칭찬으로 성격을 고칠 수 있다고 말하고 있습니다. 실제로 성격이 부정적이고 성적이 떨어지는 아이들 200명에게 작은 일에서부터 칭찬을 하기 시작하니까 80% 이상의 아이들이 학습 능력이 높아지고 자신감이 생겼다는 연구 결과가 나왔습니다.

물론 성격은 태어날 때부터 결정되는 것이라는 주장도 있습니다. 아이가 태어날 때 이미 부모에게서 받은 DNA 중 성격을 형성하는 유전인자가 있으며 형제 사이에 성격이 다른 경우에도 부모의 서로 다른 유전인자가 영향을 끼쳤을 것이라는 주장도 있습니다.

하지만 일상생활에서 칭찬이 아이들의 성격에 영향을 미치는 것을 부정할 수는 없습니다. 부모의 칭찬을 듣지 못하고 자란 아이들은 자신감이 없고 소심하며 교우 관계에서도 소극적인 경향이 있다고 합니다. 한편 작은 일에도 칭찬을 받는 아이들은 자신감이 생기고 적극적으로 학교 일에 참여하며 친구들을 잘 사귀는 활달한 성격으로 바뀐다고 합니다.

물론 아이에게만 칭찬을 해서는 안 됩니다. 부모가 아이 앞에서 서로를 칭찬하는 모습을 보이는 것이 중요합니다. "여보, 당신이 최고야.", "당신이 만든 요리가 세상에서 제일 맛있어." 라는 칭찬을 주고받을 때 아이의 성격은 확실히 달라질 것입니다.

3과 5번

남자 : 아파트에 거주하는 사람들이 늘면서 주민들 간의 말다툼도 많아지고 있는데요. 그 원인은 여러 가지가 있겠지만 오늘은 아파트에서 애완동물을 키우는 문제에 대해 이야기해 보도록 하겠습니다. 먼저 연세 아파트 부녀회장님을 모시고 이야기를 들어보겠습니다. 요즘 애완동물을 키우는 주민들에 대한 불평이 많다면서요?

여자 : 네, 아파트는 애완동물을 키우기에는 안 좋지요. 공공 주택이니까 많은 주민들이 반대하는 것 같아요.

남자 : 반대하는 이유가 무엇입니까?

여자 : 개가 짖는 소리가 시끄러울 뿐만 아니라 냄새도 많이 나다 보니 쾌적한 주거 환경이 만들어질 수가 없잖아요. 게다가 개한테 물리는 일도 적지 않고요. 그리고 놀이터에 건강에 해를 입힐 수 있는 개 회충알도 있다고 하잖아요.

남자 : 개를 키우는 사람들 중에는 주민들에게 피해를 끼치지 않도록 노력하는 사람들도 많지 않습니까?

여자 : 모든 사람들이 그렇게 조심하면 불평하는 사람도 없고 얼마나 좋겠어요? 개를 데리고 산책할 때 비닐 봉투도 안 가지고 나오는 사람도 얼마나 많은데요.

남자 : 부녀회에서 그 문제를 해결하기 위해 정하신 것은 없습니까?

여자 : 부녀회에서 정하면 뭐해요? 무시하기만 하는데요. 법 규정을 만들어 벌금을 내게 하든지 해야지 그렇지 않으면 주민들이 계속 피해를 볼 거예요.

4과 5번

주 5일 근무제를 시행하는 회사가 많아지면서 색다른 테마 관광을 즐기려는 가족 단위의 관광객이 늘어나고 있습니다. 경주시는 이를 위해 새로운 관광 코스인 '자전거 문화 유적 체험 투어'를 개발하고 관광객을 모집하고 있습니다. 경주시가 새로 개발한 '자전거 문화 유적 체험 투어' 프로그램은 3월부터 11월까지 실시되며 1박 2일 코스입니다. 첫째 날은 자전거로 시내 유적지와 박물관을 둘러보고, 둘째 날은 불국사, 경주 세계 문화 엑스포를 구경한 후 신라 문화 체험 프로그램에 참가하는 순서로 진행됩니다. 참가비는 1인 기준 3만원으로 자전거 대여료, 음료, 식비, 입장료, 기념품이 포함됩니다. 또한 경주 역사와 문화에 대한 이해를 돕기 위해 문화 유산 해설가가 유적에 대해 자세히 설명을 해 준다고 합니다. 경주시는 '자전거 문화 유적 체험 투어'를 통해 경주에 대한 이미지를 새롭게 하고 관광객들에게 특별한 추억을 제공하기 위하여 이 프로그램을 개발했다고 합니다.

5과 5번

최근 영화, 문학, 미술, 음악, 무용 등 여러 분야에서 창작 활동이 활발히 이루어지고 있습니다. 그런데 인터넷, 대중 매체 등의 발달로 인해 다른 사람의 작품을 손쉽게 보고 들을 수 있게 되면서 저작권 문제가 더 심각해졌습니다. 방송계에서는 아주 오래 전부터 가수가 신곡을 발표할 때 다른 노래의 일부분을 똑같이 쓰거나 외국 텔레비전 프로그램의 내용을 그대로 사용하는 경우에 저작권 침해 문제가 제기되었습니다. 요즘은 일반인들도 조심해야 할 것이 많습니다. 인터넷에 실려 있는 다른 사람의 글, 그림, 사진, 음악 등을 마음대로 갖다 쓰거나, 컴퓨터 프로그램을 개인 CD로 구워서 나눠 주다가는 저작권법에 걸립니다. 저작권 침해는 다른 사람의 것을 훔치는 것이나 다름없습니다. 저작권법으로 감시하지 않고서는 창작한 사람의 노력과 기술을 소중히 여기고 보호할 수 없게 됩니다. 다른 사람의 권리를 지켜 줘야 우리의 권리도 지켜지는 법입니다. 우리 모두 저작권을 침해하지 않도록, 그리고 침해당하지 않도록 해야 할 것입니다. 정직한 사회를 만드는 것은 우리의 양심에 달려 있습니다.

듣기 지문

6과 5번

사회자 : '인터넷 포털 사이트의 신문 기사 제공 서비스'에 대한 찬반 토론을 진행하겠습니다. 먼저 박 기자 말씀해 주십시오.

박 기자 : <하나신문>의 박성수 기자입니다. 한국의 신문 구독률은 계속 감소하는 반면 인터넷으로 신문 기사를 본다는 사람의 수는 계속 증가하고 있습니다. 이것은 인터넷 포털 사이트에서 각종 신문 기사를 쉽게 볼 수 있기 때문입니다.

사회자 : 다음 김영미 씨 말씀해 주십시오.

김영미 : 연세대학교 재학 중인 김영미입니다. 저는 인터넷 사이트의 신문 기사 제공 서비스에 찬성합니다. 정보가 넘쳐 나는 사회에서 바쁜 현대인들이 모든 신문과 방송 뉴스를 다 볼 수는 없지요. 그러니까 원하는 정보만을 빠른 시간에 볼 수 있는 인터넷 포털 사이트의 신문 기사 제공 서비스가 편리합니다.

박 기자 : 포털 사이트의 신문 기사 제공의 문제점을 두 가지만 말하겠습니다. 첫째, 사이트 이용자들이 신문 기사를 홈페이지나 광고에 실어서 상업적인 목적으로 이용한다는 것입니다. 이것은 저작권 침해입니다. 둘째, 호기심을 끄는 기사들만 싣다 보니 청소년들이 보지 말아야 할 기사를 보게 된다는 것입니다. 이것은 청소년 범죄의 원인이 되기도 합니다.

김영미 : 그런 문제가 있기는 하지만 신문사들이 신문의 지면들을 자꾸 늘리다 보니 광고 면처럼 보지 않아도 될 기사들이 너무 많아요. 그래서 신문 구독률이 떨어지는 거예요.

박 기자 : 신문 구독률이 떨어지니까 신문사 입장에서는 수입이 줄게 되어서 광고 면을 늘릴 수밖에 없습니다.

김영미 : 신문의 광고 면이 많아지는 것이 구독률 감소 때문이라고 변명하는 건 잘못된 것 아닙니까? 포털 사이트에서 인기 있는 신문사 기사를 자주 읽다 보면 아마 그 신문을 구독하게 될 겁니다.

7과 5번

정희 : 미선아, 너 사주 본 적 있니?

미선 : 아니, 본 적 없는데. 나는 그런 것에 관심이 별로 없거든. 그런데 갑자기 왜?

정희 : 지나가다가 보니까 사주를 봐 주는 카페가 있더라. 그래서 한번 재미로 봤지.

미선 : 그래, 사주가 어떻대?

정희 : 나더러 관찰력이 있다고 하고 성격이 활달하고 명랑하면서 외향적이라더라. 그런 성격에 어울리는 직업을 찾으래.

미선 : 음, 잘 맞추는 게 신기하기는 하다. 너에게는 무슨 직업이 좋대?

정희 : 사업가라든지 기자, 연예인 같은 직업이 어울린대. 그리고 열심히 하다 보면 크게 성공하고 재물운도 따른다더라.

미선 : 결혼은 언제 하는 게 좋은지 물어봤어?

정희 : 응, 물어보는 김에 다 물어봤지. 결혼 적령기를 지나서 하는 게 좋대. 너무 일찍 결혼하면 배우자의 출세를 막을 운이래. 대체로 복이 많은 편이라고 하니 앞으로 걱정 안 해도 되겠어.

미선 : 설마 그런 아무런 과학적 근거가 없는 미신을 믿는 건 아니겠지? 사주 같은 건 시대에 뒤떨어진 미신이야. 자기의 운명은 스스로 노력해서 만들어가야 하는 법이거든. 열심히만 살아간다면야 행운이 저절로 따라오지 않겠어?

정희 : 노력도 노력이지만 세상의 모든 일이 정해진 운명에 달려 있을 수도 있어.

미선 : 아휴, 내 친구가 이렇게 비과학적인 사고방식을 갖고 있는 줄 몰랐네.

8과 5번

신용 카드를 사용하는 사람들의 수가 점점 늘고 있는데요. 이럴 때일수록 신용 카드의 장점과 올바른 신용 카드 사용법을 잘 아는 지혜가 필요합니다.

신용 카드의 장점은 첫째, 현금을 소지할 필요가 없다는 것입니다. 국내뿐만 아니라 해외 어디를 가도 신용 카드 하나만 있으면 불편함이 없습니다. 둘째, 원하는 제품이나 서비스는 바로 받고 지불은 나중에 해도 된다는 점입니다. 당장 현금이 없는 경우에는 유용하게 사용될 수 있겠지요. 셋째, 할부로 구매할 수 있어요. 구매 금액을 3개월, 6개월씩 나누어 낼 수 있으니 편리합니다.

하지만 신용 카드의 단점도 많습니다. 무엇보다 당장 현금을 사용하지 않아도 된다는 생각에 과소비를 하기 쉽다는 점입니다. 이 때문에 신용 불량자 문제가 발생하고 있고요. 또한 카드를 도난당하거나 분실해서 피해를 입는 경우도 많습니다. 게다가 개인 정보가 유출되어 범죄에 악용될 수도 있으니 유의해야 합니다.

올바르게 신용 카드를 사용하자면 될 수 있는 대로 카드를 하나만 쓰는 것이 좋습니다. 그래야 신용 포인트를 최대한 높일 수 있습니다. 또한 카드사에서 제공하는 각종 할인 쿠폰은 최대한 이용하고 고가의 물건일 경우 무이자 할부 서비스를 이용하도록 하십시오. 무엇보다 자신의 소득 수준에 맞춰서 카드를 사용하는 것이 중요합니다.

9과 5번

가정의 달 5월을 맞아 가족들이 나들이하기에 좋은 축제를 하나 소개하려고 합니다. 바로 이천 도자기 축제인데요. 오는 4월 25일부터 5월 25일까지 도자기의 본고장 이천에서 도자기 축제가 열립니다. 이 축제는 천년이 넘는 역사를 가진 우수한 이천 도자기를 세계에 알리기 위해서 마련된 행사인데 도자기에 관심이 있는 사람들을 위해 약 한 달 동안 다양하고 흥미로운 행사가 준비되어 있습니다. 우선 4월 25일 2시 반부터 만남의 광장에서 무용단의 가면극 공연과 유명 가수의 축하 공연이 있을 예정입니다.

벚꽃이 활짝 핀 호수를 따라 자연을 느끼면서 세계 여러 작품들을 감상할 수 있으며 유럽의 도자기와 한국의 도자기가 같이 전시되어 있어서 비교 감상할 수 있는 전시회도 있습니다. 맨발로 흙을 밟아 보는 체험과 나만의 도자기를 직접 만들어 보는 체험도 즐길 수 있습니다. 흙이 손에서 미끄러질 때의 그 느낌이 여러분을 만족시킬 것이며 도자기에 자신의 그림 솜씨를 발휘해 볼 수 있는 좋은 기회도 제공됩니다. 넓은 판매장에는 다양한 도자기 상품들이 마련되어 있어서 마음껏 구경하고 기념품으로 한두 가지 골라 사 가지고 가는 것도 괜찮을 것 같습니다. 공연 행사로는 하루에 한 번 농악 공연과 가장 행렬이 펼쳐지며 마지막 날 저녁부터는 유명 가수의 공연과 불꽃놀이가 진행될 예정입니다.

이천에 온 김에 아름다운 봄꽃과 맑은 호수의 경치도 감상하고 이천 쌀로 지은 쌀밥, 온천욕을 즐기면 쌓인 피로가 풀릴 것입니다.

10과 5번

여자 : 안녕하십니까? 한국 텔레콤입니다. 무엇을 도와 드릴까요?

남자 : 여보세요. 초고속 인터넷 통신 개통 광고를 보고 관심이 있어서 전화했는데요.

여자 : 전화 감사합니다. 이번에 저희 회사의 초고속 인터넷 통신 개설을 기념해서 특별 서비스를 실시하고 있는데요. 저희 회사 인터넷 통신은 다른 회사보다 속도가 2배나 빠릅니다. 또 이달 말까지 신청하시면 케이블 TV를 무료로 이용하실 수 있습니다. 게다가 기존에 쓰시던 전화번호를 바꾸실 필요 없이 집 전화를 무료로 이용하실 수 있습니다.

남자 : 저는 외국인인데 신청할 수 있습니까?

여자 : 네, 하지만 19세 이상이라야 서비스를 이용하실 수 있습니다. 19세 미만일 경우 보호자나 보증인이 필요합니다.

남자 : 저는 스무 살이니까 가능하네요. 다른 가입 조건은요?

여자 : 이번 서비스를 이용하려면 계약 기간을 꼭 3년 이상으로 하셔야 합니다. 또 한 달 이용료는 5만원이에요.

남자 : 한 달 이용료가 5만원이라고요? 그러면 지금 이용하는 인터넷 통신 서비스보다 2만원이나 비싼데요.

여자 : 하지만 케이블 TV와 집 전화비가 무료니까 더 저렴하게 이용하시는 셈입니다.

남자 : 음, 잘 생각해 보고 다시 전화 드리겠습니다.

모범 답안

제1과 나의 생활

1과 1항

1. ❷ 옮겼어 ❸ 겁이 났는데 ❹ 적응이 돼서 ❺ 다행이

2. ❷ 도시 근교로 ❸ 도심 ❹ 쾌적한 ❺ 편의 시설이

3.
- ❶ 재미있게 이야기 합니다. — 간이 많이 지난 줄도 몰랐군요.
- ❷ 한국에서 오래 삽니다. — 김치가 없으면 밥을 못 먹겠어요.
- ❸ 주말마다 술을 마십니다. — 량이 늘었어요.
- ❹ 회사에서 서툰 한국말로 의사소통을 합니다. — 끔 오해를 살 때도 있어요.
- ❺ 성실하게 맡은 일을 열심히 합니다. — 료들이 제 능력을 알아주던데요.
- ❻ 밥을 하기가 귀찮아서 인스턴트 식품을 즐겨 먹습니다. — 강이 많이 나빠졌어요.

❷ 한국에서 오래 살, 김치가 없으면 밥을 못 먹겠어요. ❸ 주말마다 술을 마시, 주량이 늘었어요. ❹ 회사에서 서툰 한국말로 의사소통을 하, 가끔 오해를 살 때도 있어요. ❺ 성실하게 맡은 일을 열심히 하, 동료들이 제 능력을 알아주던데요. ❻ 밥을 하기가 귀찮아서 인스턴트 식품을 즐겨 먹, 건강이 많이 나빠졌어요.

4. ❷ 요리를 자주 하 ❸ 계속 살, 여기가 좋아졌어요. ❹ 자주 만나, 정이 들었어요. ❺ 뉴스를 많이 듣다가 보니 듣기 실력이 좋아졌어요. ❻ 해외여행을 많이 하다가 보니 여러 나라 문화를 알게 됐어요.

5. ❷ 영상이 아름답긴 한데 배우들이 연기를 잘 못한다. ❸ 바쁘긴 한데 즐겁다. ❹ 자유롭긴 한데 외롭다. ❺ 편리하긴 한데 숙박비가 비싸다. ❻ 전망이 안 좋긴 한데 시설이 좋다.

6. ❷ 전망이 좋긴 한데 ❸ 싱싱하긴 한데 너무 비싸요. ❹ 디자인이 좋긴 한데 기능이 별로 많지 않아요. ❺ 튼튼해 보이긴 하는데 편안해 보이지 않아요. ❻ 잘 맞긴 하는데 색깔이 마음에 안 들어요.

1과 2항

1. ❷ 부러웠다 ❸ 영향을 ❹ 인생 ❺ 궁금해요

2. ❷ 부담스럽 ❸ 뿌듯하시겠어요 ❹ 초조했는지 ❺ 짜증스럽다는 ❻ 당황스러울

3. ❷ 돈을 아껴 썼더라면 ❸ 과속을 안 했더라면 교통사고가 안 났을 거예요. ❹ 늦게 일어나지 않았더라면 수업 시간에 지각을 안 했을 거예요. ❺ 공부를 열심히 했더라면 시험을 잘 봤을 거예요. ❻ 과음을 자주 하지 않았더라면 병이 안 났을 거예요.

4. ❷ 입학하자마자 동아리에 가입했더라면 ❸ 같이 갔더라면 재미있었을 거예요. ❹ 예매했더라면 영화를 볼 수 있었을 거예요. ❺ 푹 쉬었더라면 벌써 다 나았을 거예요. ❻ 서비스 센터에 맡겼더라면 금방 고칠 수 있었을 거예요.

5. ❷ 포도 주스나 ❸ 여관이나 ❹ 새 것이나 ❺ 가수나 ❻ 어머니가 만든 것이나

6. ❷ 제임스 씨 집이나 ❸ 거절한 것이나 ❹ 도박이나 ❺ 주인공이 광고를 한 것이나 다름없어. ❻ 미선 씨가 숙제를 한 것이나 다름없군요.

1과 3항

1. ❷ 쌓여 ❸ 정신을 차릴 ❹ 살펴 보는

2. ❷ 포기하 ❸ 목표를 정했다 ❹ 시간에 쫓기는 ❺ 효율적이다

3. ❷ 부모님이 걱정을 하지 않으시 ❸ 아침에 일찍 일어나 ❹ 한국말 실력이 좋아지 ❺ 체하지 않 ❻ 시간을 낭비하지 않

4. ❷ 감기에 걸리지 않 ❸ 친구가 한국 생활에 잘 적응할 수 있 ❹ 오해하지 않 ❺ 단어를 잊어버리지 않도록 반복해서 외우세요. ❻ 필요없는 물건을 사지 않도록 미리 메모해 가지고 가세요.

모범 답안

5. ❷ 돈이 있다고 ❸ 서로 양보한다고 ❹ 외국어를 잘 한다고 ❺ 맡은 일만 열심히 한다고 ❻ 실력이 있다고

6. ❷ 자격증을 많이 딴다고 ❸ 교통비를 아낀다고 ❹ 담배값을 올린다고, 흡연율이 낮아지는 건 아니예요. ❺ 정부가 노력한다고 해서 환경 문제가 해결되는 건 아니예요. ❻ 주식에 투자한다고 해서 누구나 돈을 벌 수 있는 건 아니예요.

1과 4항

1. ❷ 용기가 나 ❸ 양로원 ❹ 봉사활동을

2. ❷ 출세 ❸ 명예를 ❹ 체력이 ❺ 지혜를

3. ❷ 담배를 끊는다 끊는다 ❸ 운전을 배운다 배운다 ❹ 운동을 한다 한다 ❺ 인터넷 강의를 듣는다 듣는다 ❻ 집안일을 도와 드린다 드린다

4. ❷ 회원 가입을 한다 한다 ❸ 검사를 받으러 간다 간다 ❹ 알아 본다 본다 ❺ 구인 광고를 낸다 낸다 하는 게 바빠서 아직도 못 냈어요. ❻ 한국어 능력 시험을 본다 본다 하는 게 준비가 제대로 안 된 것 같아서 이번에도 안 봤어요.

5. ❷ 물을 조금씩이라도 마셔 ❸ 상대방 말도 들어 ❹ 다른 사람과 의논해 ❺ 맛을 봐 ❻ 공책에 써

6. ❷ 사람들에게 물어봐 ❸ 사전을 찾아 ❹ 사용 설명서를 봐 ❺ 취미 활동도 해 가면서 생활하세요. ❻ 고속도로 휴게소에서 쉬어 가면서 운전을 하세요.

1과 5항

1. ❶ 소박한 사람 — 큰 욕심을 내지 않고 꾸밈이 없는 사람
   ❷ 겸손한 사람 — 상대를 존중하고 자신의 것을 자랑하지 않는 사람
   ❸ 지성적인 사람 — 생각하고 이해하고 판단하는 능력이 뛰어난 사람
   ❹ 감성이 풍부한 사람 — 무슨 일에든지 잘 감동하는 사람

2. ❶ 수명이 ❷ 감성의 ❸ 지성과 ❹ 시련과 ❺ 행간을

3. 1) ❷ 2) ❹ 3) ❸

4. 생략

5. 1) ❷ 2) ❶ ○ ❷ X ❸ ○ 3) ❶ 내가 유학을 안 왔더라면 어떻게 됐을까? ❷ 유학 생활이 내 인생에 어떤 영향을 끼칠까? ❸ 과연 내 인생에 도움이 되는 것일까?

6. 1) ❷ 2) 긍정적 3) ❹ 4) ❶ ○ ❷ X ❸ ○

7. 생략

8. 생략

의태어 연습

1. 방실방실 2. 텅 3. 반짝반짝 4. 줄줄 5. 주룩주룩
6. 활짝 7. 꽉 8. 뻘뻘 9. 꾸벅꾸벅 10. 살금살금

제 2 과 사람의 성격

2과 1항

1. ❷ 첫인상은 ❸ 수줍음을 타는 ❹ 적극적으로 ❺ 활달한

2. ❷ 솔직하다 ❸ 변덕스럽다 ❹ 덜렁거리다 ❺ 외향적이다 ❻ 느긋하다

3. ❶ 웨이 씨가 준비를 열심히 했습니다. — 발표를 잘 했어요.
   ❷ 영수 씨가 제 친구에게 관심이 있습니다. — 자꾸 물어봐요.
   ❸ 정희 씨에게 무슨 문제가 생겼습니다. — 표정이 어두워요.
   ❹ 공연이 볼 만합니다. — 관객들의 평이 좋아요.
   ❺ 에어컨이 고장났습니다. — 안 시원해요.
   ❻ 민철 씨가 잘못을 했습니다. — 용서를 빌고 있어요.

❷ 영수 씨가 제 친구에게 관심이 있는지 자꾸 물어봐요. ❸ 정희 씨에게 무슨 문제가 생겼는지 표정이 어두워요. ❹ 공연이 볼 만한지 관객들의 평이 좋아요. ❺ 에어컨이 고장났는지 안 시원해요. ❻ 민철 씨가 잘못을 했는지 용서를 빌고 있어요.

4. ❷ 무슨 일이 있는지 ❸ 기분이 나쁜 일이 있었는지 ❹ 음식이 맛있는지 ❺ 영화가 재미없는지 ❻ 세일을 하는지

5. ❷ 유학 생활을 하 ❸ 여행을 하, 잘못된 정보로 고생할 때가 있어요. ❹ 도시에서 살, 자연이 그리워질 때가 있어요. ❺ 사업을 하, 일이 내 뜻대로 되지 않을 때가 있어요. ❻ 직장에 다니, 동료와의 의견 충돌이 생길 때가 있어요.

6. ❷ 같이 오래 생활하 ❸ 친구들과 자주 만나, 잘 어울리게 될 거예요. ❹ 계속 수영을 하, 살이 빠질 거예요. ❺ 같이 영화도 보러 다니고 이야기를 많이 하다가 보면 빨리 친해질 거예요. ❻ 직장 생활을 하다가 보면 그럴 때가 있어요.

2과 2항

1. ❷ 살릴 ❸ 호기심을 ❹ 상상력이 ❺ 풍부한 ❻ 적성

2. ❷ 사 ❸ 자 ❹ 가 ❺ 수

3. ❶ 어렸을 때부터 상상력이 풍부합니다. — 영화감독이 됐어요.

❷ 날마다 뉴스를 듣습니다. — 듣기 실력이 아주 좋아졌어요.

❸ 공부에는 관심이 없습니다. — 대학교 시험에 떨어졌어요.

❹ 육식만 합니다. — 살이 5Kg이나 쪘어요.

❺ 돈을 아끼지 않고 막 씁니다. — 빚을 많이 졌어요.

❻ 낭비하지 않고 열심히 저축합니다. — 집을 한 채 샀어요.

❷ 날마다 뉴스를 듣, 듣기 실력이 아주 좋아졌어

요. ❸ 공부에는 관심이 없, 대학교 시험에 떨어졌어요. ❹ 육식만 하, 살이 5Kg이나 쪘어요. ❺ 돈을 아끼지 않고 막 쓰, 빚을 많이 졌어요. ❻ 낭비하지 않고 열심히 저축하, 집을 한 채 샀어요.

4. ❷ 전화를 받 ❸ 듣지 않 ❹ 밤을 새워 가면서 공부하, 수석 졸업을 했군요. ❺ 건강을 돌보지 않고 일만 하시더니 결국 병이 나셨어요. ❻ 그렇게 잘난 척을 하더니 창피하겠어요.

5. ❷ 가정환경이 좋으면 ❸ 월급이 많으면, 일이 적성에 맞아야지요. ❹ 영어를 잘 하면, 일 처리 능력이 뛰어나야지요. ❺ 외모가 멋있으면, 노래 실력이 좋아야지요. ❻ 공부를 잘 하면, 인간성이 좋아야지요.

6. ❷ 필기시험을 잘 보면 ❸ 월급이 인상되면, 아이들 교육 때문에 여전히 생활비가 모자라는데요. ❹ 아파트 값이 내리면, 우리 같은 사람은 살 생각도 못하는데요. ❺ 시험 공부 계획을 잘 세우면 뭘 해요? 계획을 지켜서 시험을 잘 봐야지요. ❻ 적극적이고 활달하면 뭘 해요? 너무 널렁거려서 실수를 많이 하는데요.

2과 3항

1. ❷ 자라 ❸ 부족하다 ❹ 외동딸로 ❺ 싸웠는지 ❻ 장남이

2. ❷ 건조해져서 ❸ 습하 ❹ 쌀쌀해서 ❺ 화창하

3. ❷ 단어만 많이 외울 ❸ 텔레비전을 볼 ❹ 그냥 참을 ❺ 꽃만 사 줄, 좋아한다고 고백해 보세요. ❻ 관련 서적을 읽을, 직접 문화 체험 활동을 해 보세요.

4. ❷ 혼자 고민만 할 ❸ 사전만 찾을 ❹ 약만 먹을 ❺ 무조건 다 도와줄 게 아니라 스스로 해결하게 두세요. ❻ 그냥 기다릴 게 아니라 연락을 한번 해 보세요.

5. ❷ 말을 시작했다 ❸ 친구들을 만났다 ❹ 친한 친구와 전화를 했다, 한 시간 이상 한다. ❺ 인터넷 게임을 했다, 밤을 샌다. ❻ 화가 났다, 이틀 이상 말을 안 한다.

6. ❷ 먹었다 ❸ 책을 읽었다 ❹ 운동을 했다 ❺ 게

임 대회에 나갔다 하면 우승을 하곤 했어요. ⑥ 자전거를 탔다 하면 이 정도는 탑니다.

2과 4항

1. ② 명상이 ③ 귀 기울여야 ④ 쓰러지셔서 ⑤ 타고 난

2. ② 당뇨병 ③ 위염 ④ 치매 ⑤ 소화불량 ⑥ 두통

3. ② 불이 날 ③ 전쟁이 일어날 ④ 다칠 ⑤ 많은 사상자가 발생할 ⑥ 손해를 입을

4. ② 준비를 못할 ③ 큰일날 ④ 자동차를 가지고 올 ⑤ 출근하는 길에 사고가 나서 회사에 못 올 뻔 했어요. ⑥ 몇 달 전에 예매를 해서 구했는데 조금만 늦었으면 못 살 뻔 했어요.

5. ② 새로 나온 영화를 개봉한다기에 ③ 시청 앞에서 세계 음식 축제가 열린다기에 ④ 백화점 바겐세일이 시작된다기에 ⑤ 코엑스에서 취업 설명회가 있다기에 ⑥ 이번 주말에 비가 온다기에

6. ② 요가가 건강에 좋다기에 ③ 봉사 활동을 하신다기에 ④ 중국어를 배우면 취직에 도움이 된다기에 배워 보려고요. ⑤ 운동이 혈압 조절에 좋다기에 매일 운동을 하고 있어요. ⑥ 오늘은 시청 주위가 많이 막힌다기에 버스를 타고 왔어요.

2과 5항

1. ① 의욕이 ② 시각도 ③ 열정을 ④ 재치 ⑤ 표현
2. 씻어야, 물을 길어, 물을 부어서, 푼다, 눌어붙는데
3. ① 서두르다 ② 해치우다 ③ 불안하다 ④ 민첩하다
4. 생략
5. 1) ② 2) ① O ② X ③ X ④ O
6. 1) ③ 2) ① O ② X ③ O ④ X
7. 생략
8. 생략

의성어 연습

1. 보글보글 **2.** 딸랑딸랑 **3.** 펑 **4.** 꼬르륵 **5.** 쿨쿨 **6.** 풍덩 **7.** 훅 **8.** 앵 **9.** 윙 **10.** 덜컹덜컹

제3과 일상의 문제

3과 1항

1. ② 벽걸이 ③ 매장 ④ 제품을 ⑤ 설치 ⑥ 반품이

2. ② 구입 ③ 교환 ④ 환불 ⑤ 배송

3. ② 영화를 보 ③ 술을 마시, 시간이 너무 일러요. ④ 걸어서 가, 좀 멀어요. ⑤ 제가 읽, 너무 어려워요. ⑥ 수영을 하, 날씨가 좀 쌀쌀해요.

4. ② 공부하 ③ 학교에 지하철로 다니, 안 좋아요. ④ 운동하, 적당해요. ⑤ 장을 보기에는 편리해요. ⑥ 하숙비가 한 달에 70만 원이어서 학생이 살기에는 하숙비가 너무 비싸요.

5. ② 음식을 해 놓 ③ 거스름돈을 받, 천 원을 덜 받았어요. ④ 운동 기구를 사 놓, 자주 사용할 것 같지 않아서 산 것이 후회가 돼요. ⑤ 지하철에서 내리, 내려야 할 곳이 아니었어요. ⑥ 과로로 쓰러지, 건강이 얼마나 소중한지를 알겠어요.

6. ② 되 ③ 휴학하, 학교 생활이 그립네. ④ 얘기하, 괜히 얘기한 것 같아. ⑤ 끝내고 보니 일이 별로 만족스럽지 않네. ⑥ 장사를 시작하고 보니 어려운 일이 한두 가지가 아니예요.

3과 2항

1. ② 무시하 ③ 틀 ④ 휴식을 ⑤ 어쩔 수 없이

2. ② 피해를 입은 ③ 손해를 봤어요 ④ 손해를 끼치 ⑤ 영향을 받아서 ⑥ 피해를 주는

3. ② 이렇게 가게 점원이 불친절해서야 ③ 이렇게 물가가 많이 올라서야, 생활할 수 있 ④ 이렇게 차가 막혀서야, 제 시간에 도착할 수 있 ⑤ 이렇게 물건의 품질이 나빠서야, 많이 팔리 ⑥ 이렇게 공부를 안 해서야, 시험을 잘 볼 수 있

4. ② 이렇게 주차 공간이 부족해서야 ③ 그렇게 수줍음을 많이 타서야, 사회 생활을 잘 할 수 있 ④ 그렇게 돈을 막 써 버려서야, 돈을 모을 수 있 ⑤ 그렇게 회사가 멀어서야 어디 다닐 수 있겠어요? ⑥ 이렇게 경제가 안 좋아서야 어디 외국인들이 투자하겠어요?

5. ❶ 월급이 많습니다. — 예의를 지켜야 해요.

❷ 고생을 많이 합니다. — 물어보면 안 돼요.

❸ 가까운 사이입니다. — 봉사 활동을 계속 할 거예요.

❹ 능력이 뛰어납니다. — 일이 적성에 안 맞으면 안 다닐 거예요.

❺ 점원이 사라고 권합니다. — 성실하지 않으면 성공하지 못해요.

❻ 결과가 어떻게 나왔는지 궁금합니다. — 필요없으면 사지 마세요.

❷ 고생을 많이 한다고, 봉사 활동을 계속 할 거예요. ❸ 가까운 사이라고, 예의를 지켜야 해요. ❹ 능력이 뛰어나다고, 성실하지 않으면 성공하지 못해요. ❺ 점원이 사라고 권한다고, 필요없으면 사지 마세요. ❻ 결과가 어떻게 나왔는지 궁금하다고, 물어보면 안돼요.

6. ❷ 성형 수술을 해서 예뻐진다고 ❸ 5급에 못 올라간다고, 한국어 공부를 포기하지 않을 거예요. ❹ 친구가 먼저 사과한다고, 화해를 안 할 거예요. ❺ 다시 태어난다고 해도 지금 내가 하고 있는 일을 계속 할 거예요. ❻ 우승하지 못한다고 해도 최선을 다할 거예요.

3과 3항

1. ❷ 부스럭거리는 ❸ 방해가 되 ❹ 망설였다 ❺ 잠을 설치는 ❻ 맞춰

2. ❷ 시인하다 ❸ 부인하다 ❹ 불평하다 ❺ 합의하다 ❻ 고소하다

3. ❶ 카드를 활용했습니다. — 기름값이 많이 절약됐어요.

❷ 금연 껌을 씹었습니다. — 단어가 더 잘 외워져요.

❸ 소형차로 바꿨습니다. — 담배를 쉽게 끊을 수 있었어요.

❹ 여행을 같이 갔습니다. — 한국어 실력이 향상됐어요.

❺ 가격을 비교해 봤습니다. — 별로 차이가 없었어요.

❻ 한국 친구하고 말하기 연습을 많이 했습니다. — 친구와 더 가까워졌어요.

❷ 금연 껌을 씹었더니 담배를 쉽게 끊을 수 있었어요. ❸ 소형차로 바꿨더니 기름 값이 많이 절약됐어요. ❹ 여행을 같이 갔더니 친구와 더 가까워졌어요. ❺ 가격을 비교해 봤더니 별로 차이가 없었어요. ❻ 한국 친구하고 말하기 연습을 많이 했더니 한국어 실력이 향상됐어요.

4. ❷ 잘잘못을 따졌더니 ❸ 영수 씨한테 연락을 했더니 참석을 못한다고 했어요. ❹ 예매하려고 알아봤더니 벌써 매진됐던데요. ❺ 하루도 빠짐없이 운동을 했더니 체력이 좋아졌어요. ❻ 구인 광고를 냈더니 지원자가 많이 몰려들었어요.

5. ❷ 먹을 ❸ 창피해서 부를 ❹ 화가 나서 그냥 있을 ❺ 짜증이 나서 기다릴 ❻ 배가 고파서 참을

6. ❷ 안 들어줄 ❸ 시끄러워서 살 ❹ 너무 아파서 참을 ❺ 너무 고가의 제품이라서 받을 수가 있어야지요. ❻ 피해를 입은 적이 하도 많아서 믿을 수가 있어야지요.

3과 4항

1. ❷ 한꺼번에 ❸ 빼 ❹ 치 ❺ 가까이

2. ❷ 전세 ❸ 월세로 ❹ 보증금 ❺ 세입자 ❻ 계약서를

3. ❷ 집을 사고 팔 때 계약을 확실하게 해야지 ❸ 오해가 생겼을 때 바로 풀어야지, 계속 좋은 관

모범 답안

계를 유지할 수 없을 거예요. ④ 옷을 따뜻하게 입어야지, 감기에 걸릴 거예요. ⑤ 돈을 아껴 써야지, 돈을 모을 수 없을 거예요. ⑥ 휴식을 잘 취해야지, 건강을 빨리 회복할 수 없을 거예요.

4. ② 영수증을 잘 보관해야지 ③ 약을 꼬박꼬박 먹어야지, 병이 빨리 안 나을 거예요. ④ 적성에 맞는지 안 맞는지 잘 생각해야지, 직장 생활을 잘 할 수 없을 거예요. ⑤ 환기를 잘 해야지 그렇지 않으면 건강이 나빠질 거예요. ⑥ 음식 조절을 잘 해야지 그렇지 않으면 위염을 고치기가 어려울 거예요.

5. ② 물가가 쌌으면 ③ 입에 맞았으면 음식도 안 해 먹 ④ 여행 안내원을 구했으면 헤매지도 않 ⑤ 우산을 가지고 갔으면 비도 안 맞 ⑥ 비행기를 탔으면 멀미도 안 하

6. ② 친구도 많이 사귀 ③ 전원주택으로 이사를 했으면 한적하 ④ 돈을 많이 모았으면 차도 사 ⑤ 동창회에 갔으면 오랜만에 친구들도 만나고 얼마나 좋았겠어요? ⑥ 합의했으면 걱정도 안 하고 얼마나 좋았겠어요?

3과 5항

1. ① 숨이 막힐 ② 바가지를 긁는다 ③ 눈치를 살피게 ④ 시험을 망쳐서 ⑤ 새파랗게 젊은

2. ① 덜덜 ② 쫙 ③ 후루룩 ④ 똑똑 ⑤ 쯧쯧

3.

틀린 맞춤법	바른 맞춤법
째째하다	쩨쩨하다
설겆이	설거지
떡볶기	떡볶이
찌게	찌개
몇일	며칠
편의점에 들리다	편의점에 들르다

4. 생략

5. 1) ④

2)
① 주거 환경 문제	개가 짖는 소리가 시끄럽고 냄새가 많이 나다 보니 쾌적한 주거 환경이 만들어질 수 없다.
② 위험성 문제	개한테 물리는 일이 있다.
③ 건강 문제	건강에 해를 입힐 수 있는 개 회충알이 있다.

3) 법 규정을 만들어 벌금을 내게 해야 한다.

6. 1) ③ 2) ②③ 3) ① ○ ② ○ ③ X ④ ○

7. 생략

8. 생략

한자성어 1 연습

1. 유언비어를 2. 막상막하야 3. 대기만성이란
4. 유비무환 5. 다다익선이지요

제 4 과 현대 한국의 문화

4과 1항

1. ② 공간으로 ③ 개발할 ④ 놀이 ⑤ 즐길

2. ② 씨름 ③ 강강술래 ④ 윷놀이 ⑤ 연날리기

3. ② 여행 정보도 알아볼, 비행기 표도 예약할, 여행사에 가려고 해요. ③ 사전 종류도 살펴볼, 새로 나온 책도 살, 서점에 가려고 해요. ④ 밀린 휴대 전화 요금도 낼, 통장도 만들, 은행에 가려고 해요. ⑤ 며칠 전에 산 청바지도 바꿀 겸 부모님 선물도 살 겸 백화점에 가려고 해요. ⑥ 공연도 볼 겸 서울 야경도 구경할 겸 서울 타워에 가려고 해요.

4. ② 바다도 볼, 아름다운 경치도 구경할 ③ 운동도 할, 기름값도 아낄 ④ 축구도 할, 한국 친구들도 사귈, 축구 동아리에 가입했어요. ⑤ 돈도 벌 겸 좋아하는 수영도 할 겸 바닷가에서 일하기로 했어요. ⑥ 경험도 쌓을 겸 외국 여행도 할 겸 자원 봉사를 했어요.

5. ❷ 지난 주말에 월드컵 경기장에서 한국 대 일본 축구 경기가 열렸다던데 ❸ '서울시 외국인 장기 자랑 대회'에 참가할 학생들을 모집한다던데 참가 신청할 거예요? ❹ 대통령이 자신의 재산을 기부하기로 했다던데 정말이에요? ❺ 한국에는 '명절 스트레스'라는 말이 있다던데 무슨 뜻이에요? ❻ 한글을 공식 문자로 쓰는 해외 소수 민족이 생겼다던데 사실이에요?

6. ❷ 생강차가 감기에 좋다던데 ❸ 난타 공연이 재미있다던데 ❹ 연휴에는 고속도로가 많이 막힌다던데 기차로 가세요. ❺ 줄넘기나 스트레칭이 도움이 된다던데 한번 시켜 보세요. ❻ 웨이씨가 이번에 일본에 갔다 왔다던데 물어보세요.

4과 2항

1. ❷ 흘리 ❸ 완전히 ❹ 후후

2. ❷ 떫은 ❸ 비린 ❹ ㄴ끼하 ❺ 담백하 ❻ 쌉쌀한 ❼ 매콤하 ❽ 고소합니다

3. ❷ 우리 부서에서 제일 일찍 출근하시는걸요. ❸ 생일까지 챙겨 주시는걸요. ❹ 김 과장님이 회의 자료까지 다 정리해 놓으시는걸요. ❺ 우리한테 꼭 존댓말을 쓰시는걸요. ❻ 오히려 잘 했다고 칭찬해 주셨는걸요.

4. ❷ 아직도 몰라서 실수하는 게 많은걸요. ❸ 공기도 좋고 해서 살기가 좋은걸요. ❹ 도움을 많이 받았는걸요. ❺ 벌써 완전히 회복되셔서 퇴원하셨는걸요. ❻ 오히려 초대해 주셔서 감사한걸요.

5. ❷ 10년 전, 90만원이 증가했다. ❸ 미국의 커피값, 2천원이 비싸다. ❹ 영국의 전업 주부 연봉, 3천만원이나 낮은 것이다. ❺ 작년 기름값에 비하면 300원이나 오른 것이다. ❻ ㄱ 사이트에 비하면 5만원이나 비싸다.

6. ❷ 다른 아이들 ❸ 기숙사, 비용이 많이 들어요. ❹ 5년 전, 물가가 많이 올랐어요. ❺ 입사했을 때에 비하면 요즘은 회사 생활에 많이 적응이 된 것 같아요. ❻ 맞아요, 다른 한국음식에 비하면 잡채는 만들기가 힘든 음식이에요.

4과 3항

1. ❷ 마찬가지예요 ❸ 놀라워요 ❹ 세대 차이를 ❺ 번역하는 ❻ 게다가

2. ❷ 고백하 ❸ 거절할까 ❹ 격려해 ❺ 칭찬해 ❻ 권해

3. ❷ 직원이, 학생이 ❸ 음식이, 술이 ❹ 남자, 여자, 기숙사에 친구를 초대할 수 없습니다 ❺ 이용하, 안 하, 도서 정리를 해야 합니다 ❻ 나이가 많, 적, 무조건 존댓말을 사용해야 합니다.

4. ❷ 싫, 좋 ❸ 시험 기간이, 아니 ❹ 특별한 일이 있, 없 ❺ 건강이 좋건 나쁘건 항상 운동을 해야지요. ❻ 우리 부서 상사건 아니건 인사를 해야지요.

5. ❷ 한국의 건강 보험 제도가 매우 좋다고들 ❸ 뭐니 뭐니해도 밥이 보약이라고들 ❹ 대중교통을 이용하는 사람이 많아졌다고들 ❺ 요즘은 봄 가을이 짧아진 것 같다고들 한다. ❻ 은행 수수료를 내려야 한다고늘 한나.

6. ❷ 좋다고들 ❸ 휴지나 세제같은 생필품을 선물한다고들 ❹ 전자 상가가 싸다고들, 한번 가 보세요. ❺ 요즘은 인터넷을 통해 일자리를 찾는다고들 하던데요. ❻ 몸집은 커졌지만 오히려 체력은 떨어졌다고들 해요.

4과 4항

1. ❷ 답사하 ❸ 벅차다 ❹ 공유할 ❺ 그만이다 ❻ 관찰한

2. ❷ 취미 활동을 하 ❸ 봉사하면서 ❹ 자기 계발을 하는 ❺ 체험해

3. ❷ 침대며 책상이며 ❸ 한국 음식이며 외국 음식이며 ❹ 컴퓨터며 에어컨이며 ❺ 24시간 편의점이며 찜질방이며 ❻ 인삼차며 생강차며

4. ❷ 교통편이며 날씨 정보며 ❸ 옷이며 가방이며 없는 게 없어요. ❹ 한국어 강의며 한국 문화 프로그램이며 다양한 프로그램이 있어요. ❺ 책이며 CD며 없는 게 없어요. ❻ 야외 식물원이며 전시관이며 볼거리가 많이 있던데요.

5. ❷ 여간 아름다운 ❸ 여간 많 ❹ 여간 힘든 ❺ 여간 어렵 ❻ 여간 바쁜

6. ❷ 시끄러운 ❸ 힘들 ❹ 여간 돈이 많이 드는 ❺ 룸메이트와 성격이 안 맞아서 여간 힘든 게 아니에요. ❻ 네, 시차에 적응이 안 되어서 여간 피곤한 게 아니에요.

4과 5항

1. ❶ 여럿이 · · 혼자서
   ❷ 심지어 · · 일반적으로
   ❸ 스스로 · · 많은 사람이
   ❹ 대체로 · · 더 심하게는

2. ❶ 어색하게 ❷ 능숙하게 ❸ 올바른 ❹ 친밀하게

3. ❶ 여기다 ❷ 직역하다 ❸ 추구하다 ❹ 형성되다

4. 생략

5. 1)❷ 1)❶ 경주에 대한 이미지를 새롭게 하기 위해서 ❷ 관광객들에게 특별한 추억을 제공하기 위해서 3)❶○❷○❸X❹X

6. 1)❷ 2)❶ 3)❶ 양반 문화와 전통을 알리려고 ❷ 마을을 발전시키려고

7. 생략

8. 생략

한자성어 2 연습

1. 팔방미인이네요 2. 이심전심이네 3. 작심삼일이라는 4. 부전자전이구나 5. 동문서답이야

제 5 과 시간과 변화

5과 1항

1. ❷ 목록 ❸ 유통기한이 ❹ 기술 ❺ 표시 ❻ 산지

2.

	❶시	절				❺현	재
❷세	대		❸옛		❻고	대	
기			❹훗	날			

3. ❷ 캐나다 ❸ ㄷ전자 대리점, 올 여름 에어컨 판매량이 3만 대로 늘었다. ❹ 동대문 시장, 하루에 2천 명의 외국인이 방문한다. ❺ 자동차, 구입한 지 5년이 되면 교체한다. ❻ 감, 판매가가 한 개에 7백 원으로 떨어졌다.

4. ❷ 우리 집 ❸ 우리 동네, 주차하려면 한참 걸려요. ❹ 우리 조카, 수영을 가르쳐 달라고 난리예요. ❺ 네, 음식값만 해도 한 달에 백만 원 이상 들어요. ❻ 우리 할아버지만 해도 일하시려고 일자리를 찾고 계세요.

5. ❷ ㄱ, 그렇게 지나치게 조심하, 아무 일도 못할 거예요. ❸ ㄴ, 그렇게 빨리 뛰어가, 넘어질지 몰라요. ❹ ㄴ, 그렇게 계획을 미루, 일이 빨리 끝나지 않을 거예요. ❺ ㄱ, 그렇게 예의 없이 행동하, 모든 사람들이 싫어하게 될지 몰라요. ❻ ㄱ, 이렇게 사람들이 소비를 안 하, 회사들이 망하겠어요.

6. ❷ 그렇게 공부를 안 하 ❸ 이렇게 아이를 안 낳, 나중에 일할 사람이 부족해질 거예요. ❹ 그렇게 불규칙적으로 먹, 건강이 나빠질 거예요. ❺ 그렇게 여유를 부리다가는 다음 주까지 일을 못 끝낼 거예요. ❻ 그렇게 계획 없이 생활하다가는 일을 제대로 못하게 될 거예요.

5과 2항

1. ❷ 중매를 ❸ 배우자를 ❹ 맞벌이를 ❺ 신세대 ❻ 결혼관을

2. ❷ 파혼을 ❸ 혼수 ❹ 재혼 ❺ 기혼 ❻ 혼기를

3. ❷ 올해 사업 결과 ❸ 판매 규정, 구입한 지 3일 안에는 교환이 가능하대요. ❹ 오늘 아침 뉴스, 이혼율이 점점 높아지고 있대요. ❺ 결혼관에 대한 조사, 요즘 직장을 가진 여성을 선호하는 남성들이 많대요. ❻ 조선 시대 역사책, 옛날에는 호랑이가 시내에 자주 나타났대요.

4. ❷ 학교에서 발표한 내용 ❸ 아파트 안내 방송, 오후 5시 쯤 나온대요. ❹ 정부 발표, 다음 주에 금리를 인하할 거래요. ❺ 일기예보에 의하면 날씨가 화창할 거래요. ❻ 외교 전문가 말에 의하면 몇 십 년 후에 통일이 될 거래요.

5. ② 한국말을 모르 ③ 신발을 신, 방에 들어갈 수 없어요. ④ 현재 인원만 가지, 일을 다 끝낼 수 없어요. ⑤ 한 번만 만나, 어떤 사람인지 알 수 없어요. ⑥ 반바지를 입, 회사에 갈 수 없어요.

6. ② 그렇게 화려한 옷차림을 하 ③ 사진만 보, 잘 알 수 없어서 직접 가 보려고 해요. ④ 아이를 집에 혼자 두, 나갈 수 없어요. ⑤ 하이힐을 신고서는 산에 빨리 올라갈 수 없어요. ⑥ 취업 정보를 모르고서는 좋은 회사에 취직할 수 없어요.

5과 3항

1. ② 안전 ③ 악용 ④ 제약이 ⑤ 안심 ⑥ 침해

2. ② 저작권 ③ 초상권 ④ 명예 훼손 ⑤ 인권

3. ② 짙은 안개로 ③ 테러 발생으로, 관광객이 많이 줄었어요. ④ 폭우로, 건물이 무너졌어요. ⑤ 저작권 침해로, 피해 사례가 많아지고 있어요. ⑥ 정신적 스트레스로, 우울증 환자가 많아졌어요.

4. ② 지나친 흡연으로 ③ 불경기로, 요즘 유명 대학교를 졸업하고도 취직을 못하는 학생들이 많아요. ④ 기름값 상승으로, 대중교통을 이용하는 사람이 많아졌어요. ⑤ 여러 가지 고민거리로 인해 어려움을 겪는 사람들이 상담실을 찾고 있어요. ⑥ 네, 환율 상승으로 인해 요즘 외국 관광객들이 많이 늘었어요.

5. ② 감독에게 ③ 회사에서 필요한 인재 확보에 ④ 본인의 노력에 ⑤ 직장 생활을 즐겁게 할 수 있냐 없냐는 그 직업이 적성에 맞냐 안 맞냐에 ⑥ 부자가 되냐 안 되냐는 얼마나 절약을 하냐에

6. ② 한국의 청소년들에게 ③ 행복은 사람의 마음먹기에 ④ 승진을 할 수 있냐 없냐는 얼마나 노력하냐에 ⑤ 입사 시험에 합격할 수 있냐 없냐는 시험 준비를 얼마나 많이 했냐에 달려 있어요. ⑥ 제품이 얼마나 많이 팔리냐는 기술 개발에 달려 있어요.

5과 4항

1. ② 신기하 ③ 사고방식과 ④ 관찰력이 ⑤ 정장을 ⑥ 보수적

2. ② 진보적 ③ 폐쇄적 ④ 개방적 ⑤ 의존적 ⑥ 개성적

3.
❶ 지난번에는 거절을 했습니다. • — • 직장에 들어간 후로는 절약하면서 살아요.
❷ 전에는 자주 덜렁거렸습니다. • — • 요즘은 실수를 거의 안 해요.
❸ 대학생 때는 낭비를 많이 했습니다. • — • 작년부터 사 먹어요.
❹ 전에는 낯을 많이 가렸습니다. • — • 요즘은 건강해졌어요.
❺ 어릴 때는 감기에 잘 걸렸습니다. • — • 지금은 모르는 사람한테 말도 잘 걸어요.
❻ 전에는 김치를 담가 먹었습니다. • — • 어제는 부탁하니까 들어줬어요.

② 전에는 자주 덜렁거리, 요즘은 실수를 거의 안 해요. ③ 대학생 때는 낭비를 많이 하, 직장에 들어간 후로는 절약하면서 살아요. ④ 전에는 낯을 많이 가리, 지금은 모르는 사람한테 말도 잘 걸어요. ⑤ 어릴 때는 감기에 잘 걸리, 요즘은 건강해졌어요. ⑥ 전에는 김치를 담가 먹, 작년부터 사 먹어요.

4. ② 처음에는 운전을 잘 못하 ③ 의존적으로 행동하, 유학을 간 후로는 독립적으로 행동해요. ④ 전에는 편식을 많이 하, 이제는 골고루 잘 먹어요. ⑤ 아침에는 교통 상황이 안 좋더니 지금은 교통 체증이 많이 풀렸어요. ⑥ 지난달까지만 해도 잘 안 팔리더니 요즘은 많이 나아졌어요.

5. ② 벌을 받 ③ 착한 일을 많이 하면 좋은 일이 많이 생기 ④ 다른 사람에게 잘못을 하면 사과를 해야 하 ⑤ 같은 음식을 날마다 먹으면 싫증이 나 ⑥ 도움을 받으면 보답을 해야 하

6. ② 체하 ③ 친구들의 얘기를 잘 들어주지 않으면 친구가 없 ④ 일을 대충대충 하면 실수를 하 ⑤ 약을 제 시간에 먹지 않으면 감기가 낫지 않는 법이에요 ⑥ 자신의 능력을 충분히 발휘할 수 없으면 직장 생활을 즐겁게 하지 못하는 법이에요

모범 답안

5과 5항

1. ❶ 가령 • • 일원
   ❷ 요인 • • 원인
   ❸ 최근 • • 요즈음
   ❹ 구성원 • • 예를 들면

2. ❶ 그래서인지 ❷ 반면에 ❸ 그렇다면 ❹ 이렇듯

3. ❶ 당당하다 ❷ 지배하다 ❸ 이르다 ❹ 공감하다

4. 생략

5. 1) 인터넷, 대중 매체 등이 발달했기 때문이다.
   2) ❶ 인터넷에 다른 사람의 글, 그림, 사진, 음악 등을 마음대로 갖다 쓴다. ❷ 컴퓨터 프로그램을 개인 CD에 구워서 나눠 준다. 3) ❶ O ❷ O ❸ X ❹ O

6. 1) ❹ 2) ❶ 3) ❷

7. 생략

8. 생략

복습문제(1과~5과)

Ⅰ. 1. 우연히 2. 피해를 3. 미혼 4. 나날이 5. 분명히 6. 의존적으로 7. 달리 8. 적응이 9. 악용 10. 용기가

Ⅱ. 1. 색다른 2. 설치하 3. 따져 4. 선호하는 5. 방해가 돼요 6. 권해서 7. 개발하 8. 격려해 9. 살펴봐야 10. 합의해야

Ⅲ. 1. ❶ 2. ❷ 3. ❷ 4. ❸ 5. ❹

Ⅳ. 1. ❹ 2. ❷ 3. ❸ 4. ❷ 5. ❶

Ⅴ. 1. ❸ 2. ❶ 3. ❷ 4. ❹ 5. ❸

Ⅵ. 1. ❶ 2. ❷ 3. ❶ 4. ❸ 5. ❷

Ⅶ. 1. 맞벌이를 한다고, 저축을 많이 하는 것은 아닌 것 같아. 2. 일을 하, 실수할 때도 있지요. 3. 음악도 감상할, 친구도 사귈, 가입했어요. 4. 전에 다니던 회사, 근무 환경이 훨씬 좋아요. 5. 중학교 1학년이 공부하, 좀 벅찰 것 같은데요.

6. 아파트 주거 환경을 좋게 만드는 것은 아파트 주민들에게 7. 말을 듣지 않는다고, 체벌을 하면 안 되지요. 8. 참석하, 안하 9. 초대해 주셔서 오히려 제가 감사한걸요. 10. 부친다 부친다, 아직도 못 부치고 있어요. 11. 경주 시내에 있는 호텔이 편리하다고들 12. 영어로만 말하, 실력이 전혀 늘지 않을 거예요.

13. 신용 카드며 신분증이며 14. 요즘 감기가 유행이라던데 빨리 병원에 가 보세요. 15. 잃어버리지 않, 주머니에 꼭 넣어 가지고 다니세요. 16. 잡지에 내가 아는 사람이 나왔다기에 샀어요. 17. 자주 먹, 생선회의 깊은 맛을 알게 됐어요. 18. 과속으로, 사고가 났어요. 19. 도시 근교로 이사하, 복잡하고 시끄러운 도심이 그리워지네요. 20. 연락을 자주 안 하면 사이가 멀어지는

Ⅷ. 1. 물건 값이 싸긴 한데 제품의 질이 좀 떨어집니다. 2. 친할수록 예의를 지켜야지 그렇지 않으면 관계가 나빠집니다. 3. 갑작스런 일이 생길 수 있으니까 계획을 세워 가면서 일을 하세요. 4. 사원들이 편히 휴식을 취할 수 있도록 휴게실을 마련해 줬어요. 5. 친구에게 오랜만에 전화를 했더니 친구가 내 목소리를 알아듣지 못했어요.

Ⅸ. ❶ 지도가 있으면, 나침반이 없는데요. ❷ 지도만 가지, 길을 찾을 수 없었어요. ❸ 무서운 ❹ 그 사람의 도움이 없었더라면 ❺ 집에 돌아오지 못할 ❻ 회사 사람들이 나를 무시하는지 ❼ 내가 무슨 의견만 냈다, 받아들이려고 하지 않아요. ❽ 그래서야, 일할 맛이 나 ❾ 취직하기가 어려워서 그만둘 ❿ 다른 회사를 선택했으면 회사 생활도 즐겁게 하

제 6 과 지식과 사회

6과 1항

1. ❷ 얻을 ❸ 신뢰할 ❹ 무조건 ❺ 확인해야

2. ❷ 분석한다 ❸ 정리한다 ❹ 조사한다 ❺ 종합한다 ❻ 발표한다

3. ❷ 주부의 노력 ❸ 외국어 실력, 경력이 3년 이상이어야 해요. ❹ 요리사 사격증, 타고난 재능과 요리에 대한 애정이 있어야 해요. ❺ 춤과 노래 실력, 부족해요. 연주 실력도 있어야 해요. ❻

시험 성적, 부족합니다. 전체 수업 일수의 80% 이상 출석을 해야 합니다.

4. ❷ 능력 ❸ 겉모습, 그 사람이 어떤 사람인지 알 수 없어요. 이야기를 해 봐야 해요. ❹ 용돈, 생활하기가 어려워요. 그래서 아르바이트를 해야 해요. ❺ 약, 부족해요. 꾸준히 운동을 해야 하고 음식 조절도 해야 합니다. ❻ 자격증, 취직하기 어려워요. 다양한 사회 경험을 많이 쌓아야 해요.

5. ❷ 감기에 걸리 ❸ 잊어버리 ❹ 사고가 나 ❺ 잃어버리 ❻ 친구와 싸우

6. ❷ 넘어지 ❸ 배탈이 나 ❹ 친구가 오해하 ❺ 그렇게 일을 대충 하면 실수하는 수가 있어요. ❻ 불법으로 주차하면 벌금을 내는 수가 있어요.

<u>6과 2항</u>

1. ❷ 다큐멘터리 ❸ 유익하다 ❹ 즐겨보는데 ❺ 일석이조

2. ❷ 등장인물 ❸ 다시보기 ❹ 시청자 소감 ❺ 미리보기

3. ❷ 낮은 ❸ 못하는 ❹ 컴퓨터 문서 작성 실력은 뛰어난 ❺ 사회 경험이 많은 ❻ 활발하고 적극적인

4. ❷ 건강한 ❸ 키가 작은 ❹ 잘 하는 ❺ 늦게 출근하는 축에 들어요. ❻ 이 정도가 부지런한 축에 드나요?

5. ❷ 자기 계발이, 취미활동이 ❸ 유산소 운동이, 근력 운동이 ❹ 회사원이, 개인 사업자 ❺ 학기 시작 전이, 학기 중이 ❻ 정규직이, 비정규직이

6. ❷ 오전이, 오후 ❸ 기차, 버스 ❹ 값이 싸, 비싸, 정성이 담겨 있으면 돼요. ❺ 현금이든 카드든 다 괜찮아요. ❻ 산이든 바다든 다 좋습니다.

<u>6과 3항</u>

1. ❷ 주고 받았는데 ❸ 마주보 ❹ 덕을 보 ❺ 영상 채팅

2. ❷ 검색하다 ❸ 홈페이지를 ❹ 게시판 ❺ 네티즌 ❻인터넷 뱅킹으로

3. ❷ 외국인 ❸ 살아 있는 ❹ 약속이나 한 ❺ 새가 날아 오르는 ❻ 한 폭의 그림을 보는

4. ❷ 하늘을 날 ❸ 친자식을 대하는, 잘해 주세요. ❹ 고향에 온, 편해요. ❺ 무언가에 쫓기는 것처럼 빨리 걸어요. ❻ 며칠 굶은 것처럼 급하게 먹어요.

5. ❷ 부전자전이라고 ❸ 대기만성이라고 ❹ 유비무환이라고 ❺ 다다익선이라고 ❻ 작심삼일이라고

6. ❷ 발 없는 말이 천리 간다고 ❸ 가는 날이 장날이라고 ❹ 고생 끝에 낙이 온다고 ❺ 꼬리가 길면 밟힌다고 ❻ 가는 말이 고와야 오는 말이 곱다고

<u>6과 4항</u>

1. ❷ 빠뜨린 ❸ 일어났는지 ❹ 상식이

2. ❷ 사회면 ❸ 머리기사 ❹ 사설 ❺ 인사동정 ❻ 독자투고

3. ❷ 빵을 먹는 사람이 있는가 ❸ 비행기 창가 쪽 좌석을 좋아하는 사람이 있는가, 복도 쪽 좌석을 좋아하는 사람도 있어요. ❹ 인터넷 뱅킹을 이용하는 사람이 있는가, 은행에 직접 가는 사람도 있어요. ❺ 세금을 더 많이 내야 한다고 주장하는 사람이 있는가, 덜 내야 한다고 주장하는 사람도 있어요 ❻ 어떤 사람들은 이번 정부 정책에 찬성하는가, 어떤 사람들은 반대해요.

4. ❷ 대학원에 가는가 ❸ 인터넷 취업 사이트를 통해 일자리를 찾는 사람이 있는가 ❹ 이익을 본 회사가 있는가, 손해를 본 회사도 있어요. ❺ 아니요, 어떤 사람들은 아파트를 좋아하는가 하면 어떤 사람들은 단독 주택을 좋아해요. ❻ 장남이 부모님을 모시고 사는 경우가 있는가 하면 따로 사는 경우도 있어요.

5. ❷ 어디가 아픈 ❸ 두고 온 ❹ 화가 나신 ❺ 무슨 일이 생긴 ❻ 거짓말을 하는

모범 답안

6. ❷ 범인이 열쇠로 문을 연 게 틀림없습니다. ❸ 사무실 내부를 잘 아는 사람이 한 일임에 틀림없습니다. ❹ 회사의 중요 서류만 가지고 간 게 틀림없습니다. ❺ 회사 직원임에 틀림없습니다. ❻ 김 모 씨가 범인인 게 틀림없습니다.

6과 5항

1. ❶ 의미를 잃다 •   • 같은 기원을 가지고 있다.
   ❷ 뿌리가 같다 •   • 갑자기 어떤 사실을 알게 되다.
   ❸ 무릎을 치다 •   • 그 뜻이 별로 중요하지 않게 되다.
   ❹ 팔이 안으로 굽다 •   • 자기와 더 가까운 사람에게 정이 가다.

2. ❶ 그만이니 ❷ 짜릿하기도 ❸ 점잖은 ❹ 흥미롭게 ❺ 신기하고

3. ❶ 우물 정 ❷ 따옴표 ❸ 쉼표 ❹ 느낌표 ❺ 물음표 ❻ 괄호 ❼ 마침표 ❽ 밑줄

4. 생략

5. 1) ❹ 2) ❶ 반대 ❷ 찬성 ❸ 반대 ❹ 찬성 3) ❶ 신문 기사를 홈페이지나 광고에 상업적인 목적으로 사용한다. ❷ 호기심을 자극하는 기사들만 싣다 보니 청소년들이 보지 말아야 할 기사를 보게 된다. ❸ 신문사들이 신문의 지면을 자꾸 늘려서 광고면처럼 보지 않아도 될 기사가 너무 많다.

6. 1) ❹ 2) 기사를 오디오 파일로 바꾸어 MP3로 들을 수 있다. 3) ❶ 더 많은 정보를 보고 싶어하는 사람들의 욕구를 만족시켰다. ❷ 질 높은 정보를 원하는 사람들의 요구를 만족시켰다. ❸ 인터넷, 휴대 전화 등을 통해 언제든지 뉴스, 날씨 정보를 알 수 있게 하였다.

7. 생략

8. 생략

속담 1 연습

1. 누워서 떡 먹기 2. 세 살 적 버릇 여든까지 간다고 3. 금강산도 식후경이라고 4. 원숭이도 나무에서 떨어질 때가 있다고 5. 배보다 배꼽이 크 6. 아니 땐 굴뚝에 연기 나 7. 떡 줄 놈은 생각지도 않는데 김칫국부터 마신다고 8. 믿는 도끼에 발등 찍혔네 9. 그림의 떡이네 10. 고래 싸움에 새우등 터진

제7과 미신

7과 1항

1. ❷ 응원 ❸ 부상으로 ❹ 출전을 ❺ 운이 ❻ 중계방송

2. ❷ 복을 ❸ 재수가 ❹ 행운이 ❺ 불행

3. ❷ 그 날, 사람이 많았다. ❸ 그 날, 차가 많이 막혔다. ❹ 오늘, 버스가 안 왔다. ❺ 오늘, 전화까지 많이 걸려 온다. ❻ 오늘, 한잔하자는 사람이 많았다.

4. ❷ 빈 택시가 없군요. ❸ 그 날, 선수들이 실수를 많이 했어요. ❹ 그 날, 긴장이 많이 돼서 잘 못했어요. ❺ 오늘따라 학생들이 질문을 많이 해서 그랬어요. ❻ 그 날따라 회사일이 많아서 못 갔어요.

5. ❷ 정장을 입을걸 ❸ 친구라도 데리고 올걸 ❹ 영어 공부를 열심히 할걸 ❺ 좀 더 큰 목소리로 말할걸 ❻ 이 회사에 대한 정보도 더 많이 알아둘걸

6. ❷ 농담을 하지 말걸 ❸ 거절할걸 ❹ 저도 보러 갈걸 ❺ 다른 전공을 선택할걸 그랬어요. ❻ 지난주에 살걸 그랬어요.

7과 2항

1. ❷ 미신을 ❸ 근거를 ❹ 신경 쓰 ❺ 과학적으로

2. ❷ 민간신앙을 ❸ 귀신을 ❹ 금기 ❺ 비과학적

3. ❷ 테러로 인해 수백 명의 피해자가 발생했다더라 ❸ 수지가 모임에 10분 정도 늦을 거라더라 ❹ 4월 28일에 설악산으로 야유회를 갈 예정이라더라 ❺ 연세 백화점이 10월 20일부터 28일까지 정기 세일을 한다더라 ❻ 6월 27일에 여름 학기가 시작된다더라

4. ❷ 그런데 다행히 별로 많이 다치지 않았다더라 ❸ 양배추가 위에 좋다더라 ❹ 부상에서 회복해서 출전할 수 있다더라 ❺ 아파트가 살기에 편하다더라. ❻ 재산 피해가 엄청나다더라.

5. ❷ 커피를 마시면 잠이 안 오, 건강에 안 좋 ❸ 서비스가 나쁘, 줄을 오래 서야 되 ❹ 춤을 잘 못 추, 감정 표현을 잘 못하 ❺ 교통이 복잡하, 술집이 많아서 시끄럽 ❻ 배우가 연기를 못하, 내용이 비현실적이

6. ❷ 여행지가 너무 머, 날짜가 적당하지 않 ❸ 신을 믿, 안 믿, 힘들 때는 모두들 신을 찾아요. ❹ 본 것하고 다르, 배송이 늦, 다들 인터넷 쇼핑을 이용하는군요. ❺ 여성들의 사회 활동이 늘었네 회사의 근무 환경이 좋아졌네 해도 아이가 있는 여성들이 직장 생활하기란 여간 어려운 일이 아니에요. ❻ 담뱃값이 비싸네 담배가 몸에 나쁘네 해도 스트레스 풀기에는 담배가 그만인 것 같아요.

7과 3항

1. ❷ 더러 ❸ 설마 ❹ 운명이 ❺ 사주를 ❻ 사업이

2. ❷ 진학 ❸ 사망 ❹ 취업을 ❺ 임신을 ❻ 출산과

3. ❷ 내 우산을 사는 ❸ 복사하는 ❹ 은행에 온, 환전도 했다. ❺ 슈퍼에 온, 음료수도 미리 샀다. ❻ 청소를 하는, 유리창도 닦았다.

4. ❷ 이 근처에 온 ❸ 매점에 가는, 물 좀 사다 주세요. ❹ 시내에 나오는, 직접 가지고 왔어요. ❺ 백화점에 간 김에 필요한 것을 다 샀어요. ❻ 화장실을 수리하는 김에 부엌도 수리했어요.

5. ❷ 수리비가 많이 나오는 ❸ 나를 고발하는 ❹ 주인이 월세를 올려 달라고 하는 ❺ 미용실이 문을 닫은 ❻ 환불을 안 해 주는

6. ❷ 약속 시간에 늦는 ❸ 가 버린 ❹ 표가 매진되는 ❺ 설마 누가 훔쳐간 건 아니겠지요? ❻ 설마 지하철이 끊긴 건 아니겠지요?

7과 4항

1. ❷ 상관이 ❸ 떨렸는데 ❹ 합격 ❺ 한턱내

2. ❷ 흉몽이다 ❸ 선잠을 ❹ 숙면을 ❺ 태몽을 ❻ 해몽을

3. ❷ 교통, 교통이지만 ❸ 실력, 실력이지만 운도 따라야 해요. ❹ 내용, 내용이지만 배우들이 연기를 참 잘 했어요. ❺ 첫인상, 첫인상이지만 남을 배려하는 태도에 마음이 더 끌렸어요. ❻ 혈압, 혈압이지만 두통이 더 견디기가 어려워요.

4. ❷ 벌금, 벌금이지만 ❸ 월급, 월급이지만 회사 일이 저한테 너무 벅차서 그만뒀어요. ❹ 맛도 맛이지만 건강을 생각해서 자주 사 먹어요. ❺ 질도 질이지만 쇼핑하기가 편리해서 백화점에 자주 가요. ❻ 바쁜 것도바쁜 것이지만 제가 들어주기 어려운 부탁이어서 거절했어요.

5. ❷ 어학 실력만 뛰어나다면야 ❸ 치료비만 많이 안 든다면야 치료를 받지요. ❹ 가격만 싸다면야 구입하지요. ❺ 주변 환경만 쾌적하다면야 상관없어요. ❻ 월급만 많이 준다면야 들어가서 일하지요.

6. ❷ 용서만 빈다면야 용서하지요. ❸ 성공만 한다면야 아무리 힘든 일이라도 다 하지요. ❹ 교환만 해 준다면야 배송비를 지불하지요. ❺ 잘 가르치기만 한다면야 아무리 멀어도 다니지요. ❻ 저를 뽑아 준다면야 원하는 대로 뭐든지 다 하지요.

7과 5항

1. ❶ 상징하는 ❷ 고려해서 ❸ 숭배하는 ❹ 화합하라는

2.

❶ 떡, 선물, 신문	_____을/를 돌리다
❷ 살림, 자리, 집	_____을/를 마련하다
❸ 귀신, 유혹, 적	_____을/를 물리치다

3. ❶ 해조류 — 보리, 쌀, 콩, 팥
❷ 견과류 — 밤, 은행. 잣. 호두
❸ 육류 — 김, 다시마, 미역. 파래
❹ 곡류 — 닭고기,돼지고기,쇠고기,양고기

4. 생략

5. 1) ❸ 2) ❹ 3) 비과학적인

6. 1) ❷ 2) ❶ O ❷ X ❸ X ❹ X ❺ O ❻ O ❼ X ❽ O ❾ O ❿ O ⓫ X ⓬ O

7. 생략

8. 생략

속담 2 연습

1. 빈 수레가 요란하다더니 **2.** 꼬리가 길면 밟힌다더니 **3.** 누워서 침 뱉기라고 **4.** 호랑이도 제 말하면 온다더니 **5.** 돌다리도 두들겨 보고 건너라고 **6.** 소 잃고 외양간 고치 **7.** 바늘 도둑이 소 도둑 된다고 **8.** 제 눈의 안경이라고 **9.** 윗물이 맑아야 아랫물이 맑다고 **10.** 콩 심은 데 콩 나고 팥 심은데 팥 난다고

제 8 과 생활 경제

8과 1항

1. ❷ 형편이 ❸ 흔한 ❹ 쑥스러울 ❺ 단돈 ❻ 대단하다

2. ❷ 수입은 ❸ 지출을 ❹ 구매 ❺ 과소비를 ❻ 저축

3. ❷ 부끄러울 ❸ 뿌듯할 ❹ 어깨가 무거울 ❺ 기쁠 ❻ 죄송할

4. ❷ 마음이 무거울 ❸ 슬플 ❹ 부장으로서 부서를 잘 이끌어야 한다는 생각에 어깨가 무거울 ❺ 회사에서 잘 할 수 있을지 걱정될 따름이야. ❻ 무슨 소리야, 이렇게 정성스러운 선물을 받아서 기쁠 따름이야.

5. ❷ 원유 가격이 오르니만큼 ❸ 정부가 긴급 경제 정책을 세웠으니만큼 ❹ 여행 경비가 많이 드니만큼 ❺ 전망 좋은 고층 아파트이니만큼 ❻ 주변 아파트 주민들이 재개발 정책에 반대하고 있으니만큼

6. ❷ 제품의 품질이 좋으니만큼 ❸ 물가가 많이 올랐으니만큼 ❹ 우리 팀이 열심히 연습했으니만큼 이번 시합에서 우승할 수 있을 거라고 봐요. ❺ 열심히 노력했으니만큼 좋은 결과가 있을 테니까 걱정 마세요. ❻ 경제 상황이 안 좋으니만큼 투자를 미루고 조금 더 지켜보는 게 좋을 것 같아요.

8과 2항

1. ❷ 자금을 ❸ 대여해 ❹ 단기간 ❺ 위험부담이

2. ❷ 문화·레저비 ❸ 식비·외식비 ❹ 교육비 ❺ 세금·공과금 ❻ 경조사비

3. ❷ 경제를 발전시키 ❸ 학교 교육의 질을 높이 ❹ 기업의 수출량을 늘리, 수출법을 바꿔야 합니다. ❺ 회사의 이미지를 좋게 하, 제품의 디자인 개발에 신경을 써야 합니다. ❻ 기업과 근로자 간의 문제를 해결하, 정기적으로 대화를 해야 합니다.

4. ❷ 돈을 모으 ❸ 환경 문제를 해결하 ❹ 회사원이 집을 장만하, 보통 5년 정도 걸립니다. ❺ 부품을 다 교체하자면 100만원 이상 들 것 같은데요. ❻ 국제 기구에 취직하자면 외국어 실력과 다양한 경험이 필요합니다.

5. ❷ 전업 주부는, 전업 주부, 맞벌이 주부는, 맞벌이 주부 ❸ 직장인은 직장인, 프리랜서는, 프리랜서 ❹ 경영자는, 경영자, 직원들은, 직원들, 노력하고 있어요. ❺ 부모는 부모대로 자녀는 자녀대로 고민이 많아요. ❻ 자가용 출퇴근자는 자가용 출퇴근자대로 대중 교통 이용자는 대중 교통 이용자대로 불만이 많아요.

6. ❷ 친구는, 친구 ❸ 사장님은, 사장님 ❹ 외동딸은 외동딸, 안 좋은 점이 있어요. ❺ 단체 여행은 단체 여행대로 좋은 점이 있어요. ❻ 중소기업은 중소기업대로 대기업은 대기업대로 힘든 점이 있어요.

8과 3항

1. ❷ 한도를 ❸ 무절제한 ❹ 결제를 ❺ 교훈으로

2. ❷ 적립 ❸ 할부가 ❹ 일시불로 ❺ 연회비 ❻ 면제 ❼ 할인을

3. ❷ 휴대 전화가 갑자기 고장나 ❸ 컴퓨터에 이상이 생기 ❹ 뒷사람이 미, 발을 밟고 말았어요. ❺ 아침에 서둘러 나오, 서류를 집에 놓아 두고 왔

습니다. ❻ 회사에서 급하게 해야 할 일이 생기, 예매하지 못했어.

4. ❷ 문을 여 ❸ 잘 어울린다고 자꾸 사라고 하 ❹ 물어 보, 얘기하고 말았어. ❺ 버스가 늦게 오는 바람에 지각을 했어요. ❻ 갑자기 앞에서 아이가 차로 뛰어드는 바람에 급정거를 했어요.

5. ❷ 안전 벨트를 맸으면야 ❸ 구급차가 일찍 도착했으면야 ❹ 안개가 끼지 않았으면야 ❺ 앞차가 급정거하지 않았으면야 ❻ 사고를 낸 차가 보험에 가입되어 있었으면야

6. ❷ 미리 확인했으면야 ❸ 표를 미리 예매했으면야 ❹ 식당 아르바이트가 이렇게 힘들 줄 알았으면야 시작하지 않았을 거예요. ❺ 술을 많이 마시지 않았으면야 그런 실수를 하지 않았을 거예요. ❻ 주말에 서울 광장이 이렇게 복잡할 줄 알았으면야 차를 가지고 오지 않았을 거예요.

1. ❷ 웬만하면 ❸ 나무랐다 ❹ 조르 ❺ 자극해서 ❻ 타일렀다.

2. ❷ 공익광고를 ❸ 광고주 ❹ 광고모델로는 ❺ 온라인광고

3. ❷ 입어 보나마나 ❸ 보나마나 ❹ 입으나마나예요 ❺ 먹으나마나예요 ❻ 하나마나예요

4. ❷ 알아 보나마나 ❸ 식당에 가 보나마나 먹을 수 없을 거야. ❹ 들어 보나마나 여자 친구 문제일 거예요. ❺ 이 근처는 월세가 비싸니까 찾아 보나마나 없을 거예요. ❻ 사람들이 좋다고 하니까 써 보나마나 잘 맞을 거예요.

5. ❷ 성공하 ❸ 실패를 겪 ❹ 좋은 재료와 변함없는 정성으로 만들면 손님들이 알아 주 ❺ 가난을 경험한 사람들이 어려운 사람들의 형편을 더 잘 이해하 ❻ 열심히 노력하면 꿈을 이루

6. ❷ 고장이 나 ❸ 화를 내 ❹ 마음에서도 멀어지 ❺ 경제가 어려워지면 소비가 줄게 마련이에요. ❻ 부정한 일을 계속 하면 벌을 받게 마련이지요.

1. ❶ 쿠폰족 • • 아껴 쓰는 생활을 하는 사람들
❷ 리필족 • • 고가의 유명 제품을 선호하는 사람들
❸ 명품족 • • 할인이나 무료 서비스를 받을 수 있는 표를 이용해 싸게 건을 구입하거나 음식을 먹는 사람들
❹ 알뜰족 • • 패밀리 레스토랑 같은 곳에서 서비스 음식을 여러 번 라고 하거나 음료를 계속 다시 채워 달라고 하는 사람들.

2. ❶ 철저하게 ❷ 신중하게 ❸ 합리적인 ❹ 과감하게

3. ❹

4. 생략

5. 1) ❶ 현금을 소지할 필요가 없다. ❷ 원하는 제품이나 시비스는 바로 받고 지불은 나중에 해도 된다. ❸ 할부로 구매할 수 있다. 2) ❸ 3) ❶ U ❷ O ❸ X ❹ X

6. 1) ❸ 2) ❷ 3) ❶ 가계부를 쓴다. ❷ 신용 카드 사용은 월수입의 20%를 넘지 않는다. ❸ 소득의 30%를 저축한다.

7. 생략

8. 생략

1. 손을 잡 2. 하늘의 별 따기야 3. 손을 뗐다던데 4. 길눈이 어두워서 5. 눈이 높아서 6. 발을 끊었대 7. 손이 크셔서 8. 옷이 날개라고 9. 눈 감아 10. 발이 넓어서

제9과 명절과 축제

1. ❷ 덕담을 ❸ 장손이라서 ❹ 친지를 ❺ 차례를 ❻ 관심사를

모범 답안

2. ❷ 귀성객 ❸ 세배 ❹ 세뱃돈을 ❺ 성묘

3.
❶ 친구들과 나눠 먹습니다. • → 따뜻한 위로를 해 줬어요.

❷ 시합에서 우리 팀이 이깁니다. • → 요구했어요.

❸ 국이 싱거우면 넣습니다. • → 어머니가 도시락을 싸 줬어요.

❹ 비밀로 하지 말고 공개합니다. • → 열심히 응원하고 있어요.

❺ 너무 슬퍼하지 않습니다. • → 아이들한테 놀이터를 마련해 줬어요.

❻ 마음껏 뛰어놉니다. • → 식탁 위에 소금을 놓아뒀어요.

❷ 시합에서 우리 팀이 이기라고 열심히 응원하고 있어요. ❸ 국이 싱거우면 넣으라고 식탁 위에 소금을 놓아뒀어요. ❹ 비밀로 하지 말고 공개하라고 요구했어요. ❺ 너무 슬퍼하지 말라고 따뜻한 위로를 해 줬어요. ❻ 마음껏 뛰어놀라고 아이들한테 놀이터를 마련해 줬어요.

4. ❷ 필요한 것이 있으면 사라고 ❸ 한국말 공부할 때 쓰라고 사 줬어요. ❹ 심심할 때 전화하라고 전화번호를 가르쳐 줬어요. ❺ 식사하실 때 마시라고 와인을 선물해 드렸어요. ❻ 잊어버리지 말라고 제가 전화해 줄게요.

5. ❷ 외국어를 유창하게 잘 한다든가 업무 능력이 뛰어나다든가 ❸ 경제적인 지원을 한다든가 보육 시설을 확대한다든가 ❹ 배송이 늦다든가 제품에 하자가 있다든가 ❺ 독서를 한다든가 휴식을 취한다든가 하면서 여가를 보내요. ❻ 채용 설명회를 실시한다든가 연봉을 인상해 준다든가 하면 우수한 인재를 확보할 수 있지 않을까요?

6. ❷ 병원에 꽃을 가지고 가지 않는다든가 사랑하는 사람에게 신발을 선물하지 않는다든가 ❸ 미안하고 먼저 말한다든가 선물을 한다든가 하면 금방 화해할 수 있겠지요. ❹ 일자리를 많이

만든다든가 기술 교육을 늘린다든가 하는 방법이 있어요. ❺ 빨간색으로 이름을 쓰면 안 된다든가 미역국을 먹으면 시험에 떨어진다든가 하는 것은 모두 미신이에요. ❻ 커튼을 바꾼다든가 꽃을 놓아두든가 하면 실내 분위기가 밝아질 것 같아요.

9과 2항

1. ❷ 내내 ❸ 귀성 행렬은 ❹ 너 나 할 것 없이 ❺ 추석은 ❻ 열대 지방

2. ❷ 첫 ❸ 만 ❹ 맨

3. ❷ 자랑스럽 ❸ 생각이 나 ❹ 힘들 ❺ 욕심이 나 ❻ 두렵

4. ❷ 방해가 되 ❸ 위험하, 하지만 산꼭대기에 오르고 나면 기분이 여간 좋은 게 아니에요. ❹ 왜 도와 주고 싶, 하지만 스스로 이겨 나가는 능력을 기르게 하기 위해서 안 도와주려고 해요. ❺ 왜 외롭지 않겠어요? 하지만 좋은 결과를 얻기 위해서는 참아야죠. ❻ 왜 고생스럽지 않겠어요? 하지만 봉사활동을 하고 나면 마음이 뿌듯해져서 자꾸 하게 돼요.

5. ❷ 옷차림으로 ❸ 현재 기분 상태로, 받아줄 것 같아요. ❹ 요즘 분위기로, 해결이 잘 안 될 것 같아요. ❺ 시합 성적으로, 쉽게 올라갈 수 있을 것 같아요. ❻ 말투로, 외국 사람인 것 같아요.

6. ❷ 검사 결과로 ❸ 업무 능력으로, 영수 씨가 더 나을 것 같아요. ❹ 외모로, 전혀 무용을 했을 것 같지 않은데요. ❺ 현재 상황으로 봐서는 한두 달 후에 복구될 것 같아요. ❻ 요즘 경제 상황으로 봐서는 주식에 투자해도 위험부담이 없을 것 같아요.

9과 3항

1. ❷ 넘었다 ❸ 막상 ❹ 세계 문화유산으로 ❺ 흥미로운 ❻ 지정된

2. ❷ 굿이 ❸ 가면극 ❹ 불꽃놀이가 ❺ 농악 ❻ 시가 행진

3. ❷ 많이 붐비 ❸ 볼 만하 ❹ 흥겹 ❺ 입에 맞 ❻ 유익하

4. ❷ 배우들이 연기를 잘 하 ❸ 교환을 해 주 ❹ 두 사람이 잘 어울리 ❺ 마음에 드는 집이 있던가요? ❻ 점쟁이가 뭐라고 하던가요?

5. ❷ 눈이 빠지 ❸ 손이 발이 되 ❹ 죽 ❺ 입에 침이 마르 ❻ 입이 닳

6. ❷ 밤이 새 ❸ 해가 지 ❹ 서른 살이 되 ❺ 일 년이 넘도록 연락이 없어요. ❻ 3시간이 넘도록 회의를 했지만 결정이 된 게 하나도 없었어요.

9과 4항

1. ❷ 어버이날 ❸ 근로자 ❹ 따로따로 ❺ 기념일이

2. ❷ 기념사진 ❸ 기념품을 ❹ 기념관 ❺ 기념전이 ❻ 기념우표

3. ❷ 저도 아직 안 냈네요. ❸ 영수 씨가 오늘 안 보이는군요. ❹ 두 사람이 정말 많이 닮은 것 같네요. ❺ 소금을 안 넣었군요. ❻ 짧은 치마를 입은 여자들이 많네요.

4. ❷ 옷이 좀 고급스러워 보이네요. ❸ 카네이션을 많이 파는군요. ❹ 거리가 조용하네요. ❺ 그러고 보니 영수 씨가 안색이 좋아 보이는군요. ❻ 그러고 보니 얼굴이 피곤해 보이네요.

5. ❷ 음식 준비를 안 할 ❸ 아무하고나 결혼할 ❹ 안 먹을 ❺ 선물을 안 살 ❻ 일을 안 할

6. ❷ 약을 안 먹을 ❸ 몇 가지만 준비할 ❹ 일을 안 끝내고 퇴근할 ❺ 그렇다고 빈손으로 갈 수는 없지요. ❻ 그렇다고 사 달라고 하는 것을 다 사 줄 수는 없지요.

9과 5항

1. ❶ 막을 열다 ——— 배를 잡고 크게 웃다
   ❷ 배꼽을 잡다 ——— 공연이나 행사를 시작하다
   ❸ 파편이 튀다 ——— 깨진 조각이 여기저기에 흩어지다
   ❹ 비명을 지르다 ——— 아주 기쁘거나 놀라서 큰소리를 내다

2. ❶투명한 ❷무료함을 ❸우스꽝스럽게 ❹유인하기

3. ❶ 농촌 ——— 배, 생선, 어부
   ❷ 어촌 ——— 산, 나무, 산나물
   ❸ 산촌 ——— 석탄, 광물, 광부
   ❹ 탄광촌 ——— 논밭, 농작물, 농부

4. 생략

5. 1)❸ 2)❷ 3)가면극, 불꽃놀이

6. 1)❶ 2)5월의 여왕을 뽑는 대회, 쌍쌍 파티, 가장행렬, 포크 댄스, 마라톤, 체육 대회 3)획일적 4)❷

7. 생략

8. 생략

관용어 2 연습

1.귀에 못이 박이 2.엎드리면 코 닿을 3.입이 무거운 4.어깨가 무거울 5.낯을 가려서 6.맛이 간 7.눈코 뜰 새가 없어요. 8.귀를 기울인 9.낯이 두껍 10.금이 간

제10과 현대를 살아가는 사람들

10과 1항

1. ❷ 의식적으로 ❸ 도대체 ❹ 버릇을 ❺ 회의가

2. ❷ 불안해 ❸ 경쟁하 ❹ 우울증 ❺ 몰두하는 ❻ 도전해

3. ❷ 식탁에 케이크가 있 ❸ 어제 잠을 못 잤어, 계속 졸고 있 ❹ 무슨 안 좋은 일이 있어, 그렇게 표정이 안 좋 ❺ 오늘 무슨 바쁜 일이 있어요, 계속 통화를 하 ❻ 오늘 혹시 생일이야, 드레스를 입고 있

4. ❷ 아직도 답장이 없 ❸ 30분이 넘도록 오지 않 ❹ 오늘 저렇게 화를 내시게. ❺ 서울광장에 무슨 공연이 있나, 사람들이 저렇게 모여 있게. ❻ 내가 비밀 번호를 바꿨나, 로그인이 안 되게.

모범 답안

5.
❶ 어제 산 옷이 마음에 안 든다. • • '외식이나 할까?'

❷ 월급은 많지만 일이 힘들다. • • '다른 것으로 바꿀까?'

❸ 집에서 음식 준비하기 귀찮다. • • '생일 파티에 가지 말까?'

❹ 주식 값이 자꾸 떨어진다. • • '솔직히 말해 버릴까?'

❺ 친구에게 비밀로 한 게 미안하다. • • '주식을 팔아버릴까?'

❻ 친구의 생일선물 준비를 안 했다. • • '회사를 그만둘까?'

❷ 회사를 그만둘까 ❸ 집에서 음식 준비하기 귀찮은데 외식이나 할까 ❹ 주식값이 자꾸 떨어지는데 주식을 팔아 버릴까 ❺ 친구에게 비밀로 한 게 미안한데 솔직히 말해 버릴까 ❻ 친구의 생일선물 준비를 안 했는데 생일 파티에 가지 말까

6. ❷ 그만 포기할까 봐요. ❸ 파티는 하지 말까 봐요. ❹ 버스로 출퇴근할까 봐요. ❺ 월세가 너무 비싸서 다른 데로 이사할까 봐요. ❻ 네, 스트레스가 너무 많이 쌓여서 회사를 그만둘까 봐요.

10과 2항

1. ❷ 물질 ❸ 키우는 ❹ 보상을 ❺ 심해지고

2. ❷ 이기주의가 ❸ 민주주의 ❹ 외모지상주의가 ❺ 민족주의 ❻ 물질만능주의는

3. ❷ 수입이 준 ❸ 수출 목표를 달성한 ❹ 세계 최강팀과 싸워서 1-0이니 비긴 ❺ 덜 드는 셈이다. ❻ 인터넷 통신 요금 부담은 있지만 국내 전화비가 무료니까 인터넷 전화가 더 싼 셈이다.

4. ❷ 살이 찐 ❸ 손해를 본 ❹ 회식을 많이 하니까 더 많이 먹는 ❺ 다른 동기들이 벌써 과장으로 승진한 경우가 많으니까 저는 늦은 셈이에요. ❻ 하지만 읽기, 쓰기 성적이 나쁘니까 전체 성적은 떨어진 셈이야.

5. ❷ 경력 사원이라야 ❸ 직장인이라야 ❹ 성인이라야 주류를 살 수 있다. ❺ 외국인이라야 호텔 카지노에 출입할 수 있다. ❻ 연소득 800만원 이하라야 세금을 감면받을 수 있다.

6. ❷ 지역 주민이라야 ❸ 경력자라야 이 아르바이트를 할 수 있어요. ❹ 초등학생 이상이라야 이 놀이 기구를 이용할 수 있어요. ❺ 아니요, 키 180cm 이상의 전문 모델이라야 광고 모델을 할 수 있어요. ❻ 구매 고객이라야 무료 주차 쿠폰을 받을 수 있어요.

10과 3항

1. ❷ 염증이 ❸ 보약을 ❹ 지나치 ❺ 영양제를

2. ❷ 만성피로 ❸ 건강 검진을 ❹ 비만 ❺ 성인병 ❻ 채식

3. ❷ 신문 보도로는 이번 지진으로 300명 이상이 사망했대요. ❸ 소문으로는 두 사람이 사귀는 것이 틀림없대요. ❹ 건강 검진 결과로는 건강에 특별한 이상은 없대요. ❺ 현재 경기 상황으로는 2-0으로 우리 팀이 이기고 있대요. ❻ 정부 발표로는 일자리를 늘려 실업 문제를 해결하도록 하겠대요.

4. ❷ 현재 상태로는 ❸ 지금 형편으로는 ❹ 앞차 운전자 말로는 ❺ 과장님 말씀으로는 이번 달 말까지는 끝내야 한대요. ❻ 면접시험 결과로는 김진수 씨가 제일 적합할 것 같습니다.

5. ❷ 은행에 직접 갈 ❸ 지도를 가지고 다니며 운전할 ❹ 시장이나 백화점에 갈 ❺ 대학교에서 강의를 들을 필요가 없다. ❻ 열쇠를 가지고 다닐 필요가 없다.

6. ❷ 오실 ❸ 따로 낼 ❹ 신경 쓸 ❺ 아니요, 이삿짐 센터에서 다 알아서 해 줘서 짐을 쌀 필요가 없었어요. ❻ 스피커가 내장되어 있으니까 따로 스피커를 구입할 필요가 없어요.

10과 4항

1. ❷ 터놓 ❸ 보급되면서 ❹ 증가하 ❺ 의사소통 ❺ 단절은

2. ❷ 따라서 ❸ 우선 ❹ 예를 들면 ❺ 또한 ❻ 이외에도

3. ❷ 직원들의 교통비 부담을 줄이, 회사 셔틀 버스를 운영하기로 했다. ❸ 직원들의 외국어 실력을 높이, 회사에 외국어 강의를 실시하기로 했다. ❹ 직원들의 문화 생활에 도움을 주, 문화 센터를 운영하기로 했다. ❺ 생산량을 늘리고자 최신식 기계를 설치했다. ❻ 직원들의 문제를 직접 듣고자 사장님과의 모임을 개최하기로 했다

4. ❷ 한국어를 배우 ❸ 한국 문화를 체험하 ❹ 여행도 하고 경험도 많이 쌓, 해외에서 봉사 활동을 했습니다. ❺ 경험도 쌓고 좋은 일도 하고자 무료로 아이들에게 영어를 가르치고 있습니다. ❻ 한국 문화를 여러 나라 사람들에게 알리고자 이 동아리를 만들었습니다.

5. ❷ 의학 기술이 발달힘에 ❸ 과학 기술이 발달함에, 생활이 편리해지고 있다. ❹ 혼인율이 감소함에, 출산율도 낮아지고 있다. ❺ 직장에서의 업무가 과도해짐에 따라 과로사가 증가하고 있다. ❻ 의사소통이 단절됨에 따라 가족 문제, 청소년 문제가 생겨나고 있다.

6. ❷ 한국과 중국 간의 교류가 활발해짐에 ❸ 서울시 교통이 복잡해짐에, 자전거 전용 도로를 만들게 되었습니다. ❹ 환율이 오름에, 외국인 관광객 수는 증가할 것으로 보입니다. ❺ 과거에 비해 자동차 수가 증가함에 따라 교통 사고율이 높아졌습니다. ❻ 물가가 오름에 따라 사람들이 소비를 줄였기 때문입니다.

10과 5항

1. ❶보장이 ❷처지에 ❸제적이 ❹회의가

2. ❶판검사, 변호사 ❷교도소 ❸투쟁 ❹무관하다 ❺진로

3.

_____ 받다	_____ 당하다
보호받다, 대접받다, 사랑받다, 존경받다, 주목받나	고통당하다, 거절당하다, 무시당하다, 설득당하다, 이용 당하다

4. 생략

5. 1)❶ 인터넷 속도가 다른 회사보다 2배 빠르다. ❷ 이달 말까지 신청하면 케이블 TV를 무료로 이용할 수 있다. ❸ 기존의 전화번호를 바꿀 필요 없이 집 전화를 무료로 이용할 수 있다. 2)❶ O ❷ O ❸ O ❹ X

6. 1) 공동의 목표를 가진 경쟁자 가운데 실력이 비슷한 사람 2)❶

3) 문제점	❶라이벌을 질시하여 잘못된 수단과 방법으로 경쟁에서 이기려고 한다. ❷ 자신의 능력과 가치에 비관적인 마음을 갖게 된다.
해결책	❶어린 시절부터 양심과 규칙에 대한 학습이 이뤄져야 한다. ❷ 다른 사람에 대한 예절과 배려를 몸에 익혀야 한다.

7. 생략

8. 생략

복습문제(6과~10과)

I. **1.** 일과를 **2.** 아무러면 **3.** 숙면을 **4.** 근거가 **5.** 지출이 **6.** 운이 **7.** 왠지 **8.** 쇠귀에 경 읽기예요 **9.** 악몽을 **10.** 일단

II. **1.** 신뢰할 **2.** 타이르셨다 **3.** 흔한 **4.** 빠뜨리 **5.** 대여해 **6.** 몰두하 **7.** 마주보 **8.** 무절제하 **9.** 쑥스럽 **10.** 뒤떨어진다는

III. **1.** ❸ **2.** ❶ **3.** ❹ **4.** ❷ **5.** ❸

IV. **1.** 건강을 생각해서 너 나 할 것 없이 운동을 하고 영양제를 챙겨 먹는데 너무 지나치게 운동을 하면 오히려 건강을 해칠 수도 있다. **2.** 인터넷으로 신뢰할 만한 정보도 얻고 전화, 쇼핑, 공부 등 여러 가지를 할 수 있으니 인터넷 덕을 많이 보고 있다고 할 수 있다. **3.** 신용 카드는 편리하기는 하지만 자신의 형편에 맞지 않는 무절제한 소비를 할 수 있으므로 유의해야 한다.

V. **1.** 생활비를 줄이, 외식을 줄이고 절약해야 해요. **2.** 영어 실력, 좋은 회사에 취직할 수 없어요. **3.** 영양을 제대로 섭취하지 않으면 건강이 나빠

모범 답안

지 **4.** 이 정도가 열심히 하는 **5.** 영철 씨가 오, 안 오, 회의를 시작합시다. **6.** 직접 보고 얘기하는, 느껴졌어요. **7.** 고생 끝에 낙이 온다고 **8.** 대중교통을 이용하는 사람이 있는가, 자동차를 이용하는 사람도 있어요. **9.** 냉장고를 일찍 사지 말걸 **10.** 오늘 차가 밀릴 거라더라. **11.** 맵, 짜, 한국 음식이 제일 맛있어요. **12.** 우체국에 가는, 대신 부쳐 드릴게요. **13.** 길을 잃어버린 **14.** 춤, 춤이지만 노래를 잘 해서 인기가 많아요.

VI. 1. 오늘, 차가 많이 밀렸다. **2.** 아르바이트를 그만둘까 **3.** 소식을 못 들은 **4.** 저축을 많이 하는 **5.** 부끄러울 **6.** 옆 친구가 떠드 **7.** 부자는, 부자, 걱정이 있을 거예요. **8.** 실력이 있다면야 **9.** 중요한 일이니만큼 **10.** 그동안 돈을 아껴 썼으면야 **11.** 아직도 학교에 안 오는 걸 보니 보나마나 **12.** 사람들의 생각도 달라지 **13.** 생일 파티에 오라고 **14.** 여행을 간다든가, 운동을 한다든가 **15.** 현재 경제 상황으로

VII. 1. 여러 증거와 기업인들의 증언으로 봐서는 부정한 자금을 받은 게 틀림없다. **2.** 경제력을 갖춘 젊은이들이 미혼 상태에서 독립하는 경우가 많아짐에 따라 1인만으로 구성된 가정도 적지 않다. **3.** 사주나 점은 과학적인 근거가 없어서 신뢰할 수 없네 재미로 즐길 뿐이네 해도 현대인들은 중요한 문제가 있으면 점을 보고, 날마다 신문에서 오늘의 운세를 확인한다. **4.** "공부하기 힘들 텐데 잊지 않고 찾아와 줘서 정말 고맙다."고 말씀하시는 선생님께 오히려 내가 죄송할 따름이었다. **5.** 점원이 무이자 12개월에 할인도 많이 해 주는 좋은 기회라고 자꾸 권하는 바람에 그만 노트북을 구입하고 말았다.

과	통합 과제	지 문 출 처
1과 5항	읽기 연습	한국일보 2004. 12. 8일자 참조
3과 5항	읽기 연습	투데이 코리아 2008. 2. 29일자 참조
5과 5항	읽기 연습	한국 갤럽 2007. 2. 16일자, 2007. 3. 20일. 한국 갤럽 Release

Linking Korean

最權威的延世大學韓國語 4 練習本

2015年3月初版　　　　　　　　　　　　　　　　定價：新臺幣350元

有著作權・翻印必究

Printed in Taiwan.

著　者：延世大學韓國語學堂
　　　　Yonsei University Korean Language Institute

		發 行 人　林　　載　　爵	

出　版　者	聯 經 出 版 事 業 股 份 有 限 公 司	叢書主編	李　　　　　瓦	
地　　　址	台 北 市 基 隆 路 一 段 1 8 0 號 4 樓	文字編輯	陳　　怡　　均	
編輯部地址	台 北 市 基 隆 路 一 段 1 8 0 號 4 樓	內文排版	楊　　佩　　菱	
叢書主編電話	(0 2) 8 7 8 7 6 2 4 2 轉 2 2 6	封面設計	賴　　雅　　莉	
台北聯經書房	台 北 市 新 生 南 路 三 段 9 4 號	錄音後製	純粹錄音後製公司	
電　　　話	(0 2) 2 3 6 2 0 3 0 8			
台 中 分 公 司	台 中 市 北 區 崇 德 路 一 段 1 9 8 號			
暨 門 市 電 話	(0 4) 2 2 3 1 2 0 2 3			
台 中 電 子 信 箱	e - m a i l：l i n k i n g 2 @ m s 4 2 . h i n e t . n e t			
郵 政 劃 撥 帳 戶 第	0 1 0 0 5 5 9 - 3 號			
郵 撥 電 話	(0 2) 2 3 6 2 0 3 0 8			
印　刷　者	文 聯 彩 色 製 版 印 刷 有 限 公 司			
總　經　銷	聯 合 發 行 股 份 有 限 公 司			
發　行　所	新北市新店區寶橋路235巷6弄6號2樓			
電　　　話	(0 2) 2 9 1 7 8 0 2 2			

行政院新聞局出版事業登記證局版臺業字第0130號

本書如有缺頁，破損，倒裝請寄回台北聯經書房更換。　471條碼　4711132387582（平裝）
聯經網址：www.linkingbooks.com.tw
電子信箱：linking@udngroup.com